aufbau taschenbuch

AUFBAU VERLAGSGRUPPE

CARSTEN FRERK lebt als freier Autor in Hamburg und beschäftigt sich vor allem mit historischen Themen. Er ist viel herumgekommen und hat ein bewegtes Leben Leben hinter sich: Dozent, Drucker, Tourneefahrer, Werbetexter, Publizist ...

Hamburg 1622. Mitten in der Nacht wird der Ratsherr Albrecht Moellendorff wegen eines Mordes aus dem Bett geholt. Wachsoldaten haben einen Toten gefunden – den Gesandten des schwedischen Königs, der tags zuvor einen geheimen Handelsvertrag mit Hamburg besiegelt hat. Moellendorff ist zweifach in den Fall verstrickt: Als Gerichtsherr muß er versuchen, die Hintergründe des Mordes aufzuklären und das schwedische Siegel wieder zu beschaffen, das dem Toten gestohlen wurde. Als Kaufmann hat er ein großes Interesse an möglichst reibungslosen Geschäften mit Schweden. Also beschließt er, die Nachforschungen selbst in die Hand zu nehmen – ohne zu ahnen, in welche Gefahren er dabei gerät.

Carsten Frerk

Das geraubte Siegel

Roman

Aufbau Taschenbuch Verlag

ISBN-10: 3-7466-2227-1
ISBN-13: 978-3-7466-2227-9

1. Auflage 2006
Aufbau Taschenbuch Verlag GmbH, Berlin

Dieses Werk wurde vermittelt durch die
Literarische Agentur Thomas Schlück GmbH, 30827 Garbsen
Umschlaggestaltung Preuße & Hülpüsch Grafik Design
Montage unter Verwendung von Gemälden
von William Hogarth und Cornelisz Verbeecq
Satz: LVD GmbH, Berlin
Druck und Binden: Ebner & Spiegel, Ulm
Printed in Germany

www.aufbau-taschenbuch-verlag.de

Wer kann schon anderes
in solchen Tagen,
als seine eigene Haut
zum Markt zu tragen.

Rypen.
Slefwieg
Flensborg.
Haderfchleben
Hufum
Tondern.
Sonderborg
Apenrade.
Eckern förde
Tonning
NORT IUTHLANDIÆ PARS.
War dtfiſsell
MARE
CIM
BRICVM
Vulgo
Die
West See
Helgelandt
Fora.
Nordtstrandt
Tonning
Husum
Heide
Meldorp
Kremp
Gluckstadt
Stade
DVCATVS
BREMEN
DIE
GRAFSCHAFT
OLDEN
BORG

Newe Landtcarte
Von denbeiden
Hertzogthümbern
SCHLESWIEG
Und
HOLSTEIN
Zusamen.
FIONIÆ
PARS
ALSEN
Insf. ARROE.
MARE
BALTHICVM
COLBERGER
HEYDE
Insf. FEMERN.
LALAND.
Vulgo
Die Ost
See
MECKLEN BORG
Hamburg.
Kiel.
Rendsborg
Itzehoa
Oldesloh
Krempe
Glückstadt
Ploen
Serenißimo et Potentißimo Principi
ac Domino.
DNO. FRIDERICO III.
Serenißimo. Cellißimoq. Principi ac
Domino.
DNO. FRIDERICO IV.
Johannes Mejerus.

Inhalt

Der Tote in der Wallanlage

Der eiserne Ring des Türklopfers wurde mit Wucht gegen die Haustür geschlagen. Alle, die im vorderen Haus schliefen, waren sofort wach. Ein harter Schlag, Stille, dann wieder ein Schlag, als wollten stürmende Soldaten im Schutz der Dunkelheit den Feind überraschen und mit den wuchtigen Stößen eines Rammbocks das verschlossene Tor zerschmettern.

Bald polterten eilige Schritte die Treppe hinunter und das heftige Schlagen verstummte. Stattdessen durchdrang lautstarkes Stimmengewirr die nächtliche Stille. Albrecht Moellendorff meinte in dem Geschrei mehrmals »Ich hab' den Auftrag« zu hören. Der alte Hausknecht Winfried wollte den nächtlichen Störenfried anscheinend der Tür verweisen, doch das Stampfen schwerer Stiefel auf der Treppe verhieß, dass ihm kein Erfolg beschieden war.

Marie, die in Albrechts Bett an seiner Seite gelegen und sich bei den ersten Schlägen erschreckt die Decke über den Kopf gezogen hatte, setzte sich jetzt aufrecht neben ihn.

Das Klopfen an der Zimmertür bestätigte Albrechts Annahme, dass ihm der Besuch galt. Nach einem kurzen »Herein« wurde die Tür geöffnet, und einer der Stadtwächter trat über die Schwelle. Im Lichtkreis seiner Laterne schien er weder über die nächtliche Stunde irritiert zu sein, noch hielt er es für angebracht, sich für die Ruhestörung zu entschuldigen. Er war allerdings redlich bemüht, nur den Ratsherren anzublicken und nicht auf die nackten Brüste von Marie zu schielen. Mit einer ungelenken Bewegung des Armes deutete er so etwas wie militärisches Salutieren an. »Herr Rat! Ihre Anwesenheit wird verlangt. Is'n lebloser Mann gefunden, und wie das und der aussieht, is'er nicht natürlichen Tod's gestorben!«

Albrecht nickte, und der Mann der Stadtwache ging leise

schnaufend auf den Flur zurück. Marie warf sich hastig ihr Nachthemd über und suchte dann seine Kleidungsstücke zusammen. Ganz in Gedanken zog er sich das Hemd und die weite Hose, die Weste und die Jacke über den Körper. Er hatte schon seit einigen Monaten überlegt, das Amt des ersten Gerichtsherrn an einen anderen weiterzugeben, doch noch bekleidete er es. Es musste ein besonderer Toter sein, wenn man ihn mitten in der Nacht herbeiholen ließ und nicht den nächsten Tag abwartete oder den Jüngeren der beiden Gerichtsherren weckte, dem die alltäglichen Fälle überlassen wurden. Schließlich zerrte er die dicken Strümpfe hoch und zwängte seine Füße in die Schaftstiefel, trat einmal kurz fest auf, das Schuhleder saß passend, und er war bereit zu gehen.

Der Stadtwächter stand an der Treppe, hielt die Lampe seitlich von sich, dass für sie beide die Stufen beleuchtet wurden, und stampfte die Stiegen hinunter. Winfried hatte inzwischen den Ratsdiener Hinrich geweckt, der dem Ratsherrn persönlich zugeordnet war. Er schlief im hinteren Gesindehaus und wartete nun bereits angezogen am Fuß der Treppe. Albrecht nickte nur kurz zustimmend, wies das hingehaltene Lederkoller jedoch zurück und warf sich nur den Mantel über die Schultern. Dann stülpte er sich den breitkrempigen Hut auf den Kopf und verließ mit seinen beiden Begleitern das Haus Zum Goldenen Schiff.

Da der Gerichtsherr nichts fragte, hielt auch der Stadtwächter den Mund geschlossen. Schweigend gingen die drei Männer durch die menschenleeren Straßen der Hamburger Altstadt, die nur der Mond mit seinem fahlen Licht erhellte. Der groß gewachsene Stadtwächter marschierte mit weit ausholenden Schritten voran, so dass Moellendorff und der Ratsdiener sich bemühen mussten, das Tempo mitzuhalten. Bald durchquerten sie das ehemalige Ackertor in der alten Stadtbefestigung, passierten den Neuen Wall, der immer noch so hieß, obwohl er nun in der Stadtmitte aufragte, und bogen in der Neustadt nach Norden ab. Der harte Klang ihrer Stiefel auf den gepflasterten Straßen der Altstadt versank im Sand und Lehm der unbefestigten Wege der Neustadt. Weit voraus, an den Wallanlagen der neuen Stadtbefestigung, war eine Ansammlung von Lichtern und Menschen zu erkennen.

Vier Nachtwächter mit ihren Laternen und einige Soldaten der städtischen Garnison mit Fackeln beleuchteten ein Areal an der inneren Wallanlage, dessen endgültige Aufschüttung und Befestigung noch nicht vollständig war: das nordwestliche Dammtor.

Als er den Ratsherrn erkannte, salutierte der anwesende Leutnant der Wallsoldaten und erstattete Rapport: »Ein Stadtwächter sah, wie vier Gestalten an der Wallanlage zu schaffen waren. Er eilte herbei, die Männer machten sich aus dem Staub, und er sah hier zwei Stiefel aus der Erde ragen, wobei der dazu gehörende Körper bereits im Erdreich vergraben worden war. Anscheinend wollte man den Toten hier verscharren. Der aufgeregte Wächter versuchte, sein Horn zu blasen, was ihm nur mit quiekenden Tönen gelang, und er ließ daraufhin seine Knarre lärmen, die nicht nur die anderen Stadtwächter, sondern auch die Garnison alarmierte. Wir haben den Körper bereits ausgegraben, und da erschien es mir angebracht, Euch herbeizurufen. Das hielt der Tote mit der Hand umklammert.« Damit reichte der junge Offizier dem Senator eine schwere, aus Silber geformte Spange, die aus den verschlungenen Buchstaben G und A geformt war und von dem goldenen Doppelbalken einer römischen Zwei zusammengehalten wurde. Erneut salutierte der Offizier und trat dann einen Schritt beiseite.

Moellendorff erkannte die Spange sofort und ahnte schon, brauchte gar nicht erst hinzublicken, um zu wissen, wer der bleiche Tote war, der dort mit verzerrten Gesichtszügen zwischen den Balken der Arbeitsbühnen im Dreck lag: Seine Exzellenz Oberst Ingmar Graf von Dottingsfron, geheimer Gesandter Gustav II. Adolf, König von Schweden.

Dottingsfron! Ein Mann, der gerne lachte, seiner Sache sicher war und so sehr in sich selber ruhte, dass man meinte, ihn könne nichts umwerfen.

Während Moellendorff sprachlos auf die erstarrten Gesichtszüge des Toten blickte, die jetzt eher wie eine in Wachs gegossene Fratze aussahen, schossen ihm die Gedanken durch den Kopf: Warum wollte man ihn hier verscharren und hatte ihn nicht mit einem großen Stein an den Füßen in die Elbe geworfen? Sollte er gefunden werden? Warum hielt Dottingsfron die Silberspange mit der Hand umklammert? Er hatte diese Spange verborgen unter seiner geschlossenen Weste getragen. Gestern erst, am Nachmittag, vor zwölf Stunden, hatte er sich von ihm herzlich verabschiedet. Dottingsfron wollte nicht, dass er ihn zum Hafen begleitete. Es wäre zu auffällig gewesen, wenn ihn ein bekannter Ratsherr zum Schiff gebracht hätte, der Ehre zuviel, die man einem unbedeutenden schwedischen Holzhändler hätte zuteil werden lassen. Es kamen und lebten viele Fremde in der Stadt, und in der zweitklassigen Kleidung eines einfachen Kaufmanns würde er niemandem auffallen. Er hatte auf seine lederne Mappe geklopft und augenzwinkernd gelacht: »Es wird schon niemand merken, welch Wertvolles sich in dieser gewöhnlichen Reisetasche befindet.«

Moellendorff zeigte auf den schwedischen Gesandten. »Habt Ihr eine lederne Mappe bei ihm gefunden?«

»Nein, Herr. Sollen wir danach suchen?«

»Ja. Und lasst eine Trage holen, damit wir den Toten von hier wegschaffen können.«

Während der Offizier seine Befehle gab, ein Soldat davon lief, um die Tragbahre zu holen, und die anderen mit ihren Säbeln und Spießen das Erdreich durchwühlten, zog Moellendorff seinen Mantel von den Schultern und verbarg den Leichnam des Schweden unter dem Stoff.

Er war sich sicher, dass die Soldaten die lederne Tasche mit den Dokumenten nicht finden würden. Doch es erschien ihm sinnvoller, sie zu beschäftigen, als dass sie herumstanden, Maulaffen feil hielten und auf unnötige Gedanken und Fragen kamen, auf die sie keine Antwort fanden, und dann in der Stadt herumflüsterten, ob jemand irgendetwas darüber wissen würde.

Es dauerte nicht lange, bis der Soldat mit der Tragbahre zurückkam. Dottingsfron wurde angehoben und auf den Stoff zwischen die Tragestangen gelegt. Die Nachtwächter wurden unter der Leitung des Ratsdieners fortgeschickt, um den Leichnam in das Gerichtsgebäude zu bringen.

Gerichtsherr Moellendorff winkte den jungen Offizier zu sich. »Ihr habt richtig entschieden, mich herbeizuholen. Lasst das Erdreich wieder so herrichten, als ob nichts geschehen sei, und dann vergattert Eure Soldaten, über den Vorfall Stillschweigen zu bewahren. Falls auch nur irgend etwas davon bekannt wird, was von Euren Leuten stammt, werde ich es Euch übel belohnen!«

Ohne das Salutieren des verwunderten Offiziers abzuwarten, machte er kehrt und beeilte sich, die Nachtwächter einzuholen, um sie ebenfalls zu absoluter Verschwiegenheit zu verpflichten.

Während er zügig durch die mondhellen stillen Straßen schritt, dachte er grübelnd: Wer, außer mir und den anderen Ratsherren, wusste um die Mission dieses schwedischen Gesandten? Wem könnten die Papiere von Nutzen sein, die Graf Dottingsfron bei sich getragen und mit seinem Leben verteidigt hat? Steckte möglicherweise Christian von Dänemark hinter diesem Mord?

Ohne den Schutz seines Mantels begann er in der kühlen Oktobernacht zu frösteln – er hätte doch das Lederkoller überziehen sollen –, beschleunigte seine Schritte, und war froh, als er das Gerichtsgebäude erreichte.

Die Vergatterung der Nachtwächter war nur eine Angelegenheit von wenigen Sätzen. Alle nickten, sie würden schweigen wie ein Grab und waren damit wieder ihrem Nachtdienst überlassen.

Ratsdiener Hinrich stand im kleinen Beratungsraum hinter

dem Gerichtssaal neben der zugedeckten Trage und blickte den Ratsherrn still fragend an.

Albrecht hatte sich nach kurzer Überlegung entschieden. »Nein, Hinrich, du brauchst keine Totenwache zu halten. Wir werden den Raum verschließen. Es reicht, wenn du in der Frühe als erstes hierher gehst und dann vor der Tür deinen Posten beziehst.« Hinrich atmete erleichtert auf. Obwohl es nicht die erste Nacht gewesen wäre, die er als Totenwache neben einem Leichnam gesessen hätte, ganz wohl war ihm nicht bei dem Gedanken gewesen, hier möglicherweise die restliche Nacht mutterseelenallein neben einem Toten sitzen zu müssen, dessen Gesichtszüge der Fratze eines Teufels zu gleichen schienen.

Nachdem die Soldaten die Spuren der Wühlarbeit am Wall beseitigt hatten und der Sand glatt festgestampft wie vorher war, gab der Leutnant Anweisung, die Schaufeln wieder an ihren Platz zu stellen und abzurücken.

Als das Knirschen der Soldatenstiefel im Sand verstummt war, löste sich aus dem schwarzen Schatten eines Torbogens ein Mann, der nach beiden Seiten der Häuser Ausschau hielt.

Der Mann wandte sich zu den drei anderen Männern, die sich mit ihm in der Dunkelheit des Torbogens verborgen hatten. Hastig flüsterte ihnen zu: »Die zweite Hälfte eures Lohnes habt ihr ja bereits bekommen. Noch sind die Nachtwächter mit der Tragbahre unterwegs. Also beeilt euch, dass ihr nach Hause findet, und lasst euch nicht erwischen!«

Die drei Männer zogen sich die Kapuzen ihrer Mäntel über den Kopf und wollten gleich verschwinden, als einer von ihnen noch nach der Hand des Anführers griff. »Habt Dank für den Lohn, Herr Johannes. Ihr wisst ja, wo Ihr uns finden könnt. So leicht hab' ich seit langer Zeit mein Geld nicht mehr verdienen gekonnt.«

»Nun verschwindet endlich«, trieb der Angesprochene unwillig seine drei Gehilfen an und schob sie aus dem Schatten des Torbogens auf die Straße. Er selber wartete noch und strich sich gedankenverloren über die schlecht verheilte Narbe auf seiner Wange, die ihn seit seiner Zeit als Landsknecht begleitete. Die ganze Angelegenheit war tatsächlich leichter zu erledigen gewesen, als er es angenommen hatte. Und dass sie ihr Opfer nicht hatten verscharren können? Er zuckte gleichgültig mit den Schultern. Das war jetzt nebensächlich. Er schien zu lachen, als er daran dachte, um wie viel einfacher es war, einen Menschen zu töten, als ihn zu gebären. Und dass der eine dieser drei Halunken, die sich gerade davongemacht hatten, daran dachte, er würde sie noch einmal brauchen, sprach für seine Dummheit. Ebenso, dass der meinte, er hieße Johannes. Niemals heuerte er dieselben Leute an, und niemals verwendete er seinen christlichen Namen.

Dann klemmte der vermeintliche Herr Johannes sich die Ledertasche fester unter die Achsel, vergewisserte sich noch einmal, dass niemand auf der Straße zu sehen war und verschwand ebenfalls im Schattenwurf der Häuserfront.

Albrecht konnte nicht wieder in den Schlaf finden. Marie hatte sich in ihre Kammer im Gesindehaus zurückgezogen, und er lag noch einige Zeit wach.

Auch sein längeres Grübeln brachte ihm keine Lösung. Er stand wieder auf, schrieb ein paar Zeilen auf ein Blatt Papier, legte sich wieder ins Bett und fand dann endlich in den Schlaf.

Nach einem kurzen gemeinsamen Frühstück war Ratsdiener Hinrich zum Gerichtsgebäude unterwegs. Er hatte das Papier bei sich, das Albrecht nachts beschrieben hatte, und sollte es im Rathaus für den Bürgermeister abgeben.

Albrecht ging über den Flur in das Kontor hinüber, um allein zu sein und nachzudenken.

Unwillkürlich blieb er an der Tür stehen; es hätte ihn nicht überrascht, wenn sein Onkel Karl jetzt an dem großen Eichentisch gesessen hätte. Er hatte sich immer noch nicht damit abgefunden, dass Karl nicht mehr am Leben war. Er meinte, noch den Geruch seines Tabaks riechen zu können, als sei er nur gerade außer Haus gegangen und würde bald zurückkehren. Karl war ihm wie ein Vater gewesen: Hilfreich und mahnend, fördernd und lästig, aber immer auf seiner Seite, und er wäre ohne ihn nicht der Mann geworden, der er heute war.

Nachdenklich flüchtete Albrechts Blick zu dem großen Ölgemälde neben dem Archivschrank. Raumbeherrschend saß sein Großvater Laurentz aufrecht in der Mitte des Bildes in einem Lehnstuhl, gekleidet in der schwarzen Tracht eines Hamburger Ratsherren mit der großen, weißen Halskrause, die zu offiziellen Anlässen getragen wurde. Links hinter ihm stand breitschultrig sein Sohn Karl, rechts er selber, Albrecht, jugendlicher, aber mit dem gleichen schmalen Gesicht wie heute. Sie beide hatten eine Hand auf die Schulter von Laurentz gelegt. So hatte er es als sein Vermächtnis bestimmt. Er war noch gleichzeitig Kaufmann und Ratsherr gewesen, und sein Sohn und sein Enkel, die beide jeweils eine Seite seines Lebens weiterführten, sollten stets daran erinnert werden, als Einheit zu handeln.

Auf dem Tisch lag noch eine lange Pergamentrolle, die er vor zwei Tagen mit Ingmar Graf Dottingsfron studiert hatte und die er jetzt, im Nachsinnen, bedächtig auf der Tischplatte ausrollte. Wehmütig lächelte er und dachte daran, wie diese Karte ins Haus gekommen war und was sie bewirkt hatte.

Vor einem Jahr hatte ein reisender Kartenhändler in den Kontoren der Fernhändler vorgesprochen und den Handelsherren seine Landkarten und Stadtansichten feilgeboten. Auch im Haus Zum Goldenen Schiff hatte er sein Sortiment ausgebreitet und lange mit Karl gesprochen.

Diese Händler kamen weit herum, bereisten ganz Europa und waren eine wertvolle Quelle von Informationen darüber, was sich in anderen Ländern und Städten tat. Nicht nur in ihren Karten und Plänen waren ihre Ansichten aufgezeichnet. Aufgrund von allem dem, das sie in den reichen Handelshäusern und in den Herbergen, in denen sie ihr billiges Nachtquartier fanden, sahen, hörten und beobachteten, waren einige von ihnen klüger, weitsichtiger und besser informiert als viele ihrer Kunden, die sich hinter hohen Stadtmauern verschanzt hatten.

Dieser Händler war einer von den Klügeren gewesen, und Karl hatte nach einem langen Gespräch mehrere Karten von ihm erworben. Eine, eben diese, die Albrecht jetzt ausgebreitet vor sich sah, lag auch an jenem Tag zum ersten Mal auf diesem Tisch. Karl hatte trocken auf dem Pfeifenstiel gekaut, ein Zeichen höchster Konzentration bei ihm, als er den Raum betreten hatte. Mit dem Zeigefinger war Karl imaginäre Routen und Landstraßen entlanggefahren und schien in Gedanken versunken gewesen zu sein. Er war aufgeschreckt, als Albrecht neben den Tisch getreten war und neugierig auf das Pergament geblickt hatte. »Das Baltische Meer?«

»Mmh, volkstümlich die Ostsee genannt«, hatte Karl zustimmend gemurmelt und dann auf die Karte gedeutet. »Schau hier«, mit seinem Zeigefinger hatte er auf die Karte getippt, »Dänemark und Norwegen, vereint unter dem majestätischen Christian, der es liebt, prächtige Feste an seinem Hof zu Kopenhagen zu feiern, und der auch uns, ginge es nach seinem Willen, an seiner königlichen Kandare führen würde.« Er hatte aufgeblickt, und Albrecht hatte zustimmend genickt. Dieses Bestreben des dänischen Monarchen war nur allzu bekannt.

»Und hier«, Karl hatte die Finger der linken Hand gespreizt, um eine ganze Fläche zu bedecken: »Schweden.«

Er hatte seine linke Hand auf der Karte liegengelassen und mit der rechten Hand gen Nordenosten gestrichen »Finnland«, und war daraufhin mit der Hand nach Süden hinuntergeschwenkt. »Ingermanland und Kexholm! Indem diese Gebiete jetzt zu Schweden gehören, hat Gustav Adolf den Russen den Zugang zum Baltischen Meer abgeschnitten. Und wie mir der Kartenhändler vorhin berichtete, ist er gegenwärtig dabei, einen Feldzug gegen Livland und seinen katholischen Vetter Sigismund den Dritten von Polen vorzubereiten – einen Verwandten, der ihm schon seit einigen Jahren den Thron streitig macht. Wird der schwedische König auch diesen Feldzug gewinnen, was anzunehmen ist, beherrscht er den ganzen Norden, den Osten und bald auch Teile vom Südufer des Baltischen Meeres und …«, Karl hatte die Hände von der Karte genommen, sich zurückgelehnt, plötzlich mit der Faust auf den Tisch geschlagen und wie befreit gelacht: »Er sitzt dennoch wie ein gefangenes Wild in der Falle! Christian von Dänemark kontrolliert den Sund, den einzigen Ausgang des Baltischen Meeres in die weite Welt. Und wie man hört, hat er nicht die geringste gnädige Absicht, Gustav Adolf irgendwelche Freundlichkeiten zu gewähren.«

Albrecht hatte verständnislos auf die Karte geblickt und dann mit den Schultern gezuckt, als wollte er damit sagen, was interessiert es uns, wenn diese hochadelige Sippschaft sich gegenseitig in die Suppe spuckt – solange sie uns in Ruhe lassen.

Karl hatte noch einen Moment gewartet und sich dann verwundert aufgestützt. »Mann, Senator, verstehst du denn nicht, was das bedeutet?«

»Nein.« Albrecht hatte tatsächlich keinen Schimmer, worauf Karl hinauswollte.

»Nein? Herrgottnochmal! Der Schwede braucht einen Ausgang aus dieser Falle! Eine Möglichkeit, den Dänen und seine Schiffe im Sund zu umgehen! Nach Norden kann er nicht, da ist nur Land, und da bleibt er im Eis stecken. Nach Süden? Da kommt er nicht weit, dort ist auch nur weites Land und das Königreich des hämischen Sigismunds. Er muss also nach Westen gehen und dort einen Ausweg finden. Am besten einen großen Fluss, eine Stadt mit sicherem Hafen und hohen Mauern, die, wenn's recht ist, mit Christian genau so wenig gemeinsam hat wie er selbst, ihm ein verlässlicher Partner ist und somit aus der dänischen Zwinge befreien kann!«

»Ja, warum nicht?«

Karl hatte Albrecht angeblitzt, als stände ein begriffsstutziger Ochse vor ihm. Dann hatte er ungestüm gepoltert, wie es seine Art gewesen war: »Muss man Senatoren eigentlich erst an den Ohren packen und dann mit der Nase darauf stoßen, damit sie verstehen, worum es geht? Wärest du Kaufmann, hättest du es sofort verstanden! Ich rede von uns, von unserer Stadt, unserem Hafen und der Elbe! Dann kann der Däne die Meerengen meinetwegen prachtvoll mit Kuhmist zuschütten lassen, denn mit unserem Hafen hätten die Schweden das Tor zur weiten Welt!«

»Und du meinst, dass der Schwedenkönig das auch haben will?«

Karl hatte erst die Augen aufgerissen, dann die Hände zusammengelegt und so getan, als ob er beten würde: »Oh, allmächtiger Gott, schick diesem Mann deine Hilfe!« Er war so abrupt aufgestanden, dass der Stuhl über die Fliesen scharrte, und hatte beide Fäuste auf seine Hüften gestemmt: »Wenn ich als Kaufmann immer erst vorher fragen würde, ob jemand meine Ware überhaupt kaufen will, dann würde ich mich ausschließlich auf Bier und Getreide beschränken; saufen und fressen wollen die Menschen immer.« Dann hatte er einen schmeichelnden Gesichtsausdruck aufgesetzt: »Wir müssen ihm diese Möglichkeit schon schmackhaft machen. Von alleine wird er vielleicht nicht darauf kommen. Da muss schon jemand hinfahren und ihm das verkaufen.«

Dieser Satz war, ohne dass Albrecht es damals gewusst oder auch nur geahnt hatte, die Entscheidung gewesen, die ihn schließlich als Unterhändler nach Stockholm geführt hatte.

Erik, der jüngere Sohn von Karl, der seinem Vater bei den Handelsgeschäften die Korrespondenz geführt hatte, betrat schnaufend das Kontor. »N'Morgen, Senator, hast du schon was von meinem Bruder Eberhard gehört?« Albrecht schüttelte den Kopf. Das Schreiben, das Eberhard nach Hamburg berief, war schon vor vier Wochen, gleich nach Karls Tod, per Boten zu seinem Erstgeborenen nach Amsterdam geschickt worden, der dort die Niederlassung der Moellendorffs leitete. Er würde als Älterer im Stammhaus die Geschäfte leiten, und der jüngere Erik sollte an seiner Stelle nach Amsterdam gehen.

Albrecht rollte die Karte zusammen, stellte sie zu den anderen Kartenrollen und machte sich auf den Weg zum Rathaus.

Der Bürgermeister war zwar verwundert gewesen, warum Albrecht ihn mit seinem Schreiben darum ersuchte, die Mitglieder des so genannten Schwedenrates zusammenzurufen, hatte aber dann der Bitte brummend entsprochen: »Moellendorff wird seine Gründe dafür haben!«

Die neun Ratsherren, einschließlich der beiden worthaltenden Bürgermeister, hatten sich im kleinen Raum neben dem Ratssaal versammelt.

Albrecht blickte sich in der Runde um und nickte: Soltow, Rodenborg, Schoweshufen, Rheders, Hartzwich, Twestreng, Ambsing, Wetken und Penshorn. Alles Ratsherren aus Familien, deren Handelshäuser am Handel mit Schweden beteiligt waren. Sie blickten ihn fragend an, und er berichtete den schweigend zuhörenden Männern, was in der vergangenen Nacht passiert war.

»Eine böse Sache, von der Ihr uns berichtet, Moellendorff. Und da Ihr mich gebeten habt, nur die Mitglieder des Schwedenrates einzuberufen, nehmt Ihr an, dass ein Mitglied des übrigen Rates daran beteiligt sein könnte?«

»Ausschließen kann ich im Augenblick nichts. Auch das nicht. Aber es verweist auf unsere Runde und den Vertrag mit Schweden.«

Nach kurzem Nachsinnen redeten plötzlich alle Anwesenden durcheinander: »Also hat jemand, den wir nicht kennen, die schwedische Ausfertigung unserer Verträge in Händen!«

»Was verspricht sich dieser Mensch davon? Für ihn sind diese Verträge doch wertlos!«

»Warum soll es denn nur einer gewesen sein?«

»Was wollen die mit unseren Verträgen?«

»Für die sind diese Verträge doch nicht mehr wert als das Papier, auf dem sie geschrieben sind.«

»Ist unsere Ausfertigung der Verträge noch vorhanden?«

Der Bürgermeister nickte bestätigend auf die letzte Frage und hob beschwichtigend die Hände: »Man kann kaum sein eigenes Wort verstehen, wenn alle durcheinander reden!«

In die entstehende Stille hinein war Albrechts Stimme deutlich zu vernehmen: »Es sind nicht die Verträge.«

»Was denn sonst?«

»Das, was Dottingsfron außerdem noch bei sich hatte!«

»Die Ledermappe?«

»Blödsinn, wer wird für eine Ledermappe getötet?«

»Es sind schon Menschen für weniger erschlagen worden!«

Nun hob Albrecht die Hände, um den Wortschwall abzuwehren: »Dottingsfron hatte in der Mappe eine Ausfertigung des königlichen schwedischen Siegels bei sich, durch das jedes damit versehene Schriftstück zu einem offiziellen Dokument wird. Ein schwedisches Staatssiegel!«

»Natürlich«, brummte die Runde der Ratsherren einstimmig.

Ratsherr Wetken winkte einen der Ratsdiener zu sich und befahl ihm: »Bring Wein! Wie soll man diese Welt denn ohne Wein ertragen?«

Der Bürgermeister erholte sich als erster von seiner Betroffenheit, warf einen missbilligenden Blick zum Ratsherrn Wetken und wandte sich dann an Albrecht: »Was können wir tun?«

Albrecht hatte gegen die Wand gestarrt und schien der Verzweiflung nahe zu sein: »Ich weiß es nicht!«

»Aber wie ich Euch kenne, habt Ihr schon darüber nachgedacht. Was schlagt Ihr vor, was wir tun sollen?«

Nun blickte Albrecht in die Runde und wurde sehr entschieden: »Über den Tod des Schweden muss der Mantel des Schweigens gelegt bleiben. Graf Dottingsfrons Körper liegt noch sicher verborgen nebenan im Gerichtsgebäude, doch wir müssen ihn so schnell wie möglich von dort wegschaffen.«

»Meint Ihr, dass die Nachtwächter und Wallsoldaten schweigen werden?«

Während Albrecht nur mit den Schultern zuckte, woher sollte er das wissen, nickte Ratsherr Twestreng, der einer der vier Herren der Wedde war: »Die Wallsoldaten bleiben unter sich. Sie haben keinen Kontakt zu den Bewohnern der Stadt. Und die Nachtwächter werden schweigen, wenn sie sonst ihre Anstellung und ihre Nebeneinnahmen verlieren, da sie gegen die Vorschriften Bürgern nachts heimleuchten, wofür sie Geld verlangen und erhalten.«

Der Bürgermeister war überrascht: »Das wisst ihr und tut als Polizei nichts dagegen?«

Twestreng lächelte: »Ja. Es ist immer ratsam, etwas hinzunehmen, was man zu einem anderen, passenden Zeitpunkt gegen den Mann verwenden kann.«

Alle Ratsherren musterten den Herrn der Polizei und fragten sich, ob er insgeheim auch über sie selber etwas wusste und irgendwann, wenn es ihm passend erschien, gegen sie verwenden könnte?

Der Bürgermeister schüttelte den Kopf, als ob er diese Frage abwerfen wollte, und nahm den Faden wieder auf: »Was soll mit dem Körper des schwedischen Gesandten geschehen?«

Ratsherr Twestreng meldete sich wieder zu Wort: »Wie wäre es, wenn man ihn fest in Stoffbahnen einwickeln würde und dann in einem mit Tüchern ausgestopften Bierfass verbirgt? Ein vertrauenswürdiger Schwedenfahrer könnte dann dieses Totenfass unter seine normale Bierladung mischen und es so unbemerkt nach Stockholm transportieren.«

»Ein Bierfass? Als Sarg? Das ist gut. Aber wer wird in Stockholm sein, um ihn dort in Empfang zu nehmen? Wir können dem Schweden ja nicht einfach das Bierfass in das Schloss rollen lassen, und dann finden sie unvermutet ihren Grafen darin eingemummt.«

Ein ratloses Schweigen breitete sich im Raum aus. Schließlich hatte Ratsherr Penshorn eine Idee: »Wäre es nicht am besten, wenn Moellendorff noch einmal nach Stockholm reiste, um alles in unserem Sinne zu regeln? Oder kennt Ihr einen besseren Mann, den wir damit betrauen könnten?«

Der Bürgermeister starrte auf den Boden, als würde dort ein anderer Name auf den Dielen geschrieben stehen, blickte wieder auf und nickte dann. »Ihr habt Recht, auch wenn es eine ungünstige Jahreszeit ist.« Er machte eine Pause, als suchte er nach weiteren Argumenten. Schließlich legte er Albrecht seine Hand auf die Schulter. »Wir hatten unsere Gründe, warum wir den Vertrag mit Schweden nicht der Bürgerschaft zur Zustimmung vorgelegt haben, wie wir es nach den Vereinbarungen zwischen Rat und Erbgesessenen hätten tun müssen. Wenn Ihr selber unterwegs seid, brauchen wir die Zahl der Mitwisser nicht unnötig zu erweitern. Eure Familie ist am Handel mit den Schweden führend beteiligt, und Ihr seid am schwedischen Hof auch bereits eingeführt. Also fahrt, in Gottes Namen und in seiner Obhut.«

Albrecht Moellendorff nickte und zögerte noch. »Obwohl wir den Tod von Dottingsfron nicht an die große Glocke hängen können, müssten wir den Vogt ins Vertrauen einbeziehen. Auch wenn wir beständig sehr viele Fremde innerhalb der Mauern beherbergen, seine Knechte könnten sich beiläufig in den Spelunken umhören und ein Auge darauf haben, ob ihnen irgendetwas auffällt. Sie sollten dabei allerdings den Schweden nur wie nebenbei als Holzhändler erwähnen.«

Ratsherr Twestreng wollte etwas dagegen einwenden, doch der Bürgermeister war schon von der Sitzbank aufgestanden: »Twestreng, wenn eure Leute von der Wedde Fragen stellen, weiß das bald jeder in der Stadt. Ich werde mit dem Vogt reden. Nun geht Moellendorff, sorgt für die Verfrachtung des Schweden, und bereitet Eure Reise vor.« Er legte erneut seine Hand auf Albrechts Schulter. »Ihr fahrt mit dem Schiff und begleitet die Konterbande?«

Albrecht schüttelte verneinend den Kopf. »Ich werde den Landweg bis zum Baltischen Meer nehmen. Dann bin ich schneller in Stockholm als das Schiff mit den Bierfässern und kann seine Ankunft vorbereiten.«

Vielleicht könnte er im holsteinischen Wagrien, eine gute Stunde vor Kiel, im Adeligen Stift zu Preetz wieder um ein Nachtquartier bitten, und dieses Mal wäre es kein Zufall wie bei seiner ersten Reise nach Stockholm, als auf der Rückfahrt eine Achse der Kutsche zerbrochen war, sie dort wider Willen hatten anfragen müssen und er im Stift eine Witwe kennengelernt hatte, deren unbeschwertes Lachen ihm seitdem immer wieder in den Sinn gekommen war. Er würde sie vielleicht wiedersehen können, denn so, wie sie sich von ihm verabschiedet hatte, durfte er annehmen, dass auch sie einer zweiten Begegnung nicht abgeneigt sein würde.

Das Schicksal meint es gut mit den Menschen, wenn es sie nicht wissen lässt, was sie in der vorausliegenden Zeit erwartet. Sonst hätte Albrecht gewusst, dass die erste Reise, die er als Tortur empfunden hatte, ein noch halbwegs annehmbarer Landausflug gewesen war gegenüber der kommenden Reise, die ihn danach sehr genau wissen ließ, warum Gustav Adolf am katholischen Hof der Habsburger in Wien als »Schneekönig« verspottet wurde. Was andererseits aber auch bedeutete, dass der protestantische Schwede und seine Truppen über eine kristallene Härte verfügten, die alle noch als leibhaftigen Schrecken erleben sollten.

Das Gebäude des Niedergerichts war verschlossen. Albrecht hatte sich mit dem Ratsdiener an die Arbeit gemacht. Sie hoben den Leichnam auf den Tisch, schnitten seine Kleidung auf und zogen sie ihm vom Körper. Während Hinrich den Toten wusch, verharrten die Blicke des Ratsherrn auf den zwei mit Blut verkrusteten langen Schnitten, als habe jemand dem Grafen das Herz aus der Brust reißen wollen.

Albrecht schreckte auf, als der Waschlappen in die Schüssel auf dem Boden platschte und Hinrich die vorbereiteten Stoffbahnen aus einem Jutesack hervorholte. Der Ratsherr wischte sich zwei Tränen aus den Augen und trat an den Tisch.

Hinrich hatte die Trauer des Senators sehr wohl bemerkt: »Geht Euch der Tod des Schweden so nah, Herr, dass Ihr weinen müsst?«

»Nein, er nicht. Es ist ein anderer Toter, an den ich wieder denken musste, als ich dich den Leichnam waschen sah.«

Karl war vor vier Wochen mit seinem Pferd gestürzt, das ihn unter seinem schweren Leib begraben hatte. Es war still im Haus Zum Goldenen Schiff geworden. Nachdem der Wundarzt gegangen war, hatte der Tod für alle unmissverständlich an der Tür geklopft und Karl für sich gefordert: Seine Zeit, die ihm bemessen worden war, sei um.

Mechthild hatte an der rechten Seite ihres gemeinsamen Bettes gesessen und Karl, mit Kissen gestützt, saß aufrecht, mit dem Rücken gegen die Wand. Er wollte dem Tod nicht im Liegen begegnen.

Unter Ächzen und Stöhnen hatte er das Umwickeln seines Körpers mit Leinenstreifen erduldet und immer wieder Blut gespuckt. Seine gebräunte Hautfarbe war zunehmend heller und dann aschfahl geworden.

Albrecht, noch nicht bereit, das Schicksal so einfach hinzunehmen, war ruhelos im Raum umhergegangen, und Karls Augen waren den Schatten gefolgt, die der Schein der Kerzen von seinen Wanderungen gegen die Wände des Raumes geworfen hatte.

»Herr Senator!« Karl hatte seine Stimme erhoben, und Albrecht war stehen geblieben. »Tu mir einen letzten Gefallen und setz dich hier, auf die andere Seite meines Lagers, neben mich!«

Albrecht hatte seinen Onkel gemustert, sich gefragt, ob er dem Wunsch folgen sollte und sich dann entschieden, ihm zu Willen zu sein. Um die erwartungsvolle Stille zu unterbrechen, hatte er den Stuhl schlurfend über den Dielenboden gezogen.

Karl schien nicht im mindesten von der traurigen Stimmung angesteckt gewesen zu sein. »Macht nicht solche Gesichter. Haben wir nicht schon andere Schicksalsschläge hingenommen?« *Er* hatte versucht, sie beide zu trösten. »Ich sterbe in Frieden. Ich habe mein Leben gelebt! Gott hat es gut mit mir gemeint. Und die Karten, die er mir in die Hand gegeben hat – ich denke, ich habe sie gut ausgespielt.«

Karl hatte nach der Hand seiner Frau gegriffen, behutsam über ihre Haut gestrichen und Mechthild lange angeschaut.

»Frau, wir wussten, dass du länger leben wirst als ich. Niemandem bin ich mehr verbunden als dir. – Haben wir nicht prächtige Kinder und Enkel! Vielleicht können sie, als Ausdruck unseres Lebens, die Freude deines Alters sein.«

Mit zärtlicher Festigkeit hatte er die Hand seiner Frau umschlossen, die den Kopf gesenkt gehalten und dann ihren Mann angeblickt hatte und mit ihrer anderen Hand ihre beiden Hände bedeckte.

Karl hatte den Kopf gewandt, kurz die Augen geschlossen, um die Schmerzenslaute zu unterdrücken, und dann zu ihm geblickt: »Und du, Albrecht – du mir liebe Obrigkeit –, wie hatte ich gezweifelt, als unser seliger Vater Laurentz dich jungen Spunt als Ratsherren ausersehen hatte. Und wenn ihr euch auch ehrenhalber auf lateinisch Senator nennen lasst, bist du immer ein guter Ratsherr geblieben. Hast immer meinen Rat angenommen.«

Die Tür hatte sich lautlos geöffnet, und die Zwillinge waren, sich an den Händen haltend, zögernd nähergekommen.

»Matthias und Hannes! Kommt her, ihr Schlingel! Noch ist Zeit für eine kleine Geschichte.« Er hatte versucht, auffordernd zwinkernd auf das Bettuch zu klopfen, schloss aber wieder mit einem unterdrückten Stöhnen die Augen.

Sofort ließen sich seine beiden Enkel aufatmend auf das Bett plumpsen, unbekümmert davon, dass Karl von einer weiteren Schmerzwelle durchpeitscht wurde.

Mechthild hatte ihren Mann und die beiden Enkel betrachtet, die mit großen Augen an seinen Lippen hingen. Schmerzlich war ihr wieder bewusst geworden, dass diese Jahre, die Karl als englischer Freibeuterkapitän unter dem Kommando von Sir Francis Drake über die Meere der Welt gesegelt war und über die er seinen Enkeln so gerne Geschichten erzählte, seine fröhlichsten Jahre gewesen waren.

Während einzelne Wörter ihr Nachsinnen unterbrochen hatten, »Stürme« und »fliegende Fische«, – Ach ja, Karl liebte dieses Bild der fliegenden Fische, die sich aus ihrem angestammten Element erheben und wie die Vögel schweben konnten –, er war immer ehrlich zu ihr gewesen, sie hatte nie bereut, ihn geheiratet zu haben, spürte sie seinen kräftigen Händedruck, hörte ihn sprechen, während Matthias und Hannes gespannt lauschten. »Und wenn nach dem tosenden Sturm die Sonne aufging, war es jedes Mal, als beginne ein neues Leben.« Sein Blick war dabei in die Ferne geglitten, als erinnerte er Bilder seiner Vergangenheit, die nur er alleine sehen konnte. Er hatte eine Pause gemacht und dann mit leiser Stimme fortgesetzt: »Und dann in Afrika …«

Sofort hatten Matthias und Hannes Einspruch eingelegt: »Opa, das war in Amerika!«

Karl hatte die Augen weit geöffnet, gemurmelt: »Ja, in Amerika …«, und dann die Augen wieder geschlossen.

»Ist Opa jetzt ärgerlich«, hatten die Zwillinge in die entstandene Stille hinein gefragt, in der nur noch Karls rasselnder Atem zu hören gewesen war.

Wieder hatte Mechthild den Druck von Karls Hand gespürt, die dann unvermutet nachgiebig wurde, und sie hatte sofort gewusst, dass ihr Mann in diesem Augenblick das Haus des Lebens verlassen hatte.

Mit einem tiefen Seufzer war Mechthild aufgestanden, zum

Fenster gegangen und hatte beide Flügel geöffnet, damit Karls Seele entweichen konnte. Dann war sie wieder an das Bett zurückgekommen, hatte ihm nachdenklich über die Stirn gestrichen und behutsam seine Augen geschlossen.

Die Zwillinge hatten still mit fragenden Blicken das Geschehen betrachtet und dann gefragt: »Schläft Opa jetzt?«

»Ja, Matthias.«

»Erzählt uns Opa Karl jetzt keine Geschichte mehr?«

»Nein, Hannes, er wird euch keine Geschichten mehr erzählen können.«

Hannes hatte eine Flunsch gezogen und seinen Bruder angestoßen. Nach einem kurzen Blick der Verständigung waren die beiden vom Bett heruntergerutscht und hatten sich unglücklich getrollt.

Später waren die Mägde mit großen Schüsseln mit heißem Wasser gekommen. Sie hatten Karl entkleidet, gewaschen, ihm die Haare und Nägel geschnitten und ihm dann seinen besten Rock angezogen. Karl hatte vorsorglich darum gebeten, dass niemand an seinem Bart »herumschnippele«, wie er sich ausgedrückt hatte und was jetzt befolgt wurde. Schließlich hatte Mechthild ihm einen Peterspfennig unter die Zunge gelegt, damit er an der Himmelspforte sein Eintrittsgeld bei sich hatte, und der alte Winfried hatte darum gebeten, die Totenwache halten zu dürfen.

Er selbst hatte sich nicht zu dem Peterspfennig geäußert und Mechthilds Meinung gelten lassen, dass Gottes Wege unergründlich seien. Und wenn es ihm beliebte, Karl zu sich zu rufen, dann sollte es seine Ordnung haben. Es war seine Entscheidung. Ihm, als weltlichen Gerichtsherrn, stand darüber keine Beurteilung zu.

Albrecht schreckte aus seinen Gedanken auf, als es an der Tür des Gerichtsgebäudes laut klopfte, und war dann wieder gegenwärtig. »Das werden die Böttcher mit dem Bierfass sein. Lass' sie es hinter die Tür hereinbringen, und dann sollen sie wieder gehen.«

Er hörte, wie Hinrich mit den Böttchern sprach, dann polterte das Fass über den Steinboden. Als es wieder ruhig geworden war, stand Hinrich fragend in der Tür zum Nebenraum und murmelte: »Tja, ich weiß man nicht, ob …«

»Ob was?« Der Gerichtsherr war ungeduldig. Er konnte es immer weniger gut vertragen, wenn irgendjemand, sei es einer der Beklagten oder einer aus der Dienerschaft, nicht mit der Sprache heraus wollte.

»Ob der Tote da in das Fass so hineingehen wird.«

Albrecht trat in die Diele des Niedergerichts und gab dem Ratsdiener sofort Recht. Er hätte es selber wissen können und müssen: Das Fass war zu klein. Schließlich konnten sie den Körper von Dottingsfron nicht zusammenfalten oder wie Walfischfleisch zerstückeln, um ihn dann in die Tonne zu stopfen. Er dachte nach. Dann hatte er seine Entscheidung getroffen. »Wir müssen das Längenmaß von Dottingsfron abnehmen, und die Böttcher sollen dann bis morgen ein dafür passendes Fass anfertigen.«

Während Hinrich den Körper von Dottingsfron abmaß, blickte der Ratsherr noch immer nachsinnend auf das vor ihm stehende Fass und betrachtete das Spundloch zum Füllen. Da würde Dottingsfron nun wahrlich nicht hindurchpassen. Sie brauchten also zudem ein Fass, dass zunächst nur einen festen Boden hatte, damit sie den Körper durch die offene Seite hineinbringen konnten. Erst danach konnte der zweite Boden geschlossen werden. Er würde selber mit dem Böttchermeister reden, der die Wünsche der Moellendorffs nach besonderen Fässern für ihre Frachten kannte und keine Fragen stellte, was in diesen Fässern transportiert werden sollte.

Die Reise nach Schweden

Ratsdiener Hinrich stolzierte mit der Kaufmannstracht im Kontor umher und betastete den guten Stoff über seinem Bauch. »Hab' nicht gewusst, dass ich noch Kaufmann werd' in meinem Leben und auf Handelsreisen geh!«

Der junge Leutnant der Wallsoldaten, der um den Tod des schwedischen Gesandten wusste, war vom Senator ebenfalls zu seiner Begleitung bestimmt worden. Er hätte lieber seine Uniform anbehalten, als diese bürgerliche Verkleidung zu tragen, und so betrachtete er kopfschüttelnd den dicklichen Kaufmann, während er spottete: »Wie du aussiehst, bist du anscheinend dein bester Kunde, der sein Bier selber trinkt, anstatt es zu verkaufen. Oder warum bist du als gut betuchter Kaufmann so geizig, dass du deinen Bauch in eine zu enge Jacke zwängst?«

Hinrich verschwendete keinen Gedanken an seinen ihm wohl vertrauten Bauch. Er sah das Problem ausschließlich in der für ihn neuen Bekleidung. »Was kann ich dafür, wenn der verstorbene Herr Karl so'n Spittellhecht war und lieber Tabak trank als ordentlich zu essen?«

Der Leutnant, dessen Sold und Verpflegung nicht so reichlich bemessen war, dass er wie die Diener der Handelsherren und des Rates Speck ansetzen konnte, zuckte mit den Schultern. »Na ja, als Dekoration wird's schon genügen. Ich habe schon reichlich mehr Kaufleute gesehen, deren Röcke ihnen auch nicht besser passten als der auf deinem Wanst.«

Während Hinrich noch überlegte, ob er als stolzer Kaufmann diese Bemerkungen als ehrenrührige Kränkung zu betrachten hätte, dann aber auf eine Erwiderung verzichtete, weil er sehr genau wusste, dass sein Degen bei ihm tatsächlich nur eine Dekoration war und der Soldat seinen Säbel gut zu gebrauchen wusste, hatte Albrecht Moellendorff den Raum betreten und seine beiden Begleiter prüfend gemustert.

»Es wird schon gehen, wenn ihr mir das Reden überlasst. Wir können jetzt aufbrechen.«

Der junge Offizier wunderte sich, warum sie durch das Dammtor im Norden der Neustadt hinausritten und der Ratsherr offensichtlich nicht über Lübeck nach Stockholm reisen wollte. Obwohl ihm niemand gesagt hatte, welchen Zweck diese Reise hatte und wohin sie führen sollte, er konnte sich seinen Teil nach dem Tod des Fremden denken, dessen umklammerte Spange er als schwedisches Offiziers-Abzeichen erkannt hatte. Aber es kam ihm nicht zu, etwas zu fragen, und so ritten sie schweigend nebeneinander. Er ritt seitlich, direkt neben dem Ratsherrn. Hinrich, der es nicht gewohnt war, auf einem Pferd zu sitzen, schaukelte in einigem Abstand hinterher und achtete darauf, dass sein Pferd nicht aus Versehen in eine der vielen Vertiefungen in den Wegfurchen trat und er womöglich aus dem Sattel fiele. Das wäre, wie er meinte, mit seiner neuen äußerlichen Würde eines hansischen Kaufmanns nicht vereinbar gewesen.

Der rot gestrichene Schlagbaum markierte die Grenze zum Territorium der Grafschaft von Pinneberg, die der Kaiser in Wien als Reichslehen an die Grafen von Schaumburg übergeben hatte. Albrecht und der Offizier mussten auf den Ratsdiener warten, damit er den Wegezoll entrichtete. Dann hielten sie sich auf der rechten Seite des breiten Weges, bis der sich schließlich aufgabelte: Links ging es Richtung Nordwesten über Krempe nach Dithmarschen, rechts gen Norden über Bramstedt und Neumünster nach Kiel.

Nach einer halben Meile gen Norden durchquerten sie Eppendorf, und dem Ratsherrn wurde überdeutlich, dass sie schon seit geraumer Zeit durch Gegenden ritten, die alle dem ehemaligen Kloster Herwardeshude gehörten, das vermögender war als Hamburg. Schon manches Mal waren die Kämmerer der Stadt bei der Domina des jetzigen Stifts vorstellig geworden, um wegen eines Kredites nachzufragen. Mechthild, Karls Frau, hatte sich nach seinem Tod dort einen Platz gekauft und lebte jetzt im Stift in Gesellschaft vieler alleinstehender Frauen. Sie wollte keine Glucke ihrer Enkel werden.

Als sie in die offene Harksheide kamen, ließ Moellendorff sein Pferd im zügigen Trab laufen. Hinrich, der bis dahin die Wanderer, Bettler und die schweren Transportkarren begutachtet hatte, die ihnen entgegenkamen oder an denen sie leichten Pferdes vorüberritten, konzentrierte sich nun auf die Stute und sein Gleichgewicht, um nicht den Anschluss zu verpassen.

Der Senator liebte dieses schweigsame Reiten. Wenn es sich einrichten ließ, zog er es jeder Fahrt mit einer Kutsche vor. Auf seinem Pferd konnte er für sich sein, den Abstand halten, verringern oder vergrößern, gemächlich reiten, um etwas zu bereden, voran galoppieren, wenn er die Lust der Bewegung und des Windes spüren wollte. In einer Kutsche fühlte er sich eingesperrt und nicht nur den harten Stößen der Wagenräder ausgeliefert, auch dem Sitzen zwischen Menschen, mit denen er eigentlich nichts zu besprechen hatte, nur weil sie ihn oder er sie begleiten musste, dem Schweigen der Fremdheit – welch Gegensatz zu der Freiheit eines Reiters.

Gegen Mittag erreichten sie die Furt eines Flusses, an der einige Menschen lagerten, die das Durchqueren des kalten Wassers zu Fuß vermeiden wollten. Sie warteten auf den nächsten Transportwagen, dessen Kutscher sie vielleicht auf der Ladefläche mitfahren ließ, so dass sie das flache aber breite Rinnsaal trockenen Fußes überqueren konnten.

Albrecht zügelte sein Pferd, damit es im ruhigen Schritt durch das Wasser gehen konnte, als sich ein auffallend groß gewachsener Mann aus einer nahe stehenden Gruppe löste und, auf einen langen Stock gestützt, ihm humpelnd entgegenkam. Der schmutzige, durchlöcherte Mantel, das dreckige Gesicht und die struppigen Haare ließen ihn das Übliche erwarten. Prompt klang es ihm auch schon aus einigen Metern entgegen: »Barmherzigkeit, Herr, gebt einem armen Wanderer, dessen Gedärme vor Hunger schon beginnen, sich selber aufzufressen, ein kleines Almosen, Herr, damit er seinen Durst stillen kann.«

Sei es, dass Albrecht vor dem ihm entgegenkommenden Gestank eine abwehrende Bewegung machte, sei es, dass sein Pferd vor der rauhen Stimme scheute und seitlich auswich oder ob es seine Worte waren: »Scher dich fort. Wenn ich jedem Bettler Geld geben würde, wäre ich bald ein ebenso armer Mann wie du selbst!« – Der erbärmliche Wanderer war plötzlich mit wutverzerrtem Gesicht in drei großen Schritten neben ihm, riss seinen Stock empor und warf den Senator mit einem kräftigen Stoß vom Pferd herunter.

Albrecht, der vor Überraschung immer noch die Zügel in der Hand hielt, als konnte er nicht glauben, dass er plötzlich auf der harten Erde lag und ihm die Brust schmerzte, sah den Vierschrötigen um das Pferd herumkommen, den Knüppel bereits zum nächsten Schlag erhoben, als eine lange Klinge in der Sonne aufblitzte, der schwere Hieb eines Säbels den Bettler traf, sein Kopf nur noch schaukelnd zwischen seinen Schultern hing und die aufgerissenen Augen ohne Verstand gen Himmel glotzten.

Albrecht beeilte sich, dass er auf die Füße kam. Kaum stand er, stürzte der schwere Körper des Mannes genau auf die Stelle, wo er gerade eben noch gelegen hatte. Das Blut spritzte pulsierend aus der durchgetrennten Halsschlagader, und röchelnd versuchte er, sich in das Erdreich zu krallen, bis seine zuckenden Bewegungen erstarben.

Der Leutnant, der seinem Wallach die Sporen gegeben, gleichzeitig seinen Säbel herausgerissen und im vollen Galopp zugeschlagen hatte, kam im leichten Trab zurück. Nachdem er sah, dass die zusammenstehende Gruppe des Bettlers sich auflöste und die Einzelnen sich von dannen machten, sich furchtsam umblickend, ob er ihnen nicht folgte, stieg er vom Pferd.

»Warum habt Ihr ihn nicht mir überlassen?«, schnauzte der Senator, dem erst jetzt der Schreck in die Glieder gefahren war, den jungen Offizier ungehalten an.

Der Leutnant war kein Mann vieler Worte, und wie hätte er den erregten Patrizier zurechtweisen sollen – nur mit der einfachen Frage, wie er das denn hätte machen wollen? Schlicht antwortete er: »Weil es meine Pflicht ist, Euer Leben zu beschützen.«

»Aber dann hättet Ihr ihn nicht gleich zu töten brauchen! Ein kräftiger Schlag mit der stumpfen Seite der Klinge gegen den erhobenen Arm hätte vollauf genügt!«

Der Leutnant betrachtete den Ratsherrn, der eine Hand gegen die schmerzende Brust presste, und zuckte nur mit den Achseln; der Griff eines Säbels war nicht dafür eingerichtet, dass man mit der stumpfen Seite der Klinge zuschlagen konnte. »Könnt Ihr wieder auf Euer Pferd steigen und reiten?« Er war schon lange genug Soldat, als dass er sich mit einem Zivilisten, und sei es ein Senator und erster Gerichtsherr, um die Frage gestritten hätte, was notwendig wäre, um einer unmittelbaren Gefahr zu begegnen. Er war Soldat, und sein Handwerk war es, einen angreifenden Gegner zu töten.

Widerwillig zerrte er den Leichnam an den Rand des Weges und ließ ihn dort liegen. Dann kam er zu den Pferden zurück, nahm den Knüppel hoch, warf ihn zu dem Wegelagerer hinüber und rief ihm als Grabrede hinterher: »Wer Gewalt sät, wird den Tod ernten!«

In Neumünster nahmen sie in der erstbesten Herberge ihr Quartier. Ein herbeigeholter Bader begutachtete die blauroten Flecken der schmerzenden Brust, befand, dass nichts gebrochen sei, und ließ dann eine Salbe vorbeischicken, die der Ratsherr kräftig auf die Partien aufstreichen sollte.

In Preetz, wo sie gegen Mittag des zweiten Tages eintrafen, hieß es, dass die Adeligen des Stifts nicht anwesend seien. Genauere Auskunft, welche der Frauen wohin gereist war, konnte niemand geben, und so ließ der enttäuschte Albrecht nur einen kurzen Brief überbringen, damit sein Umweg über Kiel nicht völlig umsonst gewesen war. Der kürzere Weg über Lübeck hätte ihm zwei bis drei Tage eingespart.

Die Dämmerung hatte sich bereits über den Tag gelegt, als sie endlich den Flecken Kiel erreichten, dessen sechs Straßenzüge von dem höher liegenden Schloss dominiert wurden. Nach Überqueren des Stadtgrabens hielten sie sich Richtung Anlegestelle der Schiffe, von denen eins mit seinen hohen Masten die Giebelfirste der Häuser überragte.

Auf dem Schloss schien ein Fest gefeiert zu werden. Alle Fenster waren erleuchtet, und der Wirt der Hafenschänke, in die sie nach kurzer Suche einkehrten, brummte missmutig: »Jawohl, Euer Hochwohlgeboren, der Herzog hat zur Hochzeit seines jüngsten Sohnes geladen – dort oben.« Es war nur allzu deutlich, dass er von der Herrschaft keine hohe Meinung hatte, auch wenn sie über ihm thronte.

Albrecht ließ für sie drei Schweinebraten und Hirsebrei bringen, und der Wirt fragte, ob die Gäste vielleicht noch Krude oder Bier trinken wollten.

»Krude? Was ist das für ein Getränk?«

»Es schmeckt köstlich und ist aus Wein, Zucker, Zimt und Paradieskörnern zusammengekocht.«

Albrecht schüttelte sich unwillkürlich; es schien ein süßes, klebriges Gemisch zu sein. Er ließ Bier bringen und befragte den Wirt, ob zufällig ein Fischer mit eigenem Boot anwesend sei. Der Wirt blickte sich im Schankraum um und deutete dann auf einen Tisch an der Wand. »Dort drüben, Euer Hochwohlgeboren, der mit dem grauen Bart, der dort alleine sitzt, das ist so einer, wie Ihr ihn anscheinend sucht.«

Der Senator nahm seinen Bierkrug und setzte sich zu dem Graubärtigen an den Tisch. Er wartete, bis der Mann aufblickte. »Wie ich höre, hast du ein Fischerboot?«

»Kann wohl sein.«

»Könnte ich es für eine Reise mieten?«

»Wohin soll's denn gehen, Herr?«

»Nach Stockholm und möglichst schnell.«

Der Fischer fixierte den Hamburger Ratsherrn, als würde er abschätzen, wie viel der Fang wohl wert sei, der ihm da unerwartet in die Netze gekommen war. Er schob seine Unterlippe vor und kaute auf seinem Bart. »Stockholm?« Albrecht nickte. »Dreißig Mark lübisch«, knurrt es aus seinem Bart heraus. Als er das Zucken der Augenlider Albrechts über diese unverschämte Forderung sah, grummelte er nach: »Wenn's Euch das wert ist und wenn's Ihr eilig habt ... Wir könnten noch heut' Abend ablegen.«

Albrecht zögerte nicht lange. Er wollte das Schiff zwar nicht kaufen, aber da er keine Wahl hatte, schwieg er zu dem Wucherpreis. Am Geld sollte es nicht scheitern. Und wenn sie am selben Abend abfahren konnten, war es ihm recht. Auch deshalb war er nach Kiel gekommen. Die Stadt war kaum befestigt, und so gab es auch nachts keinerlei Hindernisse, aus dem Hafen auszulaufen. »Du sollst das Geld bekommen. Sag' deinen Leuten Bescheid.«

Nun blinzelte der Fischer seine vermeintliche Beute überrascht an und fragte sich, ärgerlich werdend, warum er nicht gleich vierzig Mark als Preis verlangt hatte – die hätte der Fremde auch bezahlt. Na, ja, tröstete er sich innerlich, noch war nicht aller Tage Abend, und bevor es auf die Rückfahrt gehen würde, hätte sich der Preis leider erhöht. Er grinste verstohlen. Wie hieß es doch: Wer die Macht hat, und er hatte das Schiff, der hat das Recht auf seiner Seite.

Der Fischer holte seinen jüngsten Sohn herbei – da er nicht zum Fischen hinausfuhr, brauchte er die Bootsmänner nicht zu bezahlen –, der Ratsherr verabschiedete den Leutnant der Wallsoldaten mit einem Zehrgeld, stellte sein Pferd und das des Ratsdieners im Stall der Hafenschänke unter, ließ noch Proviant für ein paar Tage einpacken, und sie gingen an Bord.

Im Schutz der Förde war es wegen des einsetzenden Regens zwar unangenehm, aber es ging gut voran. Der Fischer fuhr unterhalb des Vorwerks am Nordufer der Förde, so dass sie nicht bemerkt werden konnten, und Albrecht ging unter Deck, um sich auszuruhen.

Der Wind stand gut, und als Albrecht am nächsten Morgen wieder an Deck kam, stand der Sohn des Fischers an der Pinne: »Guten Morgen, Herr, wir machen gute Fahrt.«

Verwundert blickte sich der Senator um, sah aber niemand anderen außer dem Jungen.

»Ihr sucht meinen Vater? Der hat sich etwas hingelegt. Bei dem guten Wind kann ich das Schiff auch steuern.«

»Dann bist du also ein erfahrener Steuermann?«

Der Junge rubbelte sich durch das strohblonde Haar und lachte unbekümmert: »Beileibe nicht, Herr. Der Vater nimmt mich nur manchmal mit. Aber bei stetigem Wind kann ich das Boot schon alleine steuern.«

Hinrich war inzwischen ebenfalls wach geworden, brachte den Proviantsack mit an Deck und reichte dem Senator Brot und Wein.

Im Schutz der Reling dösten sie den Vormittag vor sich hin. Albrecht bedachte die ganze Angelegenheit und fragte sich, ob es wirklich notwendig gewesen war, die Lieferverträge mit Schweden geheim zu halten. Das war der eigentliche Grund, warum er jetzt auf diesem Schiff saß und nach Stockholm reiste. Doch, entschied er sich, es war richtig. Diese Lieferungen hatten mindestens drei Widersacher, die davon nichts erfahren durften. Erst einmal der dänische König, der dem Schweden nichts liefern würde, was dessen Militär von irgendeinem Nutzen war. Dann die anderen Hansestädte, denen Hamburgs Alleingänge in der Vergangenheit schon mehrfach nicht behagt hatten. Und schließlich die anderen Handelshäuser in der Stadt, die immer wieder vermuteten, dass die im Rat der Stadt vertretenen Handelsherren sich Vorteile zuschanzten, was in diesem Fall schlicht stimmte. Ganz zu schweigen von dem möglichen Unmut der Bewohner, falls sich das Getreide im Winter wieder verteuern sollte und sie dann den Ausfuhren nach Schweden die Schuld dafür geben würden.

Gegen Mittag erschien der Fischer gähnend an Deck und betrachtete skeptisch den Himmel. Er schnalzte mit den Lippen und übernahm das Ruder. »Wie's aussieht, zieht sich das Wetter reichlich zu.«

Nun blickte auch Albrecht, der seinen Gedanken nachgehangen hatte, zum Himmel und sah die grauen Wolken. »Meinst du, dass es schweres Wetter geben wird?«

Der Fischer kniff die Augen zusammen. »Das weiß man nie, aber gut sieht's nicht aus. Die Herbststürme kommen jetzt manches Jahr zu früh, vorzeitiger, als wir's von Jugend an gewohnt sind. Aber wenn's Euch beliebt, kann ich Euch ein paar Handgriffe zeigen, dass Ihr mir helfen könnt, wenn's ärger wird.«

Dem Senator erschien es als nützlicher Zeitvertreib, und so stellte er sich neben den Fischer, der ihm lang und breit erklärte, wie man das Boot im Wind hielt, was man machte, wenn sich der Wind drehte und wie das Segel befestigt war. Hinrich gesellte sich ebenfalls zu ihnen und, obwohl er noch weniger verstand als der Senator, nickte er fleißig mit dem Kopf.

Es wurde zunehmend kühler, und gegen Abend zog sich Albrecht unter Deck zurück. Der Seegang schien jedoch nach einiger Zeit stärker zu werden, und er zog es vor, wieder auf das Deck hinauf zu steigen, als im schummerigen Bauch des Schiffes der immer stärker werdenden Schaukelei ausgeliefert zu sein.

Kaum hatte er die Planken betreten, suchte er sich den nächstbesten Halt, um sich festzuklammern: Das Boot neigte sich unter der Wucht eines aufwogenden Brechers so plötzlich auf die Seite, dass der Fischer über das Deck gegen die Reling geschleudert wurde, vor Schmerzen aufschrie und der grimmig stürmische Kumpan der Wellen das Segel mit einem ohrenbetäubenden Knall zerriss.

Albrecht schrie wie von Sinnen: »Du kommst zu früh, Gevatter Hein!« Mit drei Sätzen war er an der hin und her schlagenden Steuerpinne und umklammerte das lange Holz mit beiden Händen.

Als ob sein Aufschrei verstanden worden war, hörte der Sturm plötzlich auf. Die Wellen wurden flacher, und der Kahn richtete sich in den Fugen ächzend wieder auf. Verwundert blickte Albrecht um sich. Auf dem Deck lagen Trümmer von Schiffsteilen, die Reste des Segels schlugen gemächlich gegen den Mast, und der wimmernde Fischer klammerte sich mit beiden Händen an der Reling fest.

»Hinrich!«, schrie Albrecht in die plötzliche Stille hinein, und aus dem Verschlag, der zu den Quartieren unter Deck führte, tauchte das fahle Gesicht des Ratsdieners auf.

»Hol ein paar große Nägel und einen Hammer und bring sie her zu mir!«

Nun ließ sich auch der Sohn des Fischers an Deck blicken, packte seinen Vater und zerrte den vor Schmerz Schreienden unter Deck.

Albrecht hatte oft genug Erzählungen gehört, dass dieses plötzliche Abflauen eines Sturmes nichts Gutes bedeutete und nur eine kurze Verschnaufpause erlaubte, bevor der nächste Höllentanz begann.

Außer Atem ließ Hinrich die Werkzeugkiste neben Albrecht auf das Deck knallen und blickte ihn fragend an.

»Los! Hammer und Nägel! Nagel die Sohlen meiner Stiefel auf dem Deck fest, und dann sieh zu, dass du einen Tuchfetzen findest, den du an der Rah befestigen musst!«

Hinrich stellte keine Fragen und lag schon auf den Knien. Mit zitternden Händen begann er, die Nägel am Rand der Stiefel durch die Sohlen zu treiben, um den Senator, wie befohlen, auf den Decksplanken anzunageln. Bei jedem Schlag schwor er sich, nie wieder das feste Land und die sichere Heimatstadt zu verlassen, sich auf die ruhige Arbeit eines Ratsdieners zu beschränken und ohne Neid den anderen das Kaufmannsleben wie das Reisen zu überlassen.

Albrecht versuchte, seine Stiefel zu bewegen, aber sie gaben kein Quentchen nach. »Es reicht so«, beendete er die nicht enden wollenden stillen Schwüre seines Dieners. »Nun sieh zu, dass du das Tuch findest, damit wir ein Hilfssegel setzen können, sonst werden wir zum hilflosen Spielball der Wellen und des Sturmes!«

Hinrich hob die Augen zum Himmel – als wenn sie das nicht schon wären! Die zerrissenen Wolken, die er am Himmel sah, machten ihm sofort wieder flinke Beine. Nach kurzer Zeit tauchte er mit dem Sohn des Fischers wieder an Deck auf. Der ließ schnell die Rah herunter, knotete das kleine Ersatzsegel fest und zog es dann hoch.

Als hätte der Wind in aller Ruhe zugeschaut, dass nun alles für den nächsten Tanz bereitet war, zerrte er sofort an dem Segel, als wolle er prüfen, ob er ein leichtes Spiel haben würde. Der Sohn des Fischers blickte furchtsam auf den flatternden Stoff und war nach einem kurzen Blick auf den Senator wieder unter Deck verschwunden.

Albrecht zuckte mit den Schultern. Wenn der sich wie eine feige Memme unter Deck verkriechen wollte, dann war das seine Sache. »Hinrich, bring die Kiste wieder unter Deck, damit sie nicht hier oben auf den Planken herumrutscht, und komm dann wieder her zu mir.«

Der Ratsdiener nickte nur, warf den Hammer in den Kasten, und als im gleichen Augenblick ein Blitz aus den Wolken krachte, war er mit wenigen Schritten ebenfalls unter Deck verschwunden, als würde er sich in eine schützende Höhle flüchten.

Der Sturm schien das Schiff immer noch wie lauernd zu umkreisen. Erst als Albrecht sich fragte, wo verdammt der Ratsdiener blieb, und er »Hinrich« schrie, riss ihm eine Böe den Namen von den Lippen und trug ihn unter höhnischem Gepfeife auf die offene See hinaus.

Albrecht hatte keine Zeit mehr, sich zu fragen, warum denn nun gerade er, der von der Seefahrt herzlich wenig verstand, sich jetzt als einziger auf dem Deck befand. Er, dessen Wissen nur aus den wenigen Bruchstücken bestand, die er von dem Fischer in der kurzen Zeit, seit er an Bord gekommen war, gehört und abgeguckt hatte. Er packte mit beiden Händen zu, klemmte das Holz der Ruderpinne fest zwischen Arm und Körper und hoffte, dass in aller Verwirrung das Glück ihm wohl gesonnen war und das Boot nicht weiter auf das Meer hinaustrieb und auch nicht zu nah an die Küste geleitet und womöglich gegen einen Felsen geschleudert werden würde.

In einer der kurzen Pausen zwischen dem Zerren des Sturmes und den Brechern der Wellenberge meinte Albrecht einen Schatten aus dem Wasser herausragen zu sehen. Er lachte wie irre auf, als er plötzlich daran dachte, dass es vielleicht dieser Holländer sein könnte.

Seine Gedanken wanderten wieder zurück in die Vergangenheit. Karl hatte vor wenigen Wochen zu Hause während des Essens still an der Stirnseite des Tisches gesessen, bisweilen zu ihm hinübergeschaut und immer wieder, kaum merklich schmunzelnd, seine beiden Enkelkinder betrachtet. Mit denen war er nachmittags am Hafen gewesen, und sie hatten flüsternd miteinander getuschelt, als hätten sie ein großes Geheimnis miteinander, das sie unbedingt der ganzen Familie mitteilen mussten. Auch Mechthild war aufgefallen, dass den Zwillingen eine Geschichte auf den Zungen lag und sie kaum erwarten konnten, bis endlich das Essen vorbei war, Albrecht die Tafel aufhob und sie losschwatzen durften, was sie diesen Tag wieder Aufregendes erlebt hatten.

Er hatte sehr wohl die fragenden Blicke der beiden Kinder bemerkt, warum denn bitte das Essen heute so lange dauerte, doch er wollte sie noch Geduld üben lassen und wartete in aller Seelenruhe ab, bis auch der letzte Knecht seinen Löffel beiseite gelegt hatte und damit das Abendessen beendet war. »Nun, Matthias und Hannes, erzählt doch einmal, was es denn heute so Aufregendes am Hafen gegeben hat.«

»Da war, da war, da ist!« Matthias hatte tief Luft geholt, um dem Kommenden eine besondere Betonung zu verleihen, als

Hannes seine Chance sofort erkannte und aufgeregt eingeworfen hatte: »Ein Unterwasserfahrkasten!«

»Bitte?« Er hatte sich nach vorne gebeugt, leicht die Augen zusammengekniffen und die aufgeregten Neffen angelächelt, um sie zu einem ausführlicheren Bericht zu ermuntern.

»Ein Kasten, aus Leder, der tauchte plötzlich aus dem Wasser auf, wo vorher nichts zu sehen war, und hat uns alle ganz doll erschreckt!«

»Du meinst, dass der Kasten unter der Wasseroberfläche gefahren ist?«

»Ja!« Ein heftiges Kopfnicken hatte das hervorgestoßene Wort begleitet, um ihm ganz deutlich zu verstehen zu geben, dass alles seine Richtigkeit hätte.

Er selber hatte zu Karl hinübergeblickt, der aber zufällig gerade eine Pfeife stopfte, sich in aller Ruhe auf seinen Tabak konzentrierte und gar nicht daran gedacht hatte, aufzublicken oder irgend etwas zu kommentieren.

»Mmh!« Er war sich unschlüssig gewesen. Alle am Tisch, bis auf Karl, hatten gespannt zu ihm geblickt und gewartet, was er dazu sagen würde.

»Und das hat zwölf Ruderer!«, hatte Hannes aufgeregt gesprudelt. »Und der Mann, der das gebaut hat, mit dem haben wir gesprochen!«

»Mijnheer Cornelius van Drepel, so heißt der Mann«, hatte Karl ergänzt, und wie von einer Schnur gezogen hatten sich alle Köpfe zur anderen Seite des Tisches gewandt, um die Rauchwolke zu durchdringen, die sich inzwischen um Karl ausgebreitet hatte.

Er hatte Karl gefragt: »Aber es flogen keine Fische in der Luft um den Kasten herum?«

Karl hatte verschmitzt gegrinst, schließlich wusste er, dass alle Hausbewohner, bis auf Matthias und Hannes, seine Erzählungen von den fliegenden Fischen im Pazifischen Ozean als Lügenmärchen, Seemannsgarn oder schlimmer noch, als Hirngespinste eines betrunkenen Freibeuters betrachteten.

»Warum sollten denn da Fische herumfliegen? Es lagen keine Fischerboote daneben, von denen aus die Fischer ihren Fang an Land hätten werfen können.«

Daraufhin hatte er vor den Kindern schlecht erläutern können, dass er die Geschichte von diesem Unterwasserfahrboot für das gleiche Hirngespinst hielt, wie diese angeblich fliegenden Fische. Unschlüssig hatte er überlegt, wie er die Wahrheit herausbekommen konnte, ohne die gläubige Begeisterung der Kinder zu verletzen, als es an der Haustür geklopft hatte.

Winfried, der Hausknecht, zu dessen Obliegenheiten das Öffnen der Tür gehörte, hatte sich sofort erhoben, war in der Diele verschwunden und kam in Begleitung eines fremden Mannes zurück. Er hatte sich verlegen hinter dem Ohr gekratzt und dann den Besucher gemeldet: »Mijnheer Cornelius van Drepel, ein holländischer Konstrukteur im Dienst der englischen Admiralität, gibt uns die Ehre seines Besuches.«

Karl hatte überhaupt nichts gesagt. Sein Grinsen war nur noch breiter geworden. Nun war klar, dass auch die Geschichte mit den fliegenden Fischen stimmte, und er, Albrecht, hatte sich verwundert von seinem Platz erhoben, um den unerwarteten Besucher zu begrüßen. Der Holländer hatte seinen breiten Hut vom Kopf gezogen, Albrecht kräftig die Hand geschüttelt und gemeint: »Ihr müsst der Senator Moellendorff sein. Kaufmann Karl Moellendorff, den ich heute am Hafen traf, hat mich eingeladen und meinte, Ihr würdet Euch vielleicht für meine Erfindung interessieren.«

Die englische Admiralität hatte kein Interesse daran gezeigt, da sie zu Recht vermutete, dass man damit auch ihre eigenen Schiffe unvermutet überfallen konnte. Auch der Hamburger Rat und die Bürgermeister hatten sich nicht überzeugen lassen, dass so ein Fahrzeug unter Wasser irgendeinen Sinn hätte. Sich vor den Kontrollen der Niederländer in der Elbmündung unsichtbar machen zu können, wäre zwar interessant gewesen, doch dafür hatte dieses Unterwasserboot eine zu geringe Ladekapazität, als dass es sich wirtschaftlich gelohnt hätte.

Warum dachte er jetzt, wo er sich selber nicht sicher war, ob er diesen Sturm überleben würde, wieder an Karl und an diesen verrückten Holländer? War man unter Wasser sicherer vor dem Tod? Oder waren der Sturm und die Wellen nur ein oberflächlicher Vorgeschmack auf das, was verborgen in der Tiefe lauerte?

Die Wellen sprangen über die Reling an Bord, trennten sich an den Aufbauten, umschlangen die Hölzer, gierig danach, wo der Schwachpunkt dieses glatten Holzes war, sie zu brechen. Das Wasser zerfloss wieder, über die Planken, durch die Reling, um wieder Teil des Meeres zu werden, aus dem es entsprungen war. Jede Welle war wie ein Kumpan der folgenden, der sie es im gurgelnden Zerrinnen weiter gischten: »Dort ist es, da, das schwache Holz des Mastes, dort das morsche Holz der Reling, da sind die schwachen Stellen und ihr könnt sie leicht zerschmettern!«

Albrecht starrte auf den Mast, als ob sein Leben an ihm hängen würde – und allmählich wurde ihm bewusst, dass es tatsächlich so war. Brach der Mast, würde das Schiff den Brechern und dem Sturm hilflos ausgeliefert sein und ein Spielball ihrer Launen werden.

Wie hieß es? Vor Gericht und auf hoher See ist man fest in Gottes Hand! Er lachte verzweifelt. Vor Gericht war er, aus der Sicht des Beklagten, der Gott, und hier auf See war er der Ausgelieferte. Hätte er die Hände frei gehabt und die Stiefel nicht festgenagelt, er wäre vermutlich auf die Knie gefallen, hätte zu allen Göttern gebetet und alle Wetterhexen beschworen, ihn und das Boot zu verschonen. Da er nicht inbrünstig beten konnte, besann er sich auf seinen Mut, der eher schiere Verzweiflung war, und steuerte das Schiff so gut er es vermochte.

Der Schrei einer Möwe schreckte ihn auf. Er riss den Kopf hoch und wollte sich die Augen reiben, doch seine ausgekühlten Arme und Hände hatten sich so fest um das Holz der Ruderpinne verkrallt, dass er die Augen schloss und sich ganz darauf konzentrierte, Muskel für Muskel, Finger um Finger von dem Holz der Ruderpinne zu lösen.

Im Laufe der tosenden Nacht musste er vor Anstrengung und Erschöpfung von einer Bewusstlosigkeit überwältigt worden sein.

Das Meer war flach und kräuselte sich spielerisch in einer leichten Brise. Das Boot trieb langsam dahin, als hätte es den vergangenen Tag und die Nacht mit den Wellenbergen gar nicht gegeben. Ein feiner Sprühregen umhüllte das Boot, und Albrecht spürte die Nässe auf seiner bloßen Haut.

Er spreizte langsam, mit unterdrücktem Stöhnen über die schmerzhafte Bewegung, die einzelnen Finger und wollte seine Füße bewegen, als er sofort die Pinne wieder packte, um nicht mit dem Körper geradewegs auf das Deck zu stürzen.

Verwundert blickte er auf seine Hose, die mit Kot und Urin beschmutzt war, dann auf seine Stiefel und fragte sich irritiert, ob er auf dem Deck angewachsen sei, als er in ein schallendes Gelächter und gleichzeitiges Schluchzen verfiel – schließlich hatte er selbst seinem Diener befohlen, die Stiefel auf den Planken festzunageln.

Niemand war auf Deck zu sehen, und so zerrte er mühsam seine Füße aus den vor aufgesogener Nässe quaatschenden Lederstiefeln. Mit steifen Gliedern humpelte er über die glitschignassen Planken, riss ärgerlich den Verschlag auf, hinter dem die Treppe unter Deck führte, und stieg langsam die Stufen hinunter.

Schon beim Öffnen des Verschlages meinte er, im Bauch des Schiffes ein grunzendes Schnarchen zu hören. Tatsächlich lagen neben dem reglosen Kapitän sein Sohn und der friedlich schlummernde Ratsdiener.

Als er sich über seinen Diener beugte – da er keine Stiefel

anhatte, konnte er ihm keinen schmerzhaften Tritt versetzen – , schlug ihm eine solche Schnapsfahne entgegen, dass es ihm beinahe den Magen umdrehte. Er packte den Ratsdiener am Kragen und zerrte ihn hoch. Hinrich riss die Augen auf und starrte seinen Herrn an, als würde eine überirdische Gestalt vor ihm stehen. »Ist alles vorbei? Sind wir im Himmel?«

Jetzt riss dem Ratsherrn der Geduldsfaden: »Vielleicht im Säuferhimmel, aber sonst noch verdammt auf Erden und am Leben!«

Er hatte einen Riemen neben der Treppe liegen sehen, war mit ein paar Schritten neben den Stufen und griff sich den langen, breiten Lederstreifen. Probeweise ließ er ihn zweimal durch die Luft sausen, dann klatschte der Riemen mit aller Kraft geschlagen auf den Körper des Jungen und des Ratsdieners, der wieder zu schlafen schien. »Versoffenes Lumpenpack«, schrie Albrecht voller Wut, als er auf die beiden eindrosch. »Feige Memmen, wollt ihr wohl auf die Beine kommen!« Und wieder klatschten die Hiebe.

Ächzend drehten die beiden Betrunkenen langsam ihren Körper. Unwillkürlich begannen sie nacheinander die Arme vor den Kopf zu ziehen und gaben dadurch ihre Brust den wütenden Schlägen frei, bis endlich der Schmerz in ihren benebelten Köpfen angekommen war.

Erschöpft ließ der Ratsherr schließlich von den beiden ab und wankte zur Treppe. Er ließ sich auf eine Stufe fallen und lehnte sich gegen das Holz des Niederganges. Ihm war zum Heulen zumute. Während die beiden Geschundenen sich langsam torkelnd aufrichteten, meinte er, ein Scheuern an der Bootswand und dann auf dem Deck Stimmen zu hören. Er wandte sich von seinen vor sich hinstierenden Opfern ab und zog sich die Stufen des Niedergangs hinauf.

»Hallå, finss det någon ombord?«

Er stieß die Tür zum Deck auf, sah ein größeres Schiff längsseits und vier Männer auf dem Deck des Fischerbootes stehen.

»Oj, där ar ju någon!«

Albrecht hatte Mühe sich aufzurichten und lag eher auf den Knien, als dass er stand. »Entschuldigt, ich verstehe Eure Sprache nicht.«

»Teufel auch, ein Deutscher«, antwortete einer. Ein anderer lachte: »Wir hatten schon gedacht, dies sei ein Geisterschiff und Ihr hättet auf der offenen See euer Grab gefunden!« Der dritte grinste: »Ihr könnt von Glück sprechen, dass wir Euch gefunden haben. Euer Boot treibt geradewegs auf die Küste zu und wäre bald auf die Felsen gestoßen.« Der vierte schien der Besonnenste zu sein: »Sind noch mehr Leute an Bord?«

Albrecht nickte stumm, zeigte nach unten und rückte zur Seite, damit zwei der Fremden an ihm vorbei unter das Deck steigen konnten.

Der vierte Fremde schien der Kapitän des anderen Schiffes zu sein. Er hatte Albrecht und seine nasse Kleidung gemustert, seine Strümpfe betrachtet, dann nach einem Blick über das Deck die festgenagelten Stiefel neben der Ruderpinne gesehen und schließlich genickt, als die beiden anderen Fremden die Stufen hinaufkamen und berichteten: »Ein Toter und zwei Besoffene. Der Tote scheint der Kapitän gewesen zu sein.«

»Warum seid ihr bei diesem Sturm hinausgefahren und nicht wie wir im sicheren Hafen geblieben? Euer Kapitän scheint sehr leichtsinnig gewesen zu sein?«

Albrecht zuckte mit den Schultern. Ob der Kapitän nicht nur geldgierig, sondern auch leichtsinnig gewesen war – wie sollte er das wissen?

»Wohin sollte eure Reise gehen?«

»Nach Stockholm.«

Der fremde Kapitän nickte, schien nachzudenken, betrachtete das geschundene aber immer noch schwimmende deutsche Fischerboot, schnaufte und hatte sich dann entschieden: »Stockholm ist auch unser Ziel. Ihr könnt mit zu uns herüberkommen, die anderen beiden bleiben hier an Bord.« Damit wandte er sich an die anderen drei: »Vi tar den här båten på släp, kanske kan vi få prisengar för den.«

Er reichte Albrecht die Hand und half ihm über die Reling zu klettern, während die anderen ein Tau holten und die beiden Boote miteinander verbanden.

Während Albrecht trockene, saubere Kleider, Stiefel und einen heißen Punsch bekam, wurden die Segel gesetzt, und in der kalten Morgenbrise nahm der Schleppzug langsam Fahrt auf.

Man hatte ihm eine warme Decke gegeben, als er draußen auf dem Deck sitzen wollte, und langsam klarte das Wetter auf. Der Nieselregen versiegte, die Wolken wurden zunehmend heller, erste blaue Löcher zeigten sich in der Wolkendecke, die Sonne kam durch. Jetzt, als der Schleppzug der beiden Schiffe in der Sonne zügig durch das Wasser glitt, da fröstelte es Albrecht plötzlich. Er empfand Demut, dass es ihm gut ging, Dankbarkeit, dass der Sturm sich gelegt und er den Schrecken der Nacht überlebt hatte. Er schloss die Augen und spürte gleichzeitig die warme Herbstsonne und die schmerzenden abgescheuerten Stellen auf der Haut an seinen Händen. Eine tiefe Dankbarkeit für die Wärme der Sonne und die Schönheit des Lebens erfüllte ihn. Er spürte so intensiv diese bisher nicht gekannte Demut, von der sein Vater ihm erzählt hatte, dass er beinahe laut auflachte. Demut ist nichts für Situationen, in denen es einem dreckig ging und man um das schiere Überleben kämpfte.

Im Adeligen Stift zu Preetz blickte Melissa von Tralau verwundert auf das Siegel des Briefes, der bei ihrer Rückkehr aus Kiel auf dem Bord in der Eingangshalle auf sie gewartet hatte. Dann merkte sie, wie ihr Pulsschlag schneller wurde. Hastig knickte sie das Papier, brach das Siegel, faltete den Bogen auseinander und überflog die Zeilen. Ja, er war hier gewesen, hatte sie besuchen wollen, müsse aber dringend weiter und würde sich freuen, wenn er sie auf seiner Rückreise antreffen könnte, auch wenn er noch nicht sagen konnte, wann das sein würde.

Sie presste das Papier an die Brust, schloss versonnen die Augen und rief ins Haus hinein: »Trine?«

Ihre Dienerin kam heran geschlurft – die schönen Tage der Ruhe während der Abwesenheit der Herrschaft waren nun vorbei – und sie sah, wie Melissa das Papier schwenkte: »Hat er gesagt, wohin er weiterreisen musste?«

Da es das einzige Schreiben war, das während der Abwesenheit ihrer Herrin abgegeben worden war, wusste die Magd, wer mit dem »er« gemeint sein würde.

»Nein, hat *er* nicht.«

Dabei betonte sie das »er« so ausdrücklich, dass Melissa von Tralau stutzte. »Komm, Trinchen, sag schon, was du weißt!«

Die Magd gab sich redlich Mühe. »Da war noch'n and'rer Herr, auch wenn der nur der Kleidung nach so aussah.«

»Und?« Melissa wartete ungeduldig, dass die Bauerntochter, die nicht zu Höherem berufen war, endlich weiter berichtete.

»Ja, der – der andere – der stolzierte hier herum – er brachte später den Brief – und verkündete – ich hab' ihn nicht gefragt – sie wären auf der Reise in die Hauptstadt ...«, sie schien schärfer nachzudenken, runzelte vor Anstrengung die Stirn und dann hatte sie es, »von Schweden.«

Melissa flüsterte nur »Stockholm« und ließ das Papier enttäuscht sinken. Dann war es nicht verwunderlich, dass er nicht schreiben konnte, wann er wieder zurück sein würde. Der Winter war nah, und wenn das Baltische Meer wieder zufror, dann fuhr kein Schiff mehr. Dabei hätte sie ihn gerne in den Arm genommen, diesen Albrecht Moellendorff, diesen feinen Mann aus der großen Stadt, den sie bei seinem ersten Besuch gleich in ihr Herz geschlossen hatte.

Innerlich frohlockte sie. Oh, ja, er war so stolz auf seine Heimatstadt und alles, was sie in den letzten Jahren geschaffen hatten: ein Gymnasium als höhere Lehranstalt, eine Hamburger Bank mit eigener Münze, die Stadtbefestigung … Sie war neugierig, alles, von dem er berichtet hatte, selber, mit eigenen Augen zu sehen.

Wahrscheinlich war er sogar in Kiel gewesen. Während sie selbst im Schloss feierte, hatte er unten im Hafen ein Schiff für die Überfahrt gesucht. Vermutlich waren sie sich so nah gewesen, ohne voneinander zu wissen. Leise stöhnte sie.

Sie war das Landleben leid. Ihr Ehemann, Heinrich Ritter von Tralau, war schon vor sieben Jahren als dänischer Offizier im Kalmarkrieg gegen Schweden getötet worden. Sie schnaubte, als sie an ihre Hochzeit dachte. Als er sie heiratete, hatte er sie zur Witwe gemacht.

Sieben Jahre dauerte nun auch schon ihre zurückgezogene Witwenschaft. Und, für eine anständige Witwe, befand sie, war sie einfach noch zu jung. Ihr Blick in den Spiegel gab ihr Recht. Das hochgeschlossene, bis auf den Boden hinabreichende Kleid, dessen fließender, schwerer Stoff unter den Brüsten mit einer breiten Schärpe zusammengehalten wurde, betonte eher ihre schlanke Figur, als dass es sie verbarg.

Die ewige Stickerei, um sich die Zeit zu vertreiben, die ewigen Gespräche mit den anderen Stiftsfrauen, die sie immer weniger interessierten, und keine von ihnen konnte und wollte Schach spielen. Ach, und die seltenen Feste auf der Residenz in Schleswig oder dem Schloss in Kiel …

Es gab genügend Verehrer, die sie umschwärmten, aber sie wollte nicht noch einmal einen Offizier als Mann, wieder monatelang alleine sein, warten, um dann wieder Witwe zu werden. Und die Jüngeren oder Gleichaltrigen, die ihr zugesagt hätten, waren alle Offiziere im königlich dänischen Heer oder in der Flotte Christians. Und die Anderen, keine Offiziere, waren auch entsprechend dumm oder so tranig und hofschranzig, dass es für sie noch nicht einmal zum Offizierspatent gereicht hatte. Sie seufzte. Nein, die alle nicht. Dieser friedliche und gebildete Ratsherr, der ein beschauliches Leben in einer großen Stadt führte – nach dem stand ihr der Sinn für ihr weiteres Leben.

Stockholm

Albrecht hatte für sich und den Ratsdiener Quartier in einer Herberge im deutschen Viertel genommen, sich neue Stiefel gekauft und war in der Residenz vorstellig geworden. Er hatte dem Hofmarschall von dem Unglücksfall in Hamburg berichtet und wartete nun darauf, dass der Schwedenfahrer mit den Bierfässern, der letzten Ladung für dieses Jahr, im Hafen einlief.

Nach vier Tagen des Wartens war es endlich soweit. Das Hamburger Schiff legte im Stockholmer Hafen an. Albrecht beaufsichtigte das Abladen der Bierfässer und schickte Ratsdiener Hinrich mit einer Nachricht ins Schloss.

Der königliche Hofmarschall ging am Kai erstaunt um den Stapel der abgeladenen kleinen und großen Bierfässer herum, blieb neben dem einzeln stehenden Fass stehen, das auffallend länger als die anderen und mit einem Kreuz gekennzeichnet war. Er blickte den Ratsherrn fragend an. Der nickte. Der Hofmarschall klopfte gegen das Holz. Es klang dumpf.

Er stemmte seine Hände in die Hüften und fragte mit einem bedrohlichen Unterton in der Stimme: »Sind das in Hamburg die Särge für die Toten?«

Albrecht war überrascht. Diese Möglichkeit hatte er noch gar nicht in Betracht gezogen. Nun schwankte er zwischen der Ehrlichkeit, dass auch in Hamburg die Särge die Form einer langen Kiste haben und der diplomatischen Möglichkeit, den offensichtlich unkundigen Schweden in seinem Glauben zu belassen, dass es so üblich sei und Graf Dottingsfron den in der Fremde normalen Sarg erhalten habe. Wie hatte Karl immer gesagt? Man muss den Leuten seine Sache verkaufen! Er entschied sich für die Kunst der Diplomatie: »Ja, so ist das in Hamburg. Wie Ihr vielleicht wisst, sind wir die größte Brauerstadt im Norden des Reiches deutscher Nationen, und unsere Böttcher sind fleißige Leute …«

Der schwedische Hofmarschall schnaufte erleichtert, dass seine Vermutung doch nicht zutraf, ein schwedischer Adeliger, zudem Verwandter des Königs, sei in Hamburg unwürdig behandelt und wie eine Konterbande in ein stinkendes Fass gesteckt worden.

Er klopfte wieder gegen den Bauch des Bierfasses und nickte zufrieden. »Klug. Da hat man auch mehr Platz drin als in der bei uns üblichen schmalen Kiste, und wenn man keine Helfer hat, kann man den Toten auch alleine zum Friedhof rollen.« Er schien vergnügt und war sichtlich von dieser klugen Hamburger Gewohnheit beeindruckt, die Toten in Fässern zu transportieren und zu beerdigen. Er würde es sofort dem Reichskanzler berichten und vorschlagen, dass auch für Schweden eine solche Regelung eingeführt werden sollte.

Albrecht schwieg dazu.

Am nächsten Tag stand er an einem der Fenster des Stockholmer Schlosses und blickte auf den Norrström hinaus. Es hatte in der Nacht zu schneien begonnen, und die dichten weißen Schneeflocken wurden von einer Brise zum Tanzen gebracht, bevor sie erschöpft auf den Wegen und auf der Wasseroberfläche des Norrström niedergingen.

Er sollte sich am frühen Nachmittag im Schloss einfinden und würde dann zum Reichskanzler vorgelassen werden. Der König befand sich bei seinen Truppen in Livland, und die Regierungsgeschäfte wurden von dem Reichskanzler geführt. Neben seinem König, der mächtigste Mann in Schweden: Axel Graf Oxenstierna. Er entstammte altem schwedischen Adel und galt als Mann mit großer Urteilskraft und einer sachlichen Nüchternheit, die, wie es hieß, das stürmische Temperament und die hohen Gedankenflüge des Königs glücklich ergänzten.

Moellendorff war allein im Raum und fasste sich in Geduld. Anscheinend hatte man ihn in einen Nebenraum geführt, und der allgemeine Publikumsverkehr spielte sich in anderen Räumen ab. Schließlich setzte er sich auf eine der Bänke, die an den Wänden entlang im ganzen Raum aufgestellt waren, und betrachtete die Wandgemälde, mit denen der Raum dekoriert war. Bei der Betrachtung des dritten Bildes bemerkte er aus den Augenwinkeln, wie sich an der Schmalseite des Raumes geräuschlos eine Tapetentür öffnete, ein Soldat in Uniform zu ihm hinüberblickte, dann, als er seinen Blick aufgenommen hatte, neben die geöffnete Tür trat und eine Verbeugung andeutete.

Moellendorff nickte ihm freundlich zu, ging durch die Tür, die sich sofort hinter ihm schloss, und schritt auf den Mann zu, der neben einem ausladenden Schreibtisch auf ihn wartete und ihm nun seine Hand entgegenstreckte: Der Reichskanzler von Schweden.

Während sie sich die Hand schüttelten, fragte Oxenstierna: »Sprechen wir Latein oder Deutsch miteinander?«

Albrecht blinzelte überrascht, diese Frage hatte er nicht erwartet, und der Reichskanzler drückte ihm kräftig die Hand. »Seid Willkommen, Senator. Ja, ich habe in Rostock, Wittenberg und in Jena die Juris und Philosophie studiert, und so spreche ich nicht nur die universale Sprache der Akademiker und der Diplomatie, das Lateinische, sondern auch die Sprache Eurer lutherischen Bürger, das Deutsch des Doktors Martin Luther und Sachsens.«

Albrecht hatte sofort das Gefühl, er brauche sich bei diesem Manne nicht irgendwie zu verbiegen und meinte: »Ich bin hinsichtlich des Lateinischen ziemlich außer Übung und würde das Deutsche bevorzugen.«

»Gut, dann wollen wir gleich zur Sache kommen. Ich danke Euch, dass Ihr, nach dem plötzlichen Tod unseres Gesandten in Hamburg, die ganze Angelegenheit so völlig ohne Aufsehen geregelt habt. Obwohl«, er zog eine Augenbraue in die Höhe,

»die Geschichte mit den Totenfässern, die Ihr dem braven Hofmarschall erzählt habt und von der er mir beeindruckt berichtete, schon ein starker Tobak ist!«

Als Albrecht nur schmunzelte, nickte Oxenstierna und murmelte anerkennend: »Ich merke, Ihr seid anscheinend auch ein guter Diplomat.«

Er ging zu einem Kartenständer, zog eine Karte heraus und rollte sie auf dem Tisch aus: »Doch nun zu Eurem Anliegen. Ihr habt mit dem gemeuchelten Dottingsfron in Hamburg sicher alles schon besprochen, doch lasst es uns kurz rekapitulieren, damit wir dieselben Informationen haben.«

Albrecht trat an die Karte und deutete auf die Ostseite des Baltischen Meeres. »Euer König befindet sich in Livland, so dass die schwedische Umfassung des Meeres weiter voranschreitet. Warum die beiden Inseln Gotland und Ösel sich immer noch unter dänischer Herrschaft befinden, konnte mir Dottingsfron nicht erklären.«

Oxenstierna zog wieder eine seiner beiden scharfwinkligen Augenbrauen in die Höhe und blickte auf die Karte. »Ich weiß – mitten im Baltischen Meer – so weit weg von Kopenhagen –, wir werden sie noch bekommen.« Er hob den Kopf und schien aus dem Fenster zu schauen, als blickte er in Gedanken weit hinweg bis zu seinem König. »Wie heißt es schon im alten Testament beim Prediger Salomo: ›Ein Jegliches hat seine Zeit, und alles Vorhaben unter dem Himmel hat seine Stunde‹.« Nun deutete er wieder auf die Karte und Livland. »Nach diesem Feldzug wird sich eine schwedische Zange um das östliche Baltische Meer herum gebildet haben, und dann werden wir damit auch diese beiden dänischen Nüsse in unserem Sinne knacken.« Er deutete auf den Südwesten Schwedens. »Danach werden wir die Frage klären, wer in Schonen regiert. Noch hat König Christian dort seine Soldaten stehen und beherrscht den Belt an allen Seiten …«

Oxenstierna bemerkte das Schweigen des Ratsherrn und schaute von der Karte auf. »Ihr betrachtet mich so fragend?«

»Ja. Ich hatte Euch für älter gehalten.«

Der Reichskanzler blickte verblüfft auf Albrecht Moellendorff und schüttelte dann den Kopf. »Noch älter? Dabei bin ich bereits elf Jahre älter als unser König, der im kommenden Monat siebenundzwanzig wird.« Er lachte: »Mit fünfzehn Jahren hatte er bereits sein erstes Armeekommando als Heerführer und verwaltete mit aller Umsicht ein Herzogtum. Mit siebzehn Jahren wurde er König, und ist nun gerade dabei, den dritten der Kriege, die er als Erbe übernehmen musste, wiederum siegreich zu beenden.«

Albrecht entschied sich, als er die Begeisterung des schwedischen Reichskanzlers für seinen König in dessen Worten hörte und in den Augen sah, zu vergessen, dass er gehört hatte, Oxenstierna sei noch vor wenigen Jahren Führer der adeligen Opposition gegen den jungen König im Reichsrat gewesen.

»Und«, Oxenstierna schien wieder in die Ferne zu blicken, »wir stehen erst am Anfang.« Ohne, dass er es selber zu bemerken schien, fuhr er mit der Hand an der polnischen, pommerschen und mecklenburgischen Küste entlang, bis seine Hand auf Lübeck liegen blieb. »Diesen Sommer sind die neuen Kriegsartikel in Schweden Gesetz geworden, die jeden Bauern zu den Fahnen des Königs rufen, wenn er es befiehlt, und es hat ein Ende mit den vaterlandslosen Landsknechten, die nur für ihren Sold kämpfen und nicht mit dem Herzen bei der Sache sind.«

Er war an ein Fenster getreten, um die wirbelnden Schneeflocken zu betrachten und sprach anscheinend mit sich selber: »Noch ist der schon seit vier Jahren andauernde Krieg im Böhmischen weit von uns entfernt. Doch warum dauert er schon so lange? Die Heerführer schonen ihre teuren Landsknechte, schleichen umeinander herum, anstatt frühzeitig und entschlossen in die Entscheidungsschlacht zu gehen. Weil sie finanziell klamm sind, können sie ihre Landsknechte nicht ordentlich bezahlen, und damit sie ihnen nicht einfach weglaufen, haben sie das Prinzip ›Der Krieg ernährt den Krieg‹

erfunden. Es ist ein übles Brennen und Morden unter den Bauern, die ihr Getreide und Vieh nicht freiwillig und kostenlos an die fremden Truppen herausgeben wollen … Das ist nicht unser Prinzip.«

Er wandte sich wieder zu Albrecht und zuckte mit den Schultern, als wolle er damit sagen, dass es ihm egal sei, wie die anderen Länder ihre Kriege führten.

»Doch nun zu uns. Was habt Ihr wegen des Transports vereinbart?«

Albrecht trat an die Karte: »Der Brandenburger ist uns gewogen. Ihr lasst eure Transportschiffe an Stettin vorbei auf der Oder bis nach …«, er suchte auf der Karte nach einem bestimmten Ort, »Oderberg fahren. Bis dort geht der Transport über Land von Havelberg, bis wohin unsere Schiffe auf der Elbe von Hamburg aus den Fuhrleuten entgegenkommen. Der Landweg zwischen den beiden Flüssen bedeutet für schwere Fuhrwerke nur sieben Tagesstrecken durchs Brandenburgische.« Er schien zufrieden zu sein. »Ein schnellerer Reiter wird für die Landverbindung nur zwei Tage benötigen, so dass wir mit einer Woche für die einfache Strecke eine recht schnelle Verbindung untereinander hätten.«

»Verstehe«, meinte Oxenstierna, als er die Karte betrachtete. »Es ist zwar weitaus länger als würden wir die Transporte in Lübeck verladen lassen, und wir müssen zweimal umladen, doch der Däne wird keinen Zugriff darauf haben, und es braucht ihn auch nicht zu interessieren, dass Hamburger Handelshäuser unsere Truppen mit allem Nötigen versorgen.«

Albrecht hatte nur mit halbem Ohr zugehört – schließlich war mit Dottingsfron alles unter Dach und Fach gebracht, die Verträge über Getreide und Pulverlieferungen bereits unterzeichnet und die ersten Lieferungen vorbereitet worden –, er betrachtete mit größerem Interesse die Hand des Reichskanzlers, die wieder schwer auf Lübeck lag.

»Und Eure alten Verbindungen habt ihr endgültig gelöst?«

Oxenstierna war seinem Blick gefolgt und bemerkte erst jetzt, dass seine Hand über Lübeck lag.

»Gelöst? Wir haben uns davon befreit! Ihr kennt unsere Geschichte mit der nordischen Kapitale der Hanse?«

»Sie war bewegt.«

Verblüfft blickte Kanzler Oxenstierna den Senator an. »Ich gelte im Allgemeinen als besonnener Kopf, aber im Untertreiben scheint ihr Hamburger ja noch großartiger zu sein, als ich es bin.« Er zwirbelte die rechte Spitze seines Schnauzbartes und nickte dann. »Aber Ihr habt Recht. Wie soll man die ganze Geschichte sonst in wenigen Worten auf einen Nenner bringen. Von den Tagen vor nun hundert Jahren, nach dem Stockholmer Blutbad – als der Däne, der damals unser Herr war, einhundert Männer unseres Adels und Bürger hinrichten ließ. Als die Lübecker uns unterstützten, indem sie unserem späteren König Gustav Wasa, der als Geisel in Kopenhagen festgehalten wurde, in der Verkleidung eines Ochsenknechtes zur Flucht nach Lübeck verhalfen und von dort nach Schweden brachten. Auch bei seiner Wahl zum König im Reichstag zu Strängnäs stimmten sie für ihn – wobei wir allerdings erst zu spät bemerkten, dass wir an eine verdammt enge goldene Kette gefesselt worden waren. Bis zu den Tagen, als wir dem Dänen halfen, ihn von dem aufständischen Lübecker Bürgermeister Wullenwever zu befreien, der die Vorherrschaft Lübecks im Baltischen Meer wieder erringen wollte. Ja, das war sehr bewegt. Doch wenn ein Bauer nur die guten Ernten zählt und die schlechten schnell vergisst, haben die schwedischen Adeligen ein gutes Gedächtnis. Wir haben kein Interesse daran, dass dieses fallende Haupt der Hanse wieder seine Stirn gegen uns erhebt oder irgendeinen Vorteil durch uns für sich selbst gewinnt.«

Ganz im Gegensatz zu seinen zornigen Worten hatte er den gleichmütigen Klang seiner Stimme beibehalten und hob nun auch die Hand von der Karte auf dem Tisch.

Nahezu lautlos betrat ein livrierter Diener den Raum und

zündete am Kerzenständer neben dem Schreibtisch des Reichskanzlers die Kerzen an.

Albrecht nahm nun die Hamburger Ausfertigung der Verträge aus seiner Mappe und ließ den Reichskanzler die Dokumente in Ruhe lesen. Schließlich begutachtete der die Siegel und nickte. »Das heißt, wir müssen unsere Schiffe bald losschicken, da Ihr Eure Transporte schon vorbereitet habt?«

»Ja, so ist es.«

»Ich werde es veranlassen.« Dann blickte er auf die Verträge. »Könnt Ihr mir die Schriftstücke für zwei Tage überlassen? Ich werde in meiner Kanzlei Abschriften anfertigen lassen, so dass wir beide wieder im gegenseitigen Besitz dieser Vereinbarungen sind.«

Albrecht faltete die Blätter zusammen, reichte sie wieder zu Oxenstierna hinüber und fragte ihn dabei: »Wie weit geht das Interesse Schwedens, den Tod Eures Gesandten aufklären zu lassen?«

Reichskanzler Oxenstierna strich sich nachdenklich um seinen Bart. »Dottingsfron ist ein herber Verlust für uns. Auch wenn er nicht auf dem militärischen Schlachtfeld gestorben ist, wir haben schon zu viele gute Söhne unseres Landes verloren.« Er schüttelte langsam den Kopf. »Doch, ich denke, es war nicht so sehr ein Anschlag gegen uns, sondern dieser feige Mord ist eher gegen Eure Stadt gerichtet. Ihr solltet ein noch größeres Interesse an der Aufklärung dieser Bluttat haben als wir selber.«

»Ihr meint: Lübeck?«

»Wer weiß? Bedenkt, ein Konkurrent, der bereits getroffen am Boden liegt und nur noch wenig zu verlieren hat, ist oft ein heimtückischerer Gegner als einer, der euch kraftvoll gegenüber steht und bei dem ihr wisst, woran ihr seid. Nicht die Starken, nein, die Schwachen müssen wir fürchten. Sie neigen zur Feigheit der verborgenen Tat.«

Nachdenklich fuhr Oxenstierna fort: »Und dennoch können wir diesen Mord an einem Mitglied des Königshauses nicht einfach so hinnehmen, als hätte er auf dem offenen Schlachtfeld sein Leben verloren.« Er blickte auf und schaute Albrecht in die Augen. »Es wird seine Zeit brauchen, bis Ihr die Sache geklärt habt. Doch es würde unsere Bereitschaft, die Handelsbeziehungen zu Eurer Stadt zu verstärken, erhöhen, wenn Ihr innerhalb eines Jahres die Mörder findet und selber bestraft oder unserer Gerichtsbarkeit überstellt.« Er zwirbelte wieder seinen Bart: »Insbesondere hat es für uns eine große Bedeutung, das schwedische Siegel wieder in unseren Händen zu halten. Sonst könnte derjenige, der dieses Siegel unrechtmäßig besitzt, in unserem Namen Verträge vollgültig besiegeln.«

Zudem war dieses Siegel – mit seiner ungewöhnlichen Mechanik als zusammenklappbares Reisesiegel – ein persönliches Geschenk des Königs an seinen Reichskanzler gewesen und hatte deshalb einen besonderen Wert für ihn. Er hatte es Dottingsfron nur mitgegeben, weil das erste Staatssiegel bei dem König in Livland war, das zweite in der Kanzlei in Stockholm bleiben musste und so nur noch sein eigenes zur Verfügung gestanden hatte.

»Gebt mir bis Jahresende einen Bericht über Eure Erkenntnisse.«

Albrecht bedachte kurz, was das bedeutete. Jetzt war Anfang November: November, Dezember, Januar, Februar, März. Bis zum Jahresende am 31. März hatten sie noch fünf Monate Zeit. Das müsste reichen. Es war zwar diplomatisch verklausuliert, aber sehr eindeutig gewesen, dass Oxenstierna die weiteren Handelsbeziehungen nicht so sehr von der Aufklärung der Tat, sondern insbesondere von der Wiederbeschaffung des Siegels abhängig machte.

Er nickte, nestelte dann an seiner Weste und zog aus der großen Innentasche die silberne Spange von Oberst Graf Dottingsfron, die er nun Oxenstierna entgegenhielt. »Ich habe Euch noch etwas zurückzugeben, was Euer Gesandter bei sich trug und offensichtlich mit seinem Leben verteidigt hat.«

Das Gesicht des Kanzlers Oxenstierna überflog ein überraschtes Lächeln. »Ich hatte schon befürchtet, dass auch die Spange von Dottingsfron verloren gegangen wäre.« Er nahm die Spange und sprach eher zu sich selbst: »Diese silberne Spange tragen alle schwedischen Offiziere. Anscheinend haben die Mörder von Dottingsfron nicht gewusst, worum es sich handelte, sonst hätten sie die Spange an sich genommen.« Oxenstierna blickte auf und sah Albrecht an. »Die goldene Zwei, die die Initialen unseres Königs ergänzt, privilegiert den Träger als schwedischen Sondergesandten im Auftrag seiner Majestät, den alle schwedischen Soldaten zu schützen und dem sie zu helfen haben. Stellt Euch vor, ein Mann des Herzogs von Friedland, Wallenstein, würde diese Spange in seinem Besitz haben: Überall in Schweden, in Finnland, Ingermanland, Kexholm und jetzt auch in Livland – überall, wo jetzt schwedische Truppen stehen und auch in Zukunft kämpfen werden –, würden unsere schwedischen Soldaten diesem Feind helfen, ja, helfen müssen!«

Der Reichskanzler betrachtete die Spange, blinzelte kurz, trat einen Schritt vor und heftete sie Albrecht an seine Weste. »Behaltet das Abzeichen bei Euch. Wir haben ein gemeinsames Anliegen, und vielleicht kann sie Euch eines Tages nützlich sein.« Er reichte dem Senator die Hand und entließ ihn damit aus der Audienz. »Es wäre mir eine Ehre, wenn unsere Soldaten Euch zu Diensten sein können.«

Ein Diener in königlicher Livree reichte ihm seinen Umhang, den er sich nur locker um die Schultern legte. Als er das Schloss verließ, an den salutierenden Wachen vorbei, zog er den dichtgewebten Stoff enger um seine Schultern. Das Schneetreiben war dichter geworden, und die Straßen lagen wie weiße Tücher zwischen den dunklen Häusern. Nur das Knirschen des lockeren Schnees, der durch sein Körpergewicht in die Stiefelspuren hineingepresst wurde, begleitete seine Schritte. Die Stadt schien wie ausgestorben zu sein, oder verschluckten die dicht fallenden Schneeflocken den alltäglichen, abendlichen Lärm der Geschäftigkeit und saugten sich voll mit den Geräuschen, die er dann mit dem Druck seiner Stiefel wieder aus ihnen herausquetschte? Unwillkürlich beneidete Albrecht die dunklen Häuser, ihren Gleichmut, ihre Gelassenheit, die Menschen, die Zeiten zu ertragen.

Er war voller Fragen und spürte den Druck der Spange, die er an seiner Weste trug. Sie schien wichtiger zu sein, als dass sie dem Träger nur den Schutz schwedischer Soldaten anvertraute, wie es der Reichskanzler gesagt hatte. War sie ein Gunstbeweis des Königs? Und Oxenstiernas Hinweis, dass der Anschlag nicht vorrangig Schweden gelten würde, er allerdings den Ausbau der Handelsverbindungen von der Rückgabe des Siegels und der Aufklärung der Tat abhängig machte? Würden sie die feigen Täter finden, die sich im Schutz der Dunkelheit verborgen hatten und auf die es, außer Oxenstiernas Vermutung, keinerlei Hinweis gab?

Und wie er von Lübeck gesprochen hatte, als fallendem Haupt der Hanse, das geschwächt am Boden lag und heimtückisch seine Interessen zu retten suchte? Nein, dieser Ansicht des Schweden konnte und wollte er nicht zustimmen.

Der Schwede mochte aufgrund seiner Erfahrungen diese Sichtweise haben – aber die Stadt Lübeck war immer noch maßgebend –, im wahrsten Sinne des Wortes der lübischen Münze und des lübischen Rechtes. Und warum sollten die wenigen verbliebenen Hansestädte sich in dieser Weise mörderisch gegeneinander beeinträchtigen wollen? Hatten denn nicht Bremen, Lübeck, Hamburg, Lüneburg, Braunschweig und Magdeburg erst vor fünfzehn Jahren ein Bündnis der korrespondierenden Hansestädte geschlossen, um sich gemeinsam zu verteidigen? Warum hatten sie den Grafen Friedrich zu Solms-Laubach zum gemeinsamen Oberkommandierenden berufen? Als militärischen Befehlshaber im Amt eines hanseatischen Generalobristen zu Land und zu Wasser, der die Direktion über alle Soldaten zu Pferd, zu Fuß, auf den Schiffen und über die Artillerie hatte. Ja, das war ihre proklamierte Gemeinsamkeit. Aber warum hatten dann die Lüneburger vor zwei Jahren den Hamburger Außenposten Zollenspieker mit einem Kriegshaufen überfallen und niedergebrannt? Hatte sich die innere Qualität der Hanse derart verändert? Es war früher üblich gewesen, dass jede Hansestadt die Gemeinschaft der Hansen für ihre eigenen Zwecke nutzte, doch niemals war eine der Hansestädte militärisch gegen die Interessen einer anderen Stadt des Bundes vorgegangen. Hatte das neue Jahrhundert diese Moral verändert?

Albrecht ging zügiger voran, um schneller in das deutsche Viertel und dort in die geheizte Stube des Gasthofs zu gelangen, in dem er und Ratsdiener Hinrich ihre Unterkunft genommen hatten. Mit jedem Schritt kamen ihm weitere Zweifel in den Kopf. Was hatte einer der Lübecker Ratsherren noch vor einigen Monaten bei seinem Besuch in Hamburg gesagt? Er versuchte sich zu erinnern: »Der Schatten Eurer neuen hohen Stadtbefestigung fällt weit über das holsteinische Land und verdunkelt zusehends Gottes gnädiges Licht, das bisher unsere Stadt in Glanz versetzte: Unser Lübeck, die Königin der Hanse!«

Es hatte bitter geklungen. Aber was will eine Königin, deren Königreich ihr immer weiter zu entgleiten drohte? Und was war mit der altehrwürdigen Reichsfreiheit dieser Stadt, die stolz über Jahrhunderte nur dem Kaiser verpflichtet war und nun unter der dänischen Knute darbte? Warum klammerte sich der Lübecker Rat an seine große Vergangenheit? Weil er in seiner Schwäche keine Zukunft mehr sah? War es die Machtlosigkeit, nichts mehr dagegen unternehmen zu können, dass eine Hansestadt nach der anderen aus dem Bund entschwunden war? Manche vom Hansetag hinausgeworfen, einige aus eigener Entscheidung, manche, weil sie ein mächtig gewordener Landesherr dazu gezwungen hatte? Aber dennoch: Sie hatten ein freundschaftliches Verhältnis zu Lübeck. Verwaltete Hamburg nicht im sechsjährigen Wechsel mit Lübeck gemeinsam das Amt Bergedorf und die Viermarschlande? Der Schwede, so klug er auch war, er konnte nicht Recht haben.

Den folgenden Tag beschäftigte er sich damit, in der Stadt herumzuspazieren. Die Moellendorffs betrieben selber keine Niederlassung in Stockholm, und in den Kontoren der befreundeten Handelsfamilien wollte er sich nicht unbedingt blicken lassen, um unnötige Fragen über seinen Aufenthalt in der Stadt zu vermeiden. Also hatte er den Mantelkragen hochgeschlagen und mit dem neben ihm her trottenden Hinrich, der seit den Hieben mit dem Lederriemen schweigsam geworden war, betrachtete er die Auslagen der Händler. Hinrichs Wunsch, der Herr Senator möge nicht allzu vieles einkaufen, was er dann zur Herberge zu schleppen hatte, erfüllte sich. Sein Herr kaufte nur einen Goldring mit einer eingearbeiteten Linie aus Kristallen, die er dann in seiner eigenen Manteltasche verwahrte.

Als sie gegen Mittag wieder zur Herberge zurückkehrten, wedelte der Wirt ihm aufgeregt mit einem Brief in der Hand entgegen: »Ein königlicher Bote hat dies für Euch abgegeben. Er sagte, es wäre eilig!«

Albrecht zerbrach das Wachs, mit dem der Brief verschlossen war, und überflog die Zeilen. Es war die Aufforderung des Reichskanzlers, noch am selben Tag bei ihm vorstellig zu werden. Warum diese Eile, fragte sich Albrecht, beschied seinem Diener in der Herberge zu bleiben und machte sich umgehend auf den Weg zum Schloss.

Nachdenklich betrachtete er die Soldaten der königlichen Garde vor dem Schloss, die der Schnee und die Kälte nicht zu stören schien. Gleichmütig standen sie auf ihrem Posten und salutierten gemächlich, als er an ihnen vorüberging.

Er hatte sich kaum seines Mantels entledigt und wieder in dem separaten Raum Platz genommen, als sich auch schon die Tapetentür öffnete und er hineingebeten wurde.

Reichskanzler Oxenstierna hatte verschiedene Schreiben auf dem Tisch liegen, begrüßte Albrecht freundlich und wies auf einen Stapel. »Die Kopisten der Schreibstube waren schneller als ich dachte, und so kann ich Euch Eure Verträge schon heute wieder zurückgeben.«

Albrecht trat an den Tisch und stutzte. Er hatte die Farbe des Hamburger Papiers zu oft gesehen, als dass ihm jetzt nicht aufgefallen wäre, dass die Blätter auf dem Tisch sich kaum merklich aber eindeutig davon unterschieden. »Mit Verlaub, Exzellenz, dass sind nicht unsere Verträge!«

»Nein?«

»Auf keinen Fall. Die Farbe des Papiers ist eine andere und das Lübecker Siegel war auch nicht unter dem Vertrag.«

Oxenstierna hatte sich in einen Sessel gesetzt und lachte nun lauthals: »Mein guter Senator! Ich wusste, dass ich mich auf Euch verlassen kann!«

Albrecht richtete sich gerade auf. »Schließlich bin ich Jurist, und die Zuverlässigkeit unserer Stadt Hamburg beruht unter anderem darauf, dass der Rat sich aus zwölf Kaufleuten und zwölf Juristen zusammensetzt.«

Oxenstierna betrachtete ihn neugierig und bot ihm einen Sessel neben seinem an. »Und das hat sich bewährt?«

Albrecht setzte sich nun ebenfalls. »Wir haben nie ein Hehl daraus gemacht, dass die vorgeblichen politischen Interessen immer einen wirtschaftlichen Grund haben. Allerdings brauchen die manchmal hochfliegenden Pläne der Kaufmannsherren eine formelle Korrektur durch die Juristen. Und den Juristen, die dazu neigen, auf ihren Paragraphen herumzureiten, sind die Kaufleute manches Mal behilflich, sie etwas mehr in Trab zu bringen.«

»Und wer stellt die Bürgermeister im Hamburger Rat?«

»Immer ein Kaufmann und ein Jurist. Maßgeblich sind aber

die Kaufleute. Nur sie haben den Weitblick und die Umsicht, die Geschicke unserer Stadt zu lenken! Sie wollen stets einen eigenen Vorteil erreichen und wissen, dass sie ihre Partner langfristig nicht ungebührlich übervorteilen dürfen.« Er hatte es so voller Inbrunst gesagt, dass er jetzt darüber lachte. »Allerdings hat die Bürgerschaft durchgesetzt, dass den Kaufleuten als Kontrolle die Kämmerer zur Seite gestellt wurden, da auch die Kaufleute allzu sehr dazu neigen, mit den städtischen Finanzen, die ihnen nicht gehören, recht großzügig umzugehen, das heißt, der Stadt unmäßige Schulden aufzubürden.«

»Und die Juristen?«

»Sie sorgen für die Rechtssicherheit der Verträge unserer Stadt und sind zudem das andere Gesicht unseres Rates, der gleichzeitig Obergericht und Berufungsinstanz des Niedergerichtes ist. Damit wären die Kaufleute überfordert.«

»Das heißt, Ihr habt die Macht in Eurer Stadt auf drei Gremien verteilt, die sich gegenseitig kontrollieren? Und das geht ohne Probleme?«

Albrecht nickte. »Zwischen diesen drei Gremien, wie Ihr sie nennt, im Großen und Ganzen ja. Doch es gibt noch den Konvent der erbgesessenen Bürgerschaft, die Kollegien der Oberalten, der 48er und 144er der vier Kirchspiele, die alle ihre Vorstellungen und Forderungen haben. Manchmal müssen die beiden Bürgermeister das Schiff des Rates mühsam steuern, als wären wir in stürmischer See, wenn die verschiedenen Meinungen aufeinander prallen.«

Oxenstierna schien darüber nachzusinnen, während Albrecht wieder aufstand, an den Tisch trat und eines der Blätter hoch nahm. »Woher habt Ihr diesen Vertrag?«

»Er erreichte heute Morgen die Staatskanzlei mit dem Postkurier von Thurn und Taxis. Der Sekretär ist sozusagen meine rechte Hand, weiß also über die meisten Dinge Bescheid und brachte ihn mir, anstatt ihn im Archiv abzulegen.« Oxenstierna stand ebenfalls auf und reichte ihm einen Bogen. »Das war das Begleitschreiben, in dem Dottingsfron berichtet, dass er diesen

Vertrag mit Lübeck abgeschlossen habe und er die Papiere vorab an das Staatsarchiv schickt, bevor er nach Hamburg weiter reise.«

Albrecht setzte sich vor Überraschung in einen der hohen Lehnstühle und schien Schwierigkeiten zu haben, zu verstehen, was der Reichskanzler ihm gerade gesagt hatte.

Oxenstierna betrachtete ihn aufmerksam und bemerkte dann: »Eine saubere Fälschung.«

»Seid Ihr Euch sicher?«

»Vollkommen. Dottingsfron ist niemals in Lübeck gewesen. Er ist mit dem Schiff von Stockholm direkt nach Hamburg gereist und hat niemals den Boden dieser Stadt betreten.«

»Dann ist der Vertrag also auch eine Fälschung!«

»Das könnte man so sehen, aber die beiden Siegel sind echt. Also sind es auch gültige Verträge.«

»Aber …!«

»Ja, sicher werden wir den Vertrag annullieren lassen. Da es sich mit Lübeck um eine reichsunmittelbare Stadt des Heiligen Römischen Reiches handelt, müssen wir damit allerdings zum Reichskammergericht nach Speyer.«

»Aber das wissen diejenigen, die diesen Vertrag erfunden haben, doch auch. Was versprechen sie sich also davon?«

»Handelsgewinne. Erstens werden wir in diesem Jahr niemanden mehr nach Speyer auf die Reise schicken. Zweitens dürfte auch Euch die haarsträubende Langsamkeit der Entscheidungen dieses Reichskammergerichtes bekannt sein, so dass es Jahre dauern wird, bevor dieser Vertrag für nichtig erklärt wird. Vielleicht nimmt man auch an, dass wir uns nicht der Lächerlichkeit preisgeben werden, wenn wir zugeben müssen, dass uns ein Staatssiegel abhanden gekommen ist?«

»Ihr seid Euch sicher, dass diese Verträge aus Lübeck kommen?«

Oxenstierna stutzte. »Wer anderes sollte einen Vorteil davon haben? Man hat dort anscheinend nicht damit gerechnet, dass Ihr hier in Stockholm seid. Ihr könnt diesen Vertrag bis Jahresende an Euch nehmen. Vielleicht kann er Euch bei der Klärung des Todes von Dottingsfron nützlich sein. Unsere Delegation wird den Vertrag dann auf dem Weg nach Speyer in Hamburg mitnehmen. Und übrigens«, er zog eine Schublade des Schreibtisches auf, »hier habt Ihr Eure Originale zurück. Meine Kopisten haben tatsächlich schneller gearbeitet, als ich es gestern noch annehmen konnte.«

Der Senator prüfte kurz die Papiere, befand sie als richtig, und nickte: »Ich werde Euch benachrichtigen, was sich in der Sache tut.«

Es gab keine weiteren Komplikationen, und so war Albrecht froh, dass er bald wieder abreisen konnte. Die Frage, was mit dem Boot des toten Kapitäns geschehen sollte, wurde von der deutschen Schiffahrtsgenossenschaft geklärt.

Für den Rückweg würde er, so weit es möglich war, den Seeweg vermeiden und über Land bis nach Karlskrona reisen. Er war sich noch nicht schlüssig, ob er eine Kutsche oder einen geschlossenen Kastenschlitten für die Reise über das Land wählen sollte, als ein königlicher Bote in der Herberge vorsprach und nach ihm verlangte.

Albrecht stutzte, als er den Hauptmann der Garde erblickte: Es musste sich also um Wichtigeres handeln. Der Offizier winkte einen Träger herein, der einen großen Stoffballen auf dem Rücken trug, und salutierte. »Exzellenz, Seine Durchlaucht, Reichskanzler Graf Oxenstierna, lässt Euch durch mich seine Grüße und besten Wünsche für eine gute Heimreise übermitteln. Da Ihr über Land reist, sendet er Euch als Zeichen seiner Wertschätzung dieses Geschenk.« Damit bedeutete er dem Träger, den Ballen auf dem Boden abzusetzen, woraufhin der ihn aufatmend auf die Dielen fallen ließ.

Albrecht war verblüfft. »Woher weiß der Reichskanzler, dass ich über Land reisen werde?«

Der Offizier blickte ihn mit offensichtlichem Erstaunen an. »Wenn er nicht alles wissen würde, wie sollte er für den König dieses Land regieren können?«

Nachsinnend suchte Moellendorff in seiner Weste nach einem Geldstück für den Träger, wobei sich der Stoff seiner Jacke so weit verschob, dass der Offizier die silberne Spange mit der goldenen römischen Zwei erblickte, einen Schritt zurücktrat und dieses Mal mit noch größerem Respekt salutierte, kehrt machte und sich zurückzog. Der Träger machte einen tiefen Bückling angesichts der Silbermünze und war damit ebenfalls verschwunden.

Was soll ich mit einem Stoffballen, fragte sich Moellendorff. Sollte es wertvoller Stoff aus Italien sein, wäre das eine sehr umständliche Reise, die dieser Ballen nicht nur hierher, sondern nun auch wieder zurück nach Hamburg machte. Er bedeutete Hinrich, den Ballen zu ihrem Reisegepäck zu tragen, war dann aber doch neugierig, was Oxenstierna sich für ihn ausgedacht hatte und ließ den Ratsdiener die Verschnürung öffnen. Was daraus hervorquoll, verschlug ihm die Sprache. Er bückte sich und befühlte den Pelz, der von einer bemerkenswerten Leichtigkeit war: Russischer Zobel, wie er ihn bisher noch nirgendwo gesehen hatte.

Es war ein Geschenk außergewöhnlichster Qualität. Albrecht hatte zwar keine genaue Vorstellung davon, welchen Wert diese Zobeldecke hatte, doch der musste beträchtlich sein. Neben der Freude über dieses wertvolle Geschenk wurde ihm langsam noch etwas anderes deutlich: Zum einen, wie wichtig die Lieferungen des Getreides und was sonst noch alles transportiert werden würde für die schwedische Armee in Livland waren, und zum anderen dachte er bei sich: Wer hoch geehrt wird, kann desto tiefer fallen.

Auch wenn er bereits wusste, wem er diesen Pelz übereignen würde, jetzt war erst einmal Naheliegenderes zu regeln: Mit dieser Pelzdecke würde er nicht frieren, und so entschied er sich für einen Schlitten nach Karlskrona. Das wenige Gepäck war schnell verladen, und der Kutscher, dem der Wirt, der alles beobachtet hatte, wie nebenbei zugeflüstert hatte, dass er eine bedeutende Persönlichkeit transportiere, war umsichtiger als gewöhnlich und achtete darauf, dass der schwere Schlitten nicht ins Rutschen kam.

Der Senator hatte die warme Zobeldecke über sich und über den neben ihm sitzenden Ratsdiener gebreitet, der unter der wohltuenden Wärme bereit war, den Groll über die schmerzhaften Schläge mit dem Lederriemen zu vergessen.

In Lübeck hatte sich im Haus des Kaufmanns und Ratsherren Engelhaar die Korrespondierende Versammlung, wie sie sich selber nannte, zusammengesetzt: Kaufmann Engelhaar aus Lübeck, Flemming aus Hamburg, Rittersporn aus Magdeburg, Hornhufen aus Lüneburg, Wetterkamp aus Bremen und Leonis aus Braunschweig. Alle sechs hatten sich bei den Verhandlungen über den Vertrag der korrespondierenden Hansestädte kennen gelernt. Sie hatten miteinander vereinbart, wenn es schon niemand anderes mehr tat, die altehrwürdigen Prinzipien der Hanse gemeinsam zu verteidigen.

Kaufmann Flemming hatte die Zusammenkunft veranlasst und berichtete: »Dieser selbst ernannte Schwedenrat in Hamburg hat nicht nur die ersten Schiffe bereits beladen, sondern auch ein Mitglied seiner Runde nach Stockholm geschickt.«

»Diese Fernhändler wollen es also nicht sein lassen, auch weiterhin in unsere Domäne einzugreifen!«, fiel jemand ein.

Flemming ließ sich nicht ablenken: »Warum war es nicht möglich, diesen schwedischen Gesandten mit dem Vertrag unauffälliger verschwinden zu lassen?«

Engelhaar war damit direkt angesprochen und feixte: »Wenn Ihr alles besser wisst, Flemming, warum habt Ihr nicht selber diesen Auftrag übernommen? Es war unser Beschluss, Euch aus dem Verdacht herauszuhalten, und meinem Diener erschien es eben als sicherste Möglichkeit, den Toten im Erdreich der neuen Wallanlagen zu verscharren. Dort wäre er für die nächsten Jahrhunderte verborgen gewesen. Und dass dieser Nachtwächter sie dabei überraschte, war nicht vorauszusehen.«

Leonis beschwichtigte den aufsteigenden Unmut: »So ist es nun einmal geschehen. Wenn wir darüber lamentieren, wird es auch nicht anders. Ist unser Vertrag inzwischen in Stockholm?«

Engelhaar beruhigte sich: »So, wie wir es besprochen hatten. Versehen mit dem schwedischen wie dem Lübecker Siegel.« Wieder feixte er: »Dieser Hamburger Gesandte und der schwedische Reichskanzler, dem er sicherlich dieses hochnotpeinliche schreckliche Geschehen berichten muss, die können sich in Stockholm meinetwegen grün und blau ärgern. Es ist ein rechtsverbindlicher Vertrag, und der sichert uns allen gute Gewinne.«

»Und wenn Schweden die Rechtsverbindlichkeit des Vertrages anficht?«

»Ach, das kann Jahre dauern, und bis dahin haben sich die Schweden an unsere prompten Lieferungen angenehm gewöhnt. Zudem liefern wir billiger als die Hamburger Fernhändler, die ziemliche Umwege fahren müssen!«

Flemming war nicht so begeistert wie sein Lübecker Kollege. »Mit dem Toten haben wir allerdings ein Problem. Ratsherr Wetken, der uns bisher immer getreulich berichtete, was im Schwedenrat besprochen wurde, betrachtet diese Tat als Kriegserklärung gegen ebendiesen Rat.«

Leonis aus Braunschweig lachte laut. »Was ist denn der Handel anderes als ein Krieg mit anderen Mitteln?«

Flemming teilte diese Meinung nicht. »Dabei geht es um Prozente und Provisionen, nicht ums Töten.«

Der Lübecker Engelhaar war kein Freund ausufernder allgemeiner Diskussionen. »Ihr meint, dem Ratsherren Wetken, der auf zwei Schultern trägt, wird diese Last zu schwer?«

»So sieht es aus.«

»Wollt und könnt Ihr das Problem dieses Mal selbst beseitigen?«

Kaufmann Flemming zögerte und dachte nach. Dann hatte er sich entschieden. »Ich denke, ja.«

Im Adeligen Stift zu Preetz

Die Einfahrt zum Stift mit dem breiten Torhaus und den schweren Eichentoren schien Albrecht Moellendorff wie eine Einladung zu sein. Nun war es bereits das dritte Mal, dass er durch diese Einfahrt ritt, erwartungsvoll, ob er endlich wieder das bezaubernde Lachen hören würde, das er so gut erinnerte.

Es begann bereits zu dämmern, und der Torwächter wollte ihn nicht mehr einlassen, da die Tore bald geschlossen werden würden. Nach einigem Hin und Her und dem überzeugenden Argument eines lübischen Schillings war der Torwächter schließlich bereit, den Ratsherrn noch einzulassen, wenn der Ratsdiener mit den Pferden draußen warten würde.

Schnellen Schrittes, um die wenige Zeit zu nutzen, ging Albrecht über den Innenhof, vorbei an der Kirche und dem Konvent zu dem Haus, von dem er wusste, dass Melissa von Tralau dort wohnte. Mit dem Eisenring im Maul des Löwenkopfes klopfte er vernehmlich gegen die Tür. Nach kurzer Zeit öffnete Trine die Tür, riss die Augen auf, als sie ihn erkannte, und mit den Händen vor dem Mund verschwand sie in der dunklen Diele.

Er brauchte nicht lange zu warten, bis ihm ein Frauenkörper beinahe in die Arme flog, dann wieder einen Schritt zurücktrat und er ein »Endlich« hörte.

Sie strahlte ihn so unverhohlen fröhlich an, dass er sie an den Händen nahm. Ihr Name schien sich jedoch seiner Erinnerung entziehen zu wollen. Er wusste, dass er ihn erinnern würde und suchte eine Brücke zu seinem Versteck, Umwege zu anderen Namen, die so ähnlich klangen, und dann, wie ein Jäger ein Rudel Hirsche aufgescheucht hatte, fand er im Durcheinander wieder den gesuchten Namen: »Ja, Melissa. Endlich bin ich wieder hier, und wir sehen uns. Leider kann ich heute nicht lange bleiben!«

Und endlich hörte er wieder ihr helles Lachen: »Oh ja, das strenge Regiment im Stift. Wenn die Tore geschlossen werden, haben alle, die hier nichts verloren haben, hier auch nichts mehr zu suchen!« Ihr Händedruck war fest, und sie schien entschlossen, ihn nicht wieder loszulassen. In stiller Übereinstimmung blickten sie sich an, spürten die Wärme ihrer Hände und verharrten, bis Melissa einen Schritt zu ihm trat, ihn behutsam küsste, so wie sie ihn schon bei seinem ersten Abschied verzaubert hatte, und sagte: »Dann bis morgen!« Damit war sie in der Dunkelheit der Diele verschwunden.

Albrecht blieb noch einen Augenblick in Gedanken versunken unter der Tür stehen, zog sie dann ins Schloss und ging langsam wieder über den Innenhof zum Torhaus zurück, wo der Torwächter bereits ungeduldig wartete, da der Schilling von Minute zu Minute mehr von seiner Überzeugungskraft verloren hatte. Hastig verriegelte er den zweiten Torflügel hinter ihm, da der Vogt des Stiftes jeden Augenblick kommen konnte, um das geschlossene Tor zu überprüfen.

Am nächsten Morgen stand Albrecht kurz nach Sonnenaufgang bereits wieder in der Tür zu ihrem Haus, wurde eingelassen, und sie redeten stundenlang miteinander, sprachen über die vergangenen Monate, tranken Kräutertee, aßen eine Schlachtplatte, redeten über Alles und Jedes, bis Albrecht müde wurde.

Er musste kurz eingeschlafen sein. Die Anstrengungen der vergangenen Zeit verlangten anscheinend größere Ruhepausen, als er sie ansonsten nötig hatte. Woher sollte er auch wissen oder auch nur ahnen, dass Melissa ihm einiges an Baldriansaft in den Kräuteraufguss hineingeträufelt hatte, eben darum, damit er einschlief.

Während er noch darüber nachsinnierte, wurde ihm bewusst, dass er ziemlich flach lag, und als ihn das verwunderte, schließlich hatte er aufrecht gesessen, wurde ihm sehr gegenwärtig, dass sein Kopf an der Schulter einer Frau ruhte, denn unmissverständlich lag seine Hand auf ihrer Brust.

Ein weicher Kerzenschein erfüllte den Raum, draußen war es schon dunkel, und Albrecht schreckte auf: »Ich muss doch fort«, und wurde durch den sanften Druck ihres Armes festgehalten.

»Dafür ist es bereits zu spät«, hörte er ihre Stimme leise an seinem Ohr, und er brauchte nicht erst hinzusehen, um zu wissen, dass sie dabei lächelte. »Wie du weißt, werden die Tore des Stiftes für die Nacht fest verschlossen, und dunkel ist es nun schon seit geraumer Zeit.«

»Und mein Diener?«

»Hat eine Nachricht erhalten, dass er heute nicht auf dich warten soll: Du würdest über Nacht hier bleiben.«

»Und du meinst nicht, dass er hierher gekommen ist, um nachzufragen, ob das seine Richtigkeit hat?«

»Diener haben nichts zu fragen.«

Nun richtete der Ratsherr sich aber doch entschlossen auf und protestierte: »Für eure Diener, um es genauer zu sagen, eure Leibeigenen, mag das vielleicht stimmen, aber nicht für einen Hamburger Ratsdiener, der ein freier Mann ist wie ich selber.«

Melissa zog ihn wieder sanft in ihren Arm, strich ihm über das Haar und zupfte an seinem Ohr: »Du willst mir doch jetzt nicht das Märchen ›Stadtluft macht frei‹ erzählen? Nur weil euer Stadtrecht ihre Körper frei macht vor dem Zugriff ihres Grundherrn, ist ihr Dasein noch lange nicht frei. Du bist frei, ebenso wie ich, weil wir nicht nur das Recht dazu haben, sondern auch das Geld, das uns unabhängig macht von einem Herrn. Ohne Geld wirst du niemals frei sein können. Und wenn ihr sie auch nicht als Leibeigene behandelt, sondern sie sogar ›Schutzverwandte‹ nennt – eure Diener und Arbeiter, die kein Geld haben, um sich das Bürgerrecht zu kaufen – sie bleiben dennoch Leibeigene – allerdings mit wechselnden Herren und Meistern!«

Albrecht verspürte keine Lust zu streiten. In der Stadt waren die Menschen frei vor der persönlichen Willkür eines Grundherren, der sie auf dem Land nicht entweichen konnten. Der Rat sorgte als Obrigkeit für die Schutzverwandten, und der Rat konnte nicht jähzornig werden wie ein Grundherr. Der Rat war von Gott ausersehen, die Guten zu befördern und die Bösen zu bestrafen. Und dass es Reiche und Arme gab, war Gottes Wille, nicht ihre Entscheidung.

Was wusste eine Landadelige schon von dem Leben in einer freien Reichsstadt? Er vergrub seine Nase lieber in ihrer Armhöhle und atmete tief den Duft ihrer Haut.

Melissa, die es spürte und gerade drauf und dran war, ihn zu fragen, warum er ihr nicht antwortete, legte stattdessen seine Hand behutsam wieder auf ihre Brust und schloss die Augen. Sie mussten nicht laut miteinander reden, um beide im Spüren zu wissen, dass sie sich leibhaftig begegnen wollten.

Melissa zählte sich nicht zu den Stiftsfrauen, die sich auf den Festen des Adels schließlich einen der jungen, kräftigen Diener griffen und ihn zu ihrem Vergnügen mit in ihr Bett nahmen. Die wenigen Male, als sie sich vergessen hatte, die hatte sie bereits vergessen. Jetzt fühlte sie sich wie ein junges Mädchen, das endlich ein Geschenk bekommen hatte und nun mehr als neugierig war, es auch auszupacken.

In der ehemaligen Klosterbibliothek des Stiftes hatte sie vor geraumer Zeit zufällig einige Bände gefunden und gelesen, in denen die Nonnen von der Köstlichkeit der Liebe geschrieben hatten. Melissas erster Mann war Soldat gewesen und hatte sich auf dem Pfad der Liebe eher wie auf einem Schlachtfeld verhalten. Und das, wovon die Nonnen geschrieben hatten, nun wollte sie es selbst erleben.

Sie küsste Albrecht und schob ihn eine Handbreit von sich, damit sie unter ihm weggleiten und aufstehen konnte. Wortlos löste sie ihr Haarband, so dass die hochgebundenen Haare über ihre Schultern glitten, und fasste Albrecht an der Hand. Im Widerstreit ihrer Empfindungen, der Furcht ihm nicht zu genügen, der Neugier auf seinen Körper, der Lust ihrer Berührung, der Vorfreude ihrer Nacktheit, schob sie alle Empfindungen beiseite und führte ihn zu ihrem Bett. Wortlos, nur von Küssen unterbrochen, knöpften sie sich die Kleidung auf und ließen sie einfach auf den Dielenboden gleiten.

Plötzlich zögerte Albrecht: »Es ist vor der Zeit.«

Als ob sie ihn nicht gehört hätte, zog Melissa den Kupferkessel mit den heißen Steinen unter der Bettdecke heraus, schob ihn unter das Bett und zog Albrecht mit in die warme Höhle unter der Bettdecke. »Nichts ist vor der Zeit. Ein Jegliches hat seine Zeit, dann, wenn es geschieht.«

Sie musste sich beherrschen, sich nicht an ihm festzukrallen, als er in sie eindrang – so ungestüm, wie sie es sich für das erste Mal mit ihm gewünscht hatte. Es war, als ob das Leben in ihr wieder vollständig erwachte, mit allen seinen Sinnen und Gefühlen, als leichtes Spiel ihrer Körper, getragen von Lust und Sympathie für das andere Geschlecht.

Albrecht zögerte, war erst überrascht, wie sie ihn wollüstig umschlang, das war er von den Mägden nicht gewohnt, und dann vergaß er alles um sich herum, als hätte er endlich das goldene Vlies gefunden, das ihm bisher als Geheimnis verborgen geblieben war. Nähe war ihm immer nur ein Wort gewesen, eine Idee. Nun erlebte er, was vermutlich damit gemeint war, und hatte keine Worte dafür, als er es erkannte.

Durch das Mitternachtsläuten wurde Melissa wach. Sie schreckte auf, als sie einen warmen Körper eng neben sich spürte, und wollte voll plötzlicher Furcht vor dem Eindringling schon aus dem Bett springen, als auch ihre Erinnerung erwachte. Sie drehte sich wohlig zu dem ungewohnten männlichen Körper, wich dann wieder etwas zurück, in eine Distanz, die sie zu seiner Nähe brauchte. Sie wollte diese Nähe, aber ihre Nähe, ihre Entscheidung, nicht nur sein Wollen.

Albrecht war morgens im Dorf unterwegs gewesen und hatte Ratsdiener Hinrich nach Hamburg vorausgeschickt. Er sollte berichten, dass er in vier Tagen ebenfalls ankommen würde und man seine beiden Zimmer für ihn und Melissa gebührend herrichten solle. Die Bedenken des Ratsdieners vor Überfällen hatte er zerstreut, indem er dafür sorgte, dass Hinrich bei einer Kutsche nebenher reiten konnte. Nun war er zur Tür hereingekommen, blieb unschlüssig mitten im Raum stehen, und Melissa, die in einem Sessel am Fenster saß und mit einer Stickerei beschäftigt war, wartete ab, was er auf dem Herzen hatte. Schließlich blickte er zu ihr und fragte: »Hast du den Pastoren gesehen?«

»Der wird in der Kirche beim Hokuspokus sein.«

»Entschuldige bitte, wobei wird er sein?«

Melissa Augenlider zuckten verwundert, dann lachte sie plötzlich lauthals und hielt sich schnell die Hand vor den Mund, weil sie nicht wollte, dass Albrecht ihr Lachen auf sich selber münzte. »Verzeih mir das Lachen, aber wie sollst du das wissen, wenn du nicht auf dem Land lebst und nicht weißt, was die Bauern untereinander reden.«

Da Albrecht sich nicht dazu äußerte, wozu auch, denn erstens hatte sie Recht und zweitens hatte sie das mit dem Hokuspokus noch nicht erklärt, fuhr sie fort: »Im dramaturgischen Höhepunkt der katholischen Gottesdienste hält der Priester die von ihm gesegnete Oblate hoch und spricht dazu: ›Hoc est corpus meum‹. Da die Bauern kein Latein können, verstanden sie nicht, dass er sagte: ›Dies ist mein Leib‹. Nachdem ihnen jemand die Worte übersetzt und erläutert hatte, dass sich in diesem Augenblick die Oblate in das Fleisch des Religionsstifters verwandelt habe und nur noch in Geruch, Geschmack und Aussehen einer Oblate gleiche, soll einer gebrummt haben: ›Also, meine Kartoffeln bleiben Kartoffeln, egal was jemand dazu sagt, und wenn ich Fleisch essen will, dann nehm' ich das auch und brauch' kein Brot zu verwandeln. Denn wenn das man gehen würde, könnte der Priester ja auch mein Getreidefeld in eine Viehherde verwandeln.‹ Mit einem Wort, sie glaubten dem Priester nicht und sahen das Ganze als Schwindel an. Das ist schon lange her, doch dabei ist es hier geblieben, auch als die Konfession sich änderte. Die Bauern sind die gleichen geblieben. So entstand damals aus dem ›Hoc est corpus meum‹ der Hokuspokus.«

Albrecht war verblüfft. »Nennt man das Bauernschläue?«

»Warum nicht. Ein Bauer will bewiesen sehen, was man behauptet und lässt sich nicht so leicht hinter das Licht führen. Natürlich mit Ausnahme der Bauerntölpel, aber die soll es in der Stadt ja auch geben. Aber warum wolltest du eigentlich wissen, wo der Pastor ist?«

Albrecht hatte sich ihre Erläuterungen erst verwundert, dann schmunzelnd angehört, und nun verstärkte sich der Schwung seiner Lippen zu einem Lächeln: »Ich wollte ihn fragen, ob er uns trauen kann.«

Melissa legte das weiße Tuch mit ihrer Stickerei beiseite und war mit drei schnellen Schritten bei Albrecht, man hätte auch meinen können, sie stürzte sich auf ihn, umarmte und küsste ihn. »Du meinst es also tatsächlich ernst mit uns?«

Albrecht nickte. Auch wenn er bisher nicht gewusst hatte, wie die Frau sein sollte, die er begehrte und bei der er bleiben wollte, er spürte die Gewissheit, dass er diese Frau, die er nie gesucht hatte, nun in seinen Armen hielt. Er fingerte in seiner Westentasche nach dem kleinen Päckchen, das er in Stockholm gekauft hatte, wickelte es aus und schob den Goldring mit dem umlaufenden Band aus Kristallen über ihren linken Ringfinger. Melissa umarmte ihn wortlos.

Da er währenddessen über ihre Schultern blicken konnte, sah er im schräg stehenden Licht der Sonne auf dem weißen Tuch neben dem Sessel den Schatten ihrer Stickarbeit. Es war deutlich zu erkennen, dass es ein MM war, das Melissa gerade gestickt hatte. Er schob seine zukünftige Frau eine Armlänge zurück und blickte ihr wie prüfend in die Augen: »Soll denn deine Mühe umsonst gewesen sein?«

Melissa, die seinen Blick über ihre Schulter nicht bemerkt hatte, stieg eine leichte Röte ins Gesicht. Es hörte sich so an, als wollte Albrecht nur ihre Verführungskünste belohnen. Und, wenn es so wäre, das Wort »Mühe« erschien ihr mehr als unangebracht. Es war ihr keine Mühe, sondern eine Lust gewesen, ein Wollen, das sie auch bei ihm meinte gespürt zu haben.

Albrecht grinste, als er ihre schamhafte Röte bemerkte. Er ließ sie los, ging zu dem Sessel und hielt wortlos ihr weißes Tuch gegen das Sonnenlicht. Der dunkle Schatten des MM zeichnete sich markant auf dem hellen Tuch ab. »Diese Mühe meinte ich, die doch zeigt, dass wir beide das Gleiche wollen: Melissa Moellendorff.«

Sie schnaubte leise, kniff unmerklich die Augen zusammen, als wolle sie abschätzen, wo und wie sie einen Gegner am leichtesten verwunden konnte und setzte dann eine leicht gequälte Miene auf. »Das wird nicht gehen.«

Albrecht schüttelte den Kopf, als hätte er nicht richtig gehört, ließ das Tuch mit dem Monogramm sinken, starrte sie entgeistert an. Seine Lippen zuckten, als könnte er die Worte nicht aussprechen, die ihm auf der Zunge lagen.

Melissa konnte sich ihr Lachen nicht verkneifen, war bei ihm und stubste ihn in den Sessel. »Wenn du so nebulös sprichst – das kann ich auch!« Sie setzte sich auf seinen Schoß und umhalste ihn. »Natürlich will ich dich heiraten – oder hast du gerade etwas anderes gedacht?«

Albrecht lag auf der Zunge zu sagen, dass man sich bei Frauen nie sicher sein kann, was sie tatsächlich wollen, und meinte wie nebensächlich: »Das was du gerade gesagt hast: Du kannst nicht alle Monogramme alleine sticken, sondern brauchst eine oder mehrere Frauen, die dir dabei helfen.«

Melissa kuschelte sich an seine Schulter und murmelte: »Nein, das habe ich nicht gesagt. Ich meinte damit, dass der hiesige Pastor uns nicht trauen wird. Wir werden in Hamburg heiraten müssen.«

Wenn Melissa nicht an seiner Schulter gelegen hätte, wäre

Albrecht sicherlich aufgesprungen. So blickte er nur gegen die Holzbalken der Decke. »Und warum meinst du, könnte er sich unserem Ansinnen verweigern?«

»Die Kirche hofft, dass ich Witwe bleibe, und bevor ich dann einsam und alleine sterbe, bis dahin angewiesen auf die mildtätige Sorge der Kirche, und dann der Mutter Kirche meinen Besitz vererben werde. Wie sagte der Pastor mehr als einmal: ›Deine Familie wird sich grämen, aber die Engel werden frohlocken.‹ Vielleicht kannst du den Pastoren ja mit einer Schenkung an die Kirche dahingehend überzeugen, dass er mich in deine Obhut gibt.«

Nun richtete sich Albrecht aber doch so unvermittelt kerzengerade auf, dass Melissa beinahe vom Sessel gerutscht wäre. »Einen Teufel werde ich tun. Ich habe nicht die Absicht, dich wie ein Stück Vieh oder eine Leibeigene irgendjemandem abzukaufen! Die Zeiten, in denen die Kirche in diesen Fragen zu bestimmen hatte, sind gottlob vorbei.«

»Du irrst dich, wenn du meinst, du kannst ihn zwingen. Es sei denn, dass ich meinen Onkel, den Herzog von Holstein-Gottorf darum bitte, dass er ihm die Anweisung dazu gibt.«

»Nein, dann werden wir in der Stadt heiraten.« Albrecht schien dabei in die Vergangenheit zu blicken. »Wir haben schon gewusst, was wir taten, als der Hamburger Rat vor fünfundzwanzig Jahren keinen neuen lutherischen Superintendenten mehr ernannte, sondern die Ratsherren selber die Aufsicht über die Kirche übernommen haben.«

Albrecht war sich seiner und der Macht des Rates zu Hause so sicher, dass er gar nicht auf die Idee kam, Melissas Vorschlag auch nur in Erwägung zu ziehen. Wie hätte er auch wissen sollen und können, dass gerade die Mitglieder dieses Hamburger Rates ihm mehr Schwierigkeiten bereiten könnten als ein unbedeutender Landpastor, der die Weisungen seines Landesherrn und Bischofs zu befolgen hatte.

Die Kirchenglocke läutete, und Melissa, die aus dem Fenster geblickt hatte, sah einige Frauen des Stiftes in das Konventhaus hinübergehen. Sie stand auf, griff Albrechts Hand und zog ihn mit sich. »Komm, ich möchte dich den Stiftsfrauen vorstellen!«

Auf dem Weg erläuterte sie ihm ihr Vorhaben: »Wenn wir uns einig sind, will ich es offiziell machen. Du kannst dann unbeschwert auch über Nacht bleiben. Nach dem Kirchgang, der bei uns immer später ist als in aller Herrgottsfrühe, versammeln sich alle Frauen im ehemaligen Konvent, deshalb werden wir auch Konventualinnen genannt, damit die Priorin allgemeine Fragen mit uns besprechen kann.«

Sie gingen zügig durch den Kreuzgang, und im ehemaligen Refektorium blickten die Versammelten überrascht zur Tür, als Melissa von Tralau mit einem Mann im Gefolge den Raum betrat. Sofort verstummten alle Unterhaltungen. Ein erwartungsvolles Schweigen verbreitete sich im Konvent. Die Priorin Katharina von Buchwald wartete ab, was das bedeuten sollte.

Melissa, mit Albrecht Hand in Hand, durchquerte den Raum, stellte sich neben die Priorin, wartete noch, während die Frauen intensiv den Mann an ihrer Seite musterten, und setzte dann zu ihrer Erklärung an: »Liebe Schwestern. Da auch unsere vormalige Priorin Abel Gadendorff hier in diesem Raum ihre Verlobung mit dem Propst Detlev Brockdorff bekannt gab, will ich es ebenso halten und euch mitteilen, dass ich mich heute mit dem Senator Moellendorff verlobt habe.«

Die Reaktionen der Stiftsfrauen konnten nicht unterschiedlicher sein. Während eine von ihnen zwei anderen zuzischelte: »Ich hab's euch doch gesagt, dass er schon die Nacht über bei ihr war«, blickten mehrere ziemlich grimmig, konsterniert darüber, dass Melissa dem Stachel der Fleischeslust erlegen war. Andere klatschten Beifall, dass sie es geschafft hatte, endlich ihr schwarzes Seidenkleid gegen buntere Stoffe tauschen zu können, während den drei Gesangsmeisterinnen, allgemein Sangemestersche genannt, vor Überraschung nichts anders einfiel, als mit voller Inbrunst kräftig den 46. Psalm anzustimmen: »Ein feste Burg ist unser Gott, ein gute Wehr und Waffen. Er hilft uns frei aus aller Not, die uns jetzt hat betroffen.«

Die Priorin wartete, bis die Sangemesterschen ihr Lied beendeten. Sie hielt sich auch weiter an die ungeschriebene Regel, einen anwesenden männlichen Begleiter ihrer Konventualinnen zu übersehen, und sprach nur mit ihrer Stiftsfrau: »Du weißt, dass du somit das Stift zu verlassen hast?«

Um die Würde der Priorin nicht zu verletzen, setzte Melissa ein äußerlich ernstes Gesicht auf und deutete einen Knicks an. »Ja, ich weiß darum und werde nur noch wenige Tage bleiben, wenn Ihr es erlaubt.«

Die Priorin nickte zustimmend. Damit war der Form genüge getan, alles behielt seine Ordnung, und die Verlobten konnten noch zwei Tage für sich sein.

Nachdem Melissa ihre Anweisungen gegeben hatte, was alles an Kleidern und Wäsche, und unbedingt ihr Schachspiel, verpackt werden sollte, betrachtete sie ihre Bücher. Sie nahm eines in die Hand und blätterte durch die Seiten. Nachdenklich blickte sie dann auf. »Unsere Kultur ist seit hundert Jahren ein Spiel mit seltsamen Regeln: Es gibt nur noch gültige Fragen, aber keine gültigen Antworten mehr.«

Albrecht, der im Lehnstuhl vor sich hin gedöst hatte, wandte sich zu ihr. »Seit hundert Jahren?«

»Ja, seit Herr Doktor Martin Luther ein paar Nägel in den Mund und einen Hammer in die Hand nahm und das Blatt mit seinen Thesen an die Kirchentür genagelt hat. Mit seinen wenigen Hammerschlägen hat er ein ganzes kulturelles Universum zerstört, und seitdem haben wir diese Ungewissheit.«

»Nein! Wenn du mit gültig eigentlich endgültig meinst – bis an das Ende aller Tage, allen Endes bestehend –, dann ist die Regel verkehrt: Wenn es endgültige Antworten gäbe, gäbe es keine gültigen Fragen mehr. Sie wären schließlich beantwortet.

Ohne eine mögliche Antwort gibt es keine Fragen: Die Antwortmöglichkeit bestimmt die Frage. Sie entsteht nicht plötzlich aus dem Nichts, sondern weil dem Menschen etwas auffällt, worauf er eine Antwort möchte.«

»Du meinst also, unsere Sehnsucht nach einer endgültigen Antwort, die alles erklärt, wäre das Ende der Kultur?«

»Ja. Alles würde im Ritual der Gewissheit erstarren, versteinern, so wie die Kirche war, bevor Herr Luther der römischen Kurie ihre eigene Melodie der Gewissheit entgegenschleuderte. Die lebendige Kultur, wie das ganze Leben, ist wie ein großes Rätsel vieler Fragen. Und wie wir aus der Geschichte der letzten hundert Jahre wissen, sind die Fragen geblieben, weil bisher alle Antworten, auch wenn sie eine gewisse Zeit lang als wahr galten, sich doch immer wieder als falsch erwiesen haben. So, wie jemand gesagt hat: Unsere Erkenntnis ist nur die gegenwärtigste Form des Irrtums.«

»Wie du das ›Gegenwärtigste‹ sagst, klingt es so, als sei es das ›Widerwärtigste‹.«

»Und? Wäre es denn verkehrt?«

Melissa musterte den Senator. Es klang so viel Wehmut in seiner Stimme, dass sie sich Sorgen um ihn machte: »Albrecht! Könnte es sein, dass deine Jahre im Rat als Gerichtsherr – wie viele sind es jetzt schon –?«

»Vierundzwanzig«, murmelte er und blickte dann auf. »Und die Jahre als Fiskal.« Albrecht dachte zurück. »Als ich neunzehn Jahre alt war, hat mich der Rat zum Fiskal ernannt, dem Ankläger beim Rat als Obergericht, und ich hatte die Verhandlungen vorzubereiten. Mit fünfundzwanzig wurde ich dann als Ratsherr berufen und gleichzeitig Gerichtsherr.«

»… und der ganze Schmutz und der Auswurf, den du dabei erlebt hast, sind dir inzwischen auf die Galle geschlagen?«

»Wie meinst du das?«

»Ich stelle mir nur vor, wie du es als Gerichtsherr tagaus, tagein mit Halunken, Mördern, Betrügern, Streithähnen um Nichtigkeiten, Dieben …« Melissa hatte an ihren Fingern mitgezählt und verharrte nun bei ihrem fünften Finger, als wollte sie nicht zur zweiten Hand überwechseln, dann hätte sie ihre Hände tauschen müssen, sollten die ersten fünf Finger des bereits Aufgezählten nicht verloren gehen. Dann fing sie wieder bei dem ersten Finger an, als würde sie eine zweite Schicht über die erste legen: »Halsabschneidern, Faulenzern, Straßenräubern, Ehebrechern, …«, mehr fielen ihr im Augenblick nicht ein, und sie verstummte.

»Danke, es reicht.« Albrecht hätte die Aufzählung mühelos weiter fortführen können, doch schon diese wenigen Beispiele ließen ihm bewusst werden, dass seine zukünftige Frau Recht damit hatte, dass sein täglicher Umgang nicht gerade der heiterste war. Jetzt wurde ihm auch bewusst, wie sehr sich die Gerichtszeiten verändert hatten. Als er noch junger Fiskal war, gab es den Mittwoch als einzigen Gerichtstag des Niedergerichtes, doch im Laufe der Jahre waren immer mehr Tage der Woche daraus geworden.

Melissa sah ihn wieder besorgt an, als er unvermittelt auflachte: »Ich habe gerade daran gedacht, dass es schon seltsam ist. Je mehr Gesetze wir gemacht haben, um den Menschen Richtlinien dafür zu geben, was richtig und was falsch ist, um so mehr Klagen, Anklagen und Verhandlungen hat es dann gegeben – als ob erst die vielen guten Gesetze den Menschen strafbar werden lassen!«

»Das ist die Spielregel: Je mehr Gesetze, desto mehr Verletzungen und Übertretungen dieser Gesetze durch die Menschen. Solange jeder sich seinen eigenen Weg durch die Landschaft suchte, um voranzukommen, konnte man nicht vom Weg abkommen. Erst seitdem es genau festgelegte Wege gibt, ist es strafbar, seinen eigenen Weg zu suchen.«

»Aber wo kommen wir hin, wenn jeder Einzelne sich seinen eigenen Reim darauf macht, was richtig oder was falsch ist? Nur die Statuten …«

Melissa war mit drei schnellen Schritten bei ihrem zukünftigen Mann und küsste ihn.

»Das kann ich dir auch nicht sagen. Ich wollte dir nur deutlich machen, dass die Absicht, gute Maßstäbe anzulegen, die Folgerung hat, dass viele dann nichts Gutes mehr tun, wenn sie an dieser Latte vermessen werden. Es gab weniger Böses und weniger Strafbares, als es diesen Maßstab des Guten noch nicht gegeben hat. Das lässt sich nicht vermeiden.«

Albrecht blickte sie an und überlegte, ob er sich tatsächlich mit einer klugen Frau verbinden sollte, oder ob es nicht klüger, zumindest aber geruhsamer wäre, mit einer weniger Klugen zusammen zu sein. Melissa hatte seine innere Frage sehr wohl bemerkt, setzte sich auf die Lehne des Lehnstuhls, in dem Albrecht leicht in sich zusammengesunken war, und blies ihm in die Haare: »Habe ich dich verschreckt?«

»Das habe ich gerade überlegt. Aber es ist wohl etwas anderes. Erstens bin ich solche Disputationen nicht mehr gewöhnt, weil anscheinend niemand mehr wagt, mir zu widersprechen, und zweitens schon gar nicht eine Frau.«

Melissa musste ein ironisches Lächeln unterdrücken: »Meinst du, du könntest dich daran gewöhnen?«

»Es ist ein köstlicher Spaß, sich mit dir zu streiten! Und wenn wir hier wohnen bleiben würden, in der Ruhe des Stiftes, ich könnte ja Landrichter werden, und manchmal gäbe es eine Verhandlung …«

»Nein, das wird nicht gehen!« Sie hatte es schärfer gesagt als es ihr bewusst war. Alles könnte möglich sein, aber nicht hier auf dem sterbenslangweiligen Land oder sogar im Stift zu bleiben. »Man muss zu einer Familie der holsteinischen Ritterschaft gehören, um hier wohnen zu dürfen.« Beinahe hätte sie gesagt: um hier wohnen zu müssen.

»Verstehe«, stimmte Albrecht ihr enttäuscht zu und fragte sich gleichzeitig, was das Hamburger Bürgerrecht über die Zugehörigkeit von Melissa zur holsteinischen Ritterschaft sagen würde. Würde es ein Problem werden? Oder würde er geschickt genug sein, das juristische Eisen so zu schmieden, wie er es wollte? Das würde sich zeigen.

Rückkehr nach Hamburg

Der Transportwagen des Stiftes sollte dieser Tage sowieso nach Hamburg fahren, um die Einkäufe für das kommende Weihnachtsfest zu besorgen. Die Priorin und der Propst waren verpflichtet, den Koventualinnen zu den hohen Festtagen besondere Lebensmittel zu spendieren: Wein, Fisch, Mandeln, Reis und Gewürze wie Safran, Pfeffer und Muskat. Außer dem Fisch, der in Kiel erworben wurde, hatte sich für die anderen Einkäufe immer mehr eingebürgert, sie statt wie früher in Lübeck nun in Hamburg zu besorgen. Da der Wagen auf der Hinfahrt nichts geladen hatte, war genügend Platz für die wenigen Truhen und Gebinde, die Melissa für den Anfang mitnehmen wollte. Die Möbel und Trine, die Magd, blieben erst einmal in Preetz, bis weiteres entschieden war. Trine bekam als Vorschuss ihren Halbjahreslohn von sechs Mark lübisch und zehn Mark als Wirtschaftsgeld. Damit konnte sie zwei Tonnen Gerste oder sieben Schweine kaufen.

Warm vermummt saß Melissa frohgemut neben dem Organisten, zu dessen Aufgaben auch die Einkäufe gehörten, auf dem hohen Kutschbock, in Augenhöhe mit Albrecht, der auf seinem Pferd neben dem Wagen ritt. Die beiden Knechte des Organisten hatten sich zwischen den Truhen auf die Ladefläche gelümmelt.

Der schwere Wagen nahm einen breiteren Weg als Albrecht ihn zu Pferd gekommen war, und fuhr dieselbe Strecke, die er vor einem Jahr ebenfalls mit der Kutsche gefahren war.

Als sie das Dorf verlassen hatten, öffnete sich nach einer halben Meile der Wald zu einem weiten Land. Unwillkürlich zügelte Albrecht sein Pferd und blickte verwundert über die Fläche. Dann trabte er zügig an, und wieder auf der Höhe des schweren Wagens, fragte er konsterniert: »Melissa, wo ist euer Wald hin, die Bäume?«

Melissa runzelte überrascht die Stirn: »Das fragst *du mich*?« War Albrecht tatsächlich so ohne Kenntnisse über den Alltag, dass er es nicht wusste? »Frage die Schiffszimmerer in Hamburg oder in Lübeck, woraus sie eure Schiffe bauen. Es ist unser Wald und unser Holz, mit dem eure Handelswaren auf dem Wasser schwimmen. Unser Wald ist zu euren Schiffen geworden.« Sie holte tief Luft: »Und frage in der Stadt eure Kamine und frage den Winter, er ist ein gefräßiger Geselle, frisst unseren Wald und sein Holz, damit es *euch* in der Stadt wärmt – wenn *ihr* es verbrennt.«

»Willst du es denn nicht auch warm haben im Winter?«

»Natürlich will ich das auch; aber habe *ich* gefragt, wo der Wald geblieben ist?«

Sie hatte Recht. Albrecht wurde nachdenklich und nahm sich vor, die Frage im Hamburger Rat zu erörtern. Wenn das Abholzen der Wälder so weiterginge, würde der Wind in absehbarer Zeit im Holsteinischen nur noch über kahlgeschlagene Flächen pfeifen. Still ritt er die nächsten Stunden manchmal hinter, bisweilen neben dem schweren Wagen und hatte damit begonnen, die hohen Steinkreuze am Rand der Straße zu betrachten und zu zählen. Mehrmals stieg er ab, um die Inschriften zu entziffern. Je mehr er die Nachrufe für die an der Stelle der Steinkreuze getöteten Reisenden las, um so unwohler wurde ihm in seiner Haut. Sie hatten keine militärische Begleitung, und er war der Einzige, der eine Waffe trug. Wäre er allein gewesen, er hätte keinen Gedanken darauf verschwendet. Auch im vorigen Jahr, in der Geborgenheit der Kutsche, waren ihm diese vielen Kreuze nicht in der Weise aufgefallen, wie sie ihm jetzt, häufig über Mannsgröße hoch, geradezu ins Auge sprangen. Immer wieder blickte er zu seiner Braut hinüber, die sich angeregt mit dem Organisten auf dem Kutschbock unterhielt und zwischendurch mit ihm Kirchenlieder sang, um sich die Zeit zu vertreiben.

Kurz vor Bramfeld, wo sie die Nacht bleiben wollten, sah er eine Gruppe Menschen, die sich, als sie näher kamen, an den Wegrand drängte. Während der Organist den Wagen gleichgültig an ihnen vorbeipoltern ließ, verhielt Albrecht sein Pferd. Die Gruppe bestand nur aus Frauen und Kindern. Die Augen quollen aus ihren ausgemergelten Gesichtern hervor, und sie streckten ihm still ihre Hände entgegen.

Langsam ritt er an der Reihe entlang. Die Führung der Gruppe schien ein etwa vierzehnjähriges Mädchen zu haben, die ihm als Einzige nicht die Hände bettelnd entgegenhielt. Mit beiden Fäusten hielt das Mädchen einen langen Prügel umfasst und schien durchaus bereit, ihn auch gegen den Reiter zu wenden.

Albrecht zügelte sein Pferd und blickte das Mädchen fragend an. Die einzige Antwort war, dass sie ihren Knüppel noch fester packte und die Knöchel unter der rotgeschwollenen Haut ihrer Fäuste weiß wurden.

Er beugte sich ihr entgegen: »Wo wollt ihr hin?«

Sie zuckte nur wortlos mit den Schultern und starrte ihn prüfend an, was er im Schilde führte.

»Wo kommt ihr her?«

Sie schüttelte nur den Kopf und schien weiterhin schweigen zu wollen. Albrecht richtete sich wieder auf und wollte gerade sein Pferd antraben lassen, als eine ältere Frau, die neben dem Mädchen stand, ihn am Stiefel fasste und hastig hervorstieß: »Aus dem Böhmischen, Herr. Fort vom Krieg, fort von Soldaten. Tilly, die Schlacht am Weißen Berg. Unsere Männer und Väter tot. Uns wollte man zwingen, katholisch zu werden.«

Albrecht hatte von der Schlacht gehört und blickte die Frau an. »Dann seid ihr schon zwei Jahre unterwegs?«

»Niemand will uns haben«, bellte jetzt das Mädchen mit heiserer Stimme. Sie stellte den Prügel auf den Boden und fixierte ihn: »Mich schon und meine Schwestern auch. Junges Frauenfleisch ist überall beliebt. Wir lassen unsere Mütter und Brüder aber nicht allein. Wenn Ihr uns helfen wollt, gebt uns ein paar

Münzen und reitet dann mit Gott, der *Euch* auch weiterhin beschützen möge.«

Ihre Stimme hatte nicht den leisesten Ton einer Bittstellerin, und Albrecht verstand, warum sie die Gruppe anführte. Er zog aus seiner Satteltasche einen Geldbeutel hervor und reichte ihn dem Mädchen: »Das wird für ein paar Wochen reichen, damit ihr euch Essen kaufen und eine Unterkunft bezahlen könnt.«

Das Mädchen nahm den Beutel und starrte Albrecht an, als ob er eine Gegenleistung dafür erwarten würde. Die Frau neben ihr wollte sich verbeugen, doch das Mädchen hielt sie mit einer harten Armbewegung zurück und bellte mit ihrer heiseren Stimme: »Gott wird es Euch danken! Nun reitet!«

Er nickte, ließ sein Pferd antraben und holte den schweren Wagen bald wieder ein. »Der Krieg schickt uns schon seine Vorboten ins Land! Erst kommen die Flüchtlinge, dann die feindlichen Soldaten.«

»Du hast ihnen Geld gegeben?«

»Ja. Wo sollen sie es denn sonst bekommen? Die Städte weisen sie ab, weil sie nicht einmal alle Armen innerhalb der Mauern ernähren können, und bei den Bauern bekommen sie auch nichts, weil es denen beinahe genauso elend geht.«

»Bei den Städten magst du Recht haben, aber bei den Bauern wäre ich mir nicht so sicher. Viele verschanzen sich geradezu hinter einem angeblichen Elend, um sich vor den Forderungen der Grundherren und der Steuereintreiber zu schützen.«

»Bist du dir sicher?«

»Es gibt beides. Grundherren, die ihren Bauern auch noch das letzte Hühnchen abpressen und sie dem Hunger überlassen, dass diese armen Leute sich das Brot aus Baumrinde backen müssen, und Bauern, die ihr Geld im Heu verstecken oder das Vieh in den Wald treiben, wenn Martini naht und der Zehnte zu entrichten ist. Das Adelige Stift Preetz besitzt umfangreiche Ländereien, und der Propst wie der Vogt könnten dir für diese vorgeblich Elenden zahlreiche Beispiele nennen. Die vorgeführte Armut ist dann ihr Kapital, dass sie besonders herausstellen müssen, um unsere Mildtätigkeit zu erhalten.«

»Du wirst es besser wissen, ich kann nur für eine Stadt sprechen.« Sei es, wie es sei, das flache Land war ihm unheimlich. Im Schutz der Herberge, in der sie in der folgenden Nacht ihr Quartier fanden, fühlte er sich sicherer und war schließlich heilfroh, als sie am nächsten Tag endlich die hoch aufragenden Kirchtürme von Hamburg am Horizont erblickten.

Je näher sie kamen, umso deutlicher hob sich der Wall der neuen Stadtbefestigung als dunkle hohe Wand empor. Hunderte von Arbeitern schaufelten Erdreich aus dem breiten Graben vor dem Wall und fuhren es auf Karren die Rampen zur Krone der Walllinie hinauf, wo es andere verteilten und feststampften. Die Ähnlichkeit mit einem Ameisenhaufen und seinen unzählig umherlaufenden Ameisen war verblüffend. Melissa konnte kaum die Augen von dem Anblick wenden, bis schließlich die eisenbeschlagenen Räder des Wagens über die Zugbrücke vor dem Stadttor polterten.

Die Hamburger Torwache ließ sich nicht beirren, und der Kastenwagen aus Preetz mitsamt Kutscher und Knechten musste den Torzoll begleichen. Ratsherr Moellendorff, und wie er sagte seine »Frau«, was die Torwache mit einem unmerklichen Augenzwinkern kommentierte, brauchten kein Torgeld zu bezahlen. Melissa hatte das Augenzwinkern der Wache sehr wohl gesehen und bemerkte, als sie das Tor passiert hatten: »Bei euch herrscht ja offensichtlich so ziemlich Recht und Ordnung. Obwohl die Ratsherren, wie mir scheint, Sonderrechte haben, was ihre Frauen anbelangt.«

Da Albrecht nicht antwortete, wandte sie sich der Betrachtung der Stadt und der Straßen zu. Sie war das erste Mal in Hamburg und erstaunt über den reichlichen Platz der kleinen

Häuser mit großen Gärten hinter dem nordwestlichen Stadttor, der Neustadt, wie Albrecht ihr jetzt erklärte: »Wie bei der Kleidung eines Kindes, das noch wächst, haben wir auch die Stadtmauern weiter angelegt und schon den Zuwachs der kommenden Jahrzehnte berücksichtigt. Vor wenigen Jahren lag dieses ganze Gebiet der Neustadt noch außerhalb der Stadtmauern, und auch wir hatten hier unser Sommerhaus vor der Stadt.«

Nachdem sie den aufgestauten Alsterfluss am Reesendamm überquert hatten, waren die Straßen manchmal breit, manchmal eng und schmal, wie Melissa es auch aus Lübeck kannte. Die eisenbeschlagenen Räder des Wagens und die Hufe der Pferde klapperten auf dem Kopfsteinpflaster, und alle Straßen der Altstadt schienen gepflastert zu sein. Albrecht ritt voraus, um dem kutschierendem Organisten den Weg zu weisen, und Melissa konnte sich gar nicht genug umsehen, nach rechts und links, welche Kleidung die Frauen hier in der Stadt trugen, wer alles auf der Straße unterwegs war, während der schwere Wagen mehrmals nah an ein Haus heranfahren und anhalten musste, um einem entgegenkommenden Fuhrwerk Platz zum Passieren zu lassen.

Wieder musste der Wagen halten. »Obacht! Küüübel«, schrie ein Mann neben einer breiten Karre mit hohen Seitenwänden. Dann fiel er in einen Singsang: »Schiet und Dreck / bringt es weg / hergetragen / in den Wagen«, und schwang abschließend kräftig eine große Handglocke, dass der Schall unüberhörbar von allen Häuserwänden zurückgeworfen wurde. Sofort öffneten sich alle Türen, und Knechte wie Mägde schleppten Eimer und Bottiche zu der Karre, dessen Ausrufer und sein Gehilfe ihren Inhalt mit großem Schwung in ihren Wagen beförderten. Die Jauche spritzte auf, dass Melissa sich die Nase zuhielt und verwundert zu Albrecht blickte, der auflachte: »Das sind die Leute des Hamburger Dreckvogtes. Früher haben Sträflinge diese Karren durch die Stadt gefahren, doch sie waren zu nachlässig. So hat es der Rat in eigene Verantwortung genommen und jedem Bürger angedroht, wer weiterhin Unrat auf die Straße wirft, dem soll man es zurück durchs Fenster werfen. Das hat gewirkt.«

»Und wohin wird das gebracht?«

»Auf den alten Stadtwall, den die Bürger deshalb Dreckwall nennen.«

Die Männer des Dreckvogtes zogen mit ihrem Karren weiter, und der Preetzer Kastenwagen setzte sich wieder in Bewegung.

Schließlich hielt Albrecht vor einem hohen Bürgerhaus und stieg vom Pferd. Melissa sah das Schild mit dem Familienwappen des Goldenen Schiffes, von dem Albrecht ihr bereits berichtet hatte.

Aus der Tür des Hauses stürmten fünf Kinder heraus, die den Senator beinahe umgerannt hätten. Hinter ihnen folgte dann ruhigen Schrittes ein großgewachsener bärtiger Mann, und Albrecht meinte, sein Onkel Karl würde wie vor dreißig Jahren in der Tür stehen. Nicht nur äußerlich zeigte er eine verblüffende Ähnlichkeit mit seinem Vater – der gleiche große Hut, der Bart –, auch seine Art, die gleiche unverhohlene Herzlichkeit, als er ihn erkannte, auf ihn zuging und herzhaft umarmte: »Nun bin ich endlich wieder zu Hause, um mit dir das fortzuführen, was du mit meinem Vater so lange Jahre erfolgreich bewerkstelligt hast.«

»Sei herzlich willkommen, Eberhard!« Albrecht drehte sich zur Seite und blickte hinter der tobenden Kinderschar hinterher: »Sind das deine …?«

»Ja, alle fünfe. Ich bin mit Kind und Kegel hierher zurückgekommen. Drei sind von meiner lieben Frau Swantje und zwei von meiner Magd, die auch beide mitgekommen sind.«

Das kann ja heiter werden, ging es dem Senator durch den Sinn. »Das calvinistische Amsterdam hat anscheinend freiere Sitten als sie hier im lutherischen Hamburg üblich sind?«

»Gott bewahre. Du hast ja keine Vorstellung davon, welchen Eifer die reformierten Prediger im Wettstreit mit den katholischen Priestern an den Tag legen, um die Unsittlichkeit des Volkes einzudämmen. Badehäuser gibt es in Amsterdam schon seit Jahren nicht mehr. Aber ich bin auch dort immer ein rechtschaffener Lutheraner geblieben. So wie es weiland der Doktor Luther sagte: Wenn die Frau nicht will, dann komme die Magd.«

Albrecht nahm sich vor, noch einmal in den Schriften Martin Luthers nachzulesen, ob Eberhard sich nicht seinen eigenen Reim darauf gemacht hatte. Er drehte sich zum Kastenwagen, half Melissa, herunterzusteigen, und stellte sie seinem Vetter vor: »Melissa von Tralau, meine zukünftige Frau.«

Eberhard zog seinen Hut vom Kopf, nickte anerkennend und begrüßte sie mit einem Handkuss: »Willkommen, Base.« Dann drehte er sich zu Albrecht. »Allmählich wird unser Haus für alle etwas zu eng. Doch lass uns später darüber reden, ich bin gerade unterwegs, zu klären, auf welche Schule meine Kinder gehen werden.« Er stülpte sich schwungvoll wieder seinen Hut auf, rief »Ahoi« und beeilte sich, seine fünf Blagen einzuholen.

Das Gesinde hatte sich inzwischen vollzählig im großen Esszimmer des Erdgeschosses versammelt, wissbegierig und aufgeregt, die Frau an der Seite des Senators zu sehen, über die Ratsdiener Hinrich bereits seit mehreren Tagen immer wieder in blühenden Farben berichtet hatte. Melissa spürte die fragenden, freundlichen, kritischen Blicke beinahe körperlich, als sie den Raum betrat. Alle vier Mägde hatten frische Schürzen umgebunden, die Haare geordnet und vom rubbelnden Waschen helle Gesichter. Die drei Knechte und Ratsdiener Hinrich hatten sich auch ihre besseren Kleider angezogen, und die frisch gewichsten Stiefel glänzten.

»Melissa, darf ich dir unser Gesinde vorstellen: Antje, Marie, Gesine und Kirsten.« Alle Mägde machten bei der Nennung ihres Namens einen Knicks. »Dann: Winfried, Albrecht, Thorsten, und Hinrich kennst du ja bereits.« Die Knechte hatten jeweils einen Diener angedeutet, doch Melissas Augenmerk verweilte auf der Magd Marie, die nicht nur die Aparteste der Mägde war, sondern der auch eine bemerkenswerte Röte ins Gesicht gestiegen war. Marie war also bisher die Bettgenossin ihres zukünftigen Ehemannes gewesen, wenn er danach bedurfte. Sie lobte innerlich seinen guten Geschmack und nahm sich vor, das in der Zukunft zu verhindern.

Jetzt trat Hinrich einen Schritt vor. »Herr Senator, der Bürgermeister bittet Euch, gleich nach Ankunft ins Rathaus zu kommen.«

Albrecht wandte sich zu seiner Verlobten und nahm sie in den Arm. »Entschuldige, Melissa, die Pflicht ruft mich. Lass die Knechte deine Sachen abladen und nach oben bringen und schau, welche der Mägde du dir als deine Zofe wählst.«

Melissa hatte sich bereits entschieden und nickte. »Ich werde schon zurecht kommen. Geh du nur ins Ratshaus.«

Albrecht hatte in seinem Bericht mit aller Deutlichkeit auf die Dringlichkeit der Aufklärung des Todes des schwedischen Grafen und insbesondere auf die Wiederbeschaffung des schwedischen Siegels verwiesen. Der Bürgermeister betrachtete die Verträge mit den verschiedenen Siegeln, die auf dem grünen Tuch des Tisches im Ratssaal lagen, mit großer Skepsis. »Ihr seid Euch sicher, dass der schwedische Gesandte nicht auf zwei Schultern getragen hat? Vielleicht hat er tatsächlich nicht nur mit uns, sondern auch gleichzeitig mit Lübeck einen Vertrag abgeschlossen?«

»Absolut sicher: Nein.« Er berichtete noch einmal ausführlicher vom Gespräch mit dem schwedischen Reichskanzler, der ausdrücklich erklärt hatte, dass Schweden kein Interesse daran hatte, mit Lübeck irgendeinen neuen Handelsvertrag abzuschließen. »Nein, das ist ausgeschlossen. Außerdem ist Dottingsfron niemals in Lübeck gewesen.«

Der Vogt, den der Bürgermeister ebenfalls zu sich gebeten

hatte, blieb skeptisch. »Meint ihr, dem Wort eines Schweden vertrauen zu können?«

Albrecht antwortete lauter als es seine Art war: »Ja. Ich schaue nicht auf die Herkunft eines Menschen, die ist mir egal, sondern auf seinen Charakter, und der ist in diesem Fall ehrlich und gut.«

»Lasst es gut sein«, beschwichtigte ihn der Bürgermeister. »Wir haben noch Näherliegenderes zu besprechen. Ratsherr Wetken ist gestorben.«

»Wann?«

»Vor drei Wochen.«

»Also kurz nachdem ich aus Stockholm abgereist bin, unser Vertrag wieder gesichert war und der Lübecker Vertrag dort ankam. Seht Ihr einen Zusammenhang?«

»Nein. Er hatte abends noch Gäste, lauter honorige Bürger, und als man ihn am Morgen tot in seinem Bett fand, hatte er einen erstaunten Gesichtsausdruck, als hätte er ein gutes Blatt auf der Hand gehabt und wäre verwundert, warum er das Spiel nicht gewonnen hat.«

Albrecht wusste um die Spielleidenschaft des Junggesellen Wetken und blickte sich im Ratssaal um. Er schien nicht zu finden, wonach er suchte.

»Ihr fragt Euch, warum keiner der Sitze des Ratsgestühls mit schwarzem Stoff verkleidet ist?«

»Ja. So ist es immer Sitte gewesen, wenn ein Ratsherr gestorben war.«

»Nur so lange, bis ein neuer Ratsherr gewählt worden ist.«

Überrascht blickte Albrecht den Bürgermeister an und fragte konsterniert: »Das heißt, der Rat hat während meiner Abwesenheit bereits einen Nachfolger für den toten Ratsherren Wetken bestimmt?«

»Ich habe mich lange mit dem Schwedenrat und auch mit Sebastian van Bergen darüber beraten, ob wir, als worthaltende Bürgermeister, den Antrag bis zu Eurer Rückkehr verschieben könnten. Doch wir konnten uns schließlich dem heftigen Drängen der Bürgerschaft nicht verweigern. Es war doch auch in Eurem Sinne, dass über den plötzlichen Tod von Wetken möglichst wenig gesprochen wurde und sich keine unnötigen Gerüchte und Spekulationen in der Stadt verbreiteten. Solange sein Platz im Rat unbesetzt blieb, war ständig davon die Rede. Außerdem war er der Letzte seines Stammbaums, ohne Familie, und somit war auch niemand da, der sich um ihn kümmerte. Nachdem wir ihn in St. Petri begraben hatten, in der Familiengruft ...«

Albrecht schob seinen Ärger beiseite und hob die Hand, um den Redefluss des Bürgermeisters zu beenden. »Wer ist der neue Ratsherr?«

»Kaufmann Flemming.«

Albrecht schien erst sprachlos zu sein, dann hatte er sich wieder besonnen und seinen Zorn mühsam unter Kontrolle gebracht. »Flemming? Den Sprecher der Bürgerschaft? Seid ihr denn von allen guten Geistern verlassen gewesen? Man holt sich doch den Feind nicht in die eigenen Reihen!«

»Moellendorff! Ich kenne Eure Auffassungen über die neue Generation der Handelsherren, die nur noch an ihre Handelsgewinne denken, aber Ihr werdet Euch wundern: Flemming ist plötzlich mehr auf die Autorität des Rates bedacht, als es die alten Ratsfamilien jemals waren. Aus dem Saulus ist vorige Woche auf der Ratssitzung ein Paulus geworden.«

Albrecht war noch skeptisch. Für ihn war Flemming einer der neuen Handelsherren, die auch, wie es hieß, »über Leichen gingen«. Unwillkürlich stutzte er: Konnte Flemming in Verbindung mit dem Tod von Wetken stehen? Zutrauen würde er ihm das, und einen Nutzen aus Wetkens Tod hatte Flemming auch gezogen. Er nahm sich vor, abzuwarten, was das für ein Paulus war. Die Frage wollte er auch nicht weiter erörtern, vielleicht sah er schon überall Gespenster und in jedem Toten einen Gemordeten. Er wandte sich an den Vogt: »Aber nun zu Euch. Habt Ihr und Eure Knechte während meiner Abwesenheit etwas herausfinden können?«

»Wenig, Herr Senator, sehr wenig. Die scheinen von der Stadt wie verschluckt worden zu sein.«

»Auch in den Dörfern und Flecken der Umgebung nichts?«

Der Vogt schüttelte bedauernd den Kopf. Dann meinte er: »Ich hätte ja auch lieber bessere Nachrichten sagen wollen, aber leider kann ich mir keinen der Täter aus der Rippe schneiden.«

»Und wenn auch. Das hätte vor Gericht wohl kaum Bestand. Und das Wenige, von dem Ihr spracht?«

»Der schwedische Gesandte ist zuletzt in der Wirtschaft Zum Storchen am Hafenrand gesehen worden. Es sieht so aus, als wäre er dort zufällig mit ein paar Männern ins Gespräch gekommen, weil sie am selben Tisch ihr Bier getrunken haben. Nach einiger Zeit sei der schwedische Gesandte angesprochen worden und habe mit dem Fremden die Wirtschaft verlassen. Danach verliert sich jede Spur, bis er tot gefunden wurde.«

Bürgermeister Vogeler kaute gedankenverloren auf den Lippen, als an der Tür des kleinen Raums neben der Ratsstube heftig gepocht wurde. »Ja«, rief der Bürgermeister, ungehalten über die Störung, und Ratsdiener Hinrich betrat den Raum, vom schnellen Laufen außer Atem. »Herr Senator, konnte Kaufmann Eberhard nicht finden, ist irgendwo in der Stadt, so bin ich zu Euch …«

»Es ist ja gut, Hinrich. Was gibt es denn so Dringendes, dass du zu *mir* kommst?«

»Euer Segelleichter, die MAREIKE, is' gesunken!«

»Hier im Hafen?«

»Ja, direkt an der Kaimauer, grad'wegs als er beladen wurde, der Kran die Fässer rüber hob.«

Mit einem »Entschuldigt mich, Herr Bürgermeister, ich muss da nach dem Rechten sehen« griff Albrecht nach seinem Mantel und war schon auf dem Weg zum Hafen.

An der Kaimauer betrachtete eine große Gruppe Schaulustiger die MAREIKE, von der nur noch der Bug und die Mastspitzen aus dem Wasser ragten. Um sie herum schwammen

Dutzende Fässer auf dem Wasser, und ein Mann auf einer Schaluppe versuchte angestrengt zu verhindern, dass eines der umherdümpelnden Fässer weiter hinausgetrieben wurde.

Während Albrecht sich von der einen Seite seinen Weg durch die Menge bahnte, hörte er von der anderen Seite ein lautes: »Schert euch fort, ihr Lumpenpack. Wir brauchen hier keine Gaffer, sondern Leute, die mit anpacken!« Es war die Stimme von Eberhard Moellendorff, den die Nachricht inzwischen auch erreicht hatte und der wutschnaubend die Gaffer zur Seite stieß. Zwei von ihnen, die zu nah an der Kaimauer standen, fanden sich umgehend im kalten Wasser der Elbe wieder, und die nah am Rand der Mauer Gaffenden stemmten sich hastig gegen die Nachdrängenden, die sehen wollten, was da geklatscht hatte und dabei die vor ihnen Stehenden beinahe ebenfalls hinunter in das kalte Elbwasser befördert hätten.

Schweratmend standen die beiden Moellendorffs schließlich nebeneinander an der Kaimauer. Sie betrachteten den Schaden, und Eberhard brummte: »Vermaledeit, das nenne ich einen guten Anfang! War der Kahn so morsch, dass er die Fässer nicht mehr tragen konnte?«

»Nein. Die MAREIKE ist erst im Frühjahr völlig überholt worden. Sie ist sogar seetauglich.«

»Also hat da jemand nachgeholfen«, stellte Eberhard grimmig fest. »Der Teufel soll den holen!« Er kraulte sich im Bart und fragte: »Wohin sollte die Reise gehen?«

»Elbaufwärts bis nach Havelberg.«

Eberhard blickte seinen Vetter überrascht an. »Seit wann sind die Moellendorffs mit Binnenhandel beschäftigt? Davon habe ich in Amsterdam nichts mitbekommen.«

»Dort war deine Aufgabe ja schließlich auch eine andere. Ich berichte dir später davon. Lass uns jetzt erst einmal hier die Dinge regeln. Rede du mit den beiden Ewerführern da drüben. Die beiden da, mit den blauen Hemden.« Er zeigte auf zwei Männer, die ein paar Schritte abseits standen. »Sie sollen ihre Boote holen und beim Hereinholen der Fässer helfen. Ich werde mit den Leuten vom Kran reden, dass die Fässer wieder hier auf die Kaimauer gehoben werden müssen.«

Beides war in kurzer Zeit geklärt, und die Neugierigen fanden es bald nicht mehr interessant, zuzusehen, wie der Kran mit dem eingehängten Seil und den beiden Haken, die seitlich in die überstehenden Frösche der Fässer fassten, eines nach dem anderen aus dem Wasser zog.

Währenddessen hatten sich Eberhard und Albrecht Moellendorff die MAREIKE betrachtet und gemeinsam überlegt: »Wenn der Bug noch aus dem Wasser ragt …«,

»… dann muss das Wasser am Heck eingedrungen sein …«,

»… sonst wäre der Leichter vollständig voll gelaufen …«,

»… und wir würden nur noch die Mastspitzen sehen.«

Sie warteten ab, bis alle Fässer geborgen waren.

Inzwischen war auch der Kapitän des Leichters mit seinen Matrosen und den Ruderführern aus der Schänke gekommen, wo sie sich für die bevorstehende Fahrt gestärkt hatten. Er rieb sich die Augen, als er das Malheur betrachtete.

Eberhard schien ihn zur Rede stellen zu wollen, aber Albrecht hielt ihn am Ärmel zurück. »Es ist so üblich, dass Kapitän und Mannschaft den erfahrenen Männern am Kran das Beladen der Leichter überlassen und, anstatt herumzustehen, sich derweil in die Wirtschaft setzen.« Er wandte sich in die Richtung des Kapitäns und rief zu ihm hinüber: »Kapitän Fredersen?«

Der hatte bisher nur Augen für das gesunkene Schiff gehabt und beeilte sich jetzt, zu den Moellendorffs herüberzukommen. Er zog seine Mütze vom Kopf und knurrte statt einer Begrüßung: »Dübel ouck! Wat'n Schiet! Wat nu?«

»Wir werden die MAREIKE vom Kran langsam am Heck anheben lassen, so dass das Wasser aus dem Rumpf während des Hebens hinauslaufen kann.«

»Wie Ihr meint, gnädiger Herr!«

»Haltet zwei eurer Leute bereit, damit die das Leck abdichten können, wenn sie hoch genug heraus gekommen ist.«

Mit einem »Jawoll, gnädiger Herr« ging der Kapitän zu seinen Leuten, um sie über das weitere Geschehen zu unterrichten. Albrecht sprach mit den Männern vom Kran, die sich mit den Ewerführern verständigten, wie sie die Seile am Heck des Leichters anbringen sollten, und dann langsam den Leichter anzuheben begannen.

»Meinst du, der Kran schafft das Gewicht?«

»Sicher, er muss ja nicht gleich das ganze Schiff anheben. Und seine Zugkraft reicht aus, um die kolossal schweren Sandsteinplatten aus Sachsen vom Schiff zu hieven.«

Je höher die MAREIKE langsam aus dem Wasser auftauchte, umso mehr sank der Wasserstand im Schiff, der mit dem umgebenden Wasser der Elbe auf einer Höhe blieb. Geduldig beobachteten die Moellendorffs wie das Heck ihres Leichters immer weiter aus dem Wasser kam, und dann sahen sie es beide gleichzeitig: Über der Wasserlinie waren am Heck drei große Löcher in den Rumpf gebohrt worden.

Albrecht rief: »Fredersen«, und als der sich zu ihm umdrehte, zeigte er auf das Heck: »Abdichten und das Wasser aus dem Rumpf schippen!« Der Kapitän schluckte verdrossen eine Antwort hinunter. Das hätte man ihm nicht extra zu sagen brauchen.

Eberhard kaute nachsinnend auf den Lippen. Dann nickte er. »Ein teuflisch guter Plan, die Löcher über der Wasserlinie zu bohren. So brauchten die Halunken nicht im kalten Wasser zu tauchen und konnten dann unauffällig verschwinden. Der Leichter würde erst sinken, wenn er soweit beladen wurde, dass der Rumpf tiefer ins Wasser gedrückt wird und dann langsam voll läuft.«

»Mmh«, ergänzte Albrecht, »erst bemerkt niemand etwas, und dann sackt der Leichter plötzlich achtern weg. Gut, dass wir das Getreide wegen des nasskalten Wetters in Fässer umgeladen haben. Hätten wir es in den Säcken gelassen, wäre die ganze Ladung verdorben gewesen.«

»Für Getreide eigentlich ein ziemlicher Aufwand«, brummte Eberhard, der gerade die Mehrkosten für die Fässer im Kopf durchgerechnet hatte. »Zahlt der Empfänger soviel mehr, dass sich das für uns lohnt?«

»Na, ja«, musste Albrecht ihm beipflichten und stieß mit der Fußspitze einen nicht vorhandenen Stein von der Kaimauer ins Wasser. »Es ist nicht nur Getreide in den Fässern. Aber das kann man denen ja nicht ansehen, was drin ist. Deshalb die Fässer.«

»Verstehe. Ihr habt bisher also gedacht, es würde niemand bemerken. Deshalb keine Wachen an den Schiffen, um kein Aufsehen zu erregen. Das wird sich umgehend ändern. Ab sofort werden alle unsere Schiffe Tag und Nacht bewacht! Wer immer das veranlasste, der weiß anscheinend zu viel von unseren Geschäften und hat noch mehr dagegen einzuwenden.«

Albrechts Gedanken gingen noch weiter: Warum hatte es gerade eines unserer Schiffe getroffen? Hatte doch jemand von seiner Reise nach Schweden erfahren? Hatte Hinrich damit stillschweigend geprahlt, so dass es inzwischen allgemein bekannt geworden war? Solche Informationen und Gerüchte verbreiteten sich schneller in den Gasthäusern und Spelunken der Stadt als ein Feuer von Haus zu Haus springen konnte. Hatte es tatsächlich mit dem Schwedenhandel zu tun? Aber daran waren auch noch andere Handelshäuser der Ratsfamilien beteiligt.

Sein Blick wanderte zu den zwei Leichtern der Handelshäuser Twestreng und Rodenborg, die längsseits der Kaimauer hinter der MAREIKE lagen und danach beladen werden sollten. Er ging zu den beiden Schiffen, stieg die Treppe an der Kaimauer hinunter, und, da er wusste, wo er suchen musste, fand er schnell die Bohrlöcher in beiden Schiffen. Er winkte den Ratsdiener zu sich und gab ihm den Auftrag, zu Twestreng und Rodenborg zu laufen und sie zum Hafen zu bitten.

Nichts macht einem Kaufmann schnellere Beine, als wenn seine Schiffe Schaden nehmen, und so brauchten die Moellendorffs nicht lange zu warten, bis die Herbeigerufenen neben ihnen standen.

Stirnrunzelnd betrachteten beide die Matrosen der MAREIKE, die das Wasser aus dem Rumpf ihres Schiffes schöpften. Eberhard berichtete, und Albrecht führte sie zu ihren Schiffen, um ihnen dort den Schaden zu zeigen. Als wolle er nicht glauben, was er sah, steckte Rodenborg seinen dicken Zeigefinger durch die Bohrlöcher in seinem Leichter und betrachtete dann verwundert den Finger, als hätte der gerade die Löcher in das Holz gebohrt.

Twestreng blieb lakonisch. »Die Wedde wird sich darum kümmern.«

Rodenborg schüttelte den Kopf. »Das wird nicht reichen. Wir werden morgen im Rat darüber reden müssen.«

Die Löcher wurden abgedichtet, das Wasser aus dem Leichter geschippt und mit den herbeigerufenen Zimmermännern wurde besprochen, wie die Bohrlöcher fachgerecht abgedichtet werden sollten. Dann verabschiedeten sich die Schiffseigner voneinander, und die beiden Moellendorffs gingen schweigend zurück ins Haus Zum Goldenen Schiff.

»Weiße Kuh, Schwarze Kuh, Bunte Kuh, Goldene Kuh, Dumme Kuh«, ertönte das Geschrei der mittlerweile sieben Kinder im Haus aus dem ersten Stockwerk.

»Komm«, meinte Albrecht und hielt sich eins der Ohren zu. Er schob Eberhard ins Kontor. »Hier ist es ruhiger«, sagte er und blickte genervt zum ersten Stockwerk hinauf.

Wie angewurzelt blieb er auf der Schwelle der Tür zum Kontor stehen und fragte entgeistert: »Was ist denn das«, und sofort krächzte es ihm lautstark entgegen: »Ja, was ist denn das?«

Eberhard hatte seinen Vetter ganz bewusst vorausgehen lassen. Die Überraschung war ihm gelungen: In einem unförmigen Käfig aus Holzstangen, der auf einem Hocker stand, saß ein großes, buntgefiedertes Etwas, das von einem Bein auf das andere schaukelte, den Kopf schräg hielt, zur Tür blickte und wieder wie ein versoffener Matrose krächzte: »Ja! Was ist denn das?«

Schmunzelnd ging Eberhard zum Schreibtisch, nahm eine Rolle und reichte sie Albrecht hinüber. Der konnte kaum seinen Blick von dem bunten Federvieh abwenden, rollte das Papier auf und las: »Lieber Herr Karl. Nun bin ich wohlbehalten in meiner Heimat angekommen. Das Gesparte reichte nicht nur für ein Haus, fünf Frauen und fünfzig Ochsen wie Kühe, auch für die weiteren Jahre wird es noch genug sein. Ich danke Euch für die guten Jahre in Euren Diensten. Falls Ihr Euch aufs Altenteil zurückziehen wollt, nehmt ein Schiff in meine warme Heimat, denn das war das einzige, woran ich mich nie gewöhnen konnte: das kalte Wetter in Hamburg. Dafür, wie bunt es bei uns ist, als Geschenk ein bunter Papagei. Er heißt Koba.« Albrecht hatte aufgeblickt, Eberhard angesehen und murmelte: »Er heißt Koba!«

Sofort kam das Echo: »Ja! Er heißt Koba!«

Albrecht zuckte zusammen und las die Unterschrift: »Euer auf immer verbundener Kobi.« Albrecht hütete sich, irgendein Wort laut zu sagen, um nicht das krächzende Echo hervorzurufen, das anscheinend alles wiederholte und jeweils mit einem »Ja« begann. Er wies mit dem Kopf Richtung Flur. Eberhard folgte ihm und zog die Tür hinter sich zu. Albrecht schloss die Augen und sagte nur: »Ach, Herrjemine! Dein Vater Karl hätte seine Freude an dem Vieh gehabt.«

»Warum nur der? Wann ist der Kobi eigentlich abgereist?«

»Vor gut zwei Jahren. Es war im September, und als der Herbst nahte, meinte er, dass er den Winter hier nicht noch ein weiteres Mal ertragen könne. Neunundzwanzig Jahre im Dienst von Karl seien auch genug, hatte er gemeint. Er sei inzwischen ein vermögender älterer Mann, der mit seinem Gesparten auch noch Lustiges erleben wollte. Dein Vater ließ ihn nicht nur gehen, denn dieses Recht hatte er ihm von Anfang an zugebilligt, er gab ihm auch noch ein gutes Stück Geld dazu. Wohin nun mit diesem bunten Schreihals? Willst du ihn im Kontor behalten?«

»Könnten wir ihn zu den Kindern stecken? Die hätten eine Zeitlang ihren Spaß an dem Vogel, und der wird möglicherweise ruhiger werden, wenn er den ganzen Tag als Echo das Kindergeschrei wiederholen muss.«

Gesagt, getan: Hocker, Käfig und Papagei Koba wurden in das erste Stockwerk getragen, wo sofort ein erneutes wildes Geschrei und Gekrächze einsetzte. Eberhard schien diese Unruhe gewohnt zu sein, während Albrecht froh war, dass er im Niedergericht und im Rathaus seiner Arbeit nachgehen konnte.

Im stillen Kontor konnten die beiden Moellendorffs nun in Ruhe miteinander reden. Eberhard wollte endlich eine Antwort haben. »Was ist mit unserem Binnenhandel und den Fässern, die alles mögliche und unter anderem auch Getreide als Füllung haben?«

»Es ist ein noch junger Geschäftszweig unseres Hauses und acht weiterer Handelshäuser dieser Stadt. Dein seliger Vater hat dazu den Anstoß gegeben: Der Handel mit den Schweden.«

Albrecht holte die Karte, auf der ihm Eberhards Vater Karl seinerzeit die Situation erläutert hatte, und erklärte sie nun seinerseits dem neuen Handelsherren des Hauses Moellendorff. Der fragte schließlich. »Und die voraussichtlichen Gewinne?«

»Sehr gut kalkuliert, und die schwedische Staatskasse gilt als zuverlässiger Zahler.«

»Und was liefern wir außer dem billigen Getreide tatsächlich in diesen Fässern?« Es war nur allzu deutlich, dass sich Eberhard als Fernhändler in Amsterdam bisher nicht mit Getreide abgegeben hatte. Sein Augenmerk hatte auf den Waren gelegen, die man in China, Indien und im südlichen Amerika für ein paar Schillinge einkaufte und sich in Europa mit Silber und Gold bezahlen ließ.

»Alles, was die Schweden von uns haben wollen.«

Eberhard lehnte sich zurück und fixierte Albrecht: »Entweder du erzählst mir jetzt die ganze Geschichte, oder ich gehe zurück nach Amsterdam, wo ich in der Tat der Handelsherr bin, für den du mich anscheinend noch nicht hältst. Meinst du, ich bin mit meinen dreißig Lenzen noch zu jung für diese Aufgabe?«

»Nein, entschuldige, Eberhard. Nach dem Tod deines Vaters hatte ich alle Dinge allein zu regeln. Auch wenn dein jüngerer Bruder Erik mir dabei eine Hilfe war, ich bin es anscheinend nicht gewöhnt, jemand anderen in die ganze Angelegenheit einzuweihen.«

»Angenommen.« Eberhard fing an zu schmunzeln. »Ich ahne auch schon, was in den Fässern steckt.«

»Gut, wenn du es zu wissen meinst, dann sag es mir.«

»Also: Blei, Kupfer, Pulver, Lunten, Musketen und natürlich viel, viel Getreide.«

Albrecht war bei der Aufzählung leicht blass geworden. »Wie kommst du darauf?«

»Das ist der Kern der Liste hinsichtlich der Waren, über die von den niederländischen Generalstaaten ein Ausfuhrverbot verhängt worden ist«, er grinste nun breit, »und damit meinen die Generalstaaten insbesondere die Waren, die aus Hamburg nach Spanien ausgeführt werden.«

»Und du meinst …«.

»Natürlich. Die Generalstaaten sind seit einem Jahr wieder im Krieg mit Spanien und haben kein Interesse, dass irgendetwas diese Stadt verlässt, was die Schlagkraft der Spanier verbessern könnte. Und da der schwedische König auch gerade wieder im Krieg steht, was braucht er? Das Gleiche wie die spanischen Truppen: Waffen, Material und Verpflegung.«

Albrecht fixierte ihn und überlegte, ob sich das jeder so leicht zusammenreimen konnte.

»Ach, du lieber Träumer! Das ist ja das Schöne für uns Handelsleute am Krieg: Bei Stoffen, Gewürzen und dem anderen Zeug sind die Geschmäcker so verschieden, das man manchmal ziemlich auf die Nase fallen kann. Die miteinander streitenden Kriegsherren brauchen dagegen alle immer das Gleiche. Das ist vom Gott Merkur so eingerichtet. Für das neutrale Hamburg ein gesegneter wie überschaubarer Absatzmarkt. Man muss eben nur die Abnehmer für die Ware haben und dafür scheint Vater Karl die richtige Nase gehabt zu haben.«

»Du hast Recht. Aber wie bist du darauf gekommen? Ist es so leicht ersichtlich?«

Eberhard schüttelte den Kopf. »Nein, man muss schon die richtigen Nachrichten bekommen und eins und eins zusammenzählen können. Ich will es dir erklären. Am 2. Juli dieses Jahres ist hier bei euch, entschuldige, ich sehe das immer noch aus meiner fernen Sicht, also hier bei uns auf der Elbe vor Neumühlen eine große Kraweel explodiert. Sie war, wie es hieß, mit ›allerhand köstlichen Waren beladen‹. Hauptsächlich soll es Amidam gewesen sein. Hast du schon davon gehört, dass ein harmloses Stärkeprodukt derartig explodiert, dass der Schiffer, seine Frau und die beiden Söhne, zwölf Mastgesellen und dreißig Passagiere mitsamt dem Schiff in die Luft fliegen? Das halbe Schiff muss eine Pulverladung gewesen sein, und als jemand an Bord mit irgendetwas herumgekokelt hat, da ist der ganze Kahn mit Mann und Maus zerrissen worden.«

»Und weiter?«

»Warum, meinst du, haben die Niederländer so viel Geld für diese Auslegerschiffe bezahlt, die vor der Elbmündung liegen und jedes Hamburger Schiff kontrollieren? Nur weil sie sich die Getreidekörner der Hamburger Kaufleute einmal genauer anschauen wollen? Und warum haben sie diese Liste aufgestellt, was alles nicht nach Spanien transportiert werden darf? Aus Jux und Dollerei oder genau deshalb, weil sie das bei ihren

Kontrollen auf einigen von unseren Schiffen bereits gefunden haben?«

»Und weiter?«

»Vor meiner Abreise aus Amsterdam war die Rede davon, dass in und vor Hamburg zwanzig Schiffe – mit Kriegsmaterial beladen – auf das Kommando zum Auslaufen warten.«

»Also, gut: Es sind rund vierzig Schiffe, die bereit liegen, und die Kraweel, von der du sprachst, war tatsächlich mit Pulver beladen und auf dem Weg nach Cadiz.«

»Potztausend Sack!« Eberhard schlug auf den Tisch. »Da will ich meinen Vater Karl wohl vielfach loben, dass er das andere Ende der Elbe für uns erschlossen hat, wo keine Niederländer auf uns lauern!«

»Nun weißt du auch, warum die Moellendorffs mit den anderen Fernhändlern der Ratsfamilien den Handel die Elbe aufwärts für sich entdeckt haben.«

»Nur gut. Geld stinkt nicht, und mir ist eine sichere schwedische Krone auch lieber als die unsicheren spanischen Golddukaten.«

Albrecht ging um den Tisch herum und reichte Eberhard die Hand. »Entschuldige, wenn ich an dir gezweifelt haben sollte. Du bist ein guter Nachfolger deines Vaters und aus dem gleichen Holz geschnitzt wie er. Sei endgültig herzlich willkommen zu Hause. Wir werden nach dem heutigen Anschlag auf unser Schiff jemanden wie dich hier dringend brauchen.«

Sie saßen noch eine Zeitlang beisammen. Albrecht berichtete offen und ausführlich von den Verträgen, dem Tod von Dottingsfron, seiner Reise nach Stockholm und dem verschwundenen Staatssiegel.

Eberhard hörte sich ruhig alles an und hatte abschließend eine Frage: »Warum die ganze Geheimniskrämerei?«

»Wir sind noch nicht ganz dort, wo wir hin wollen. Das Reichskammergericht hat zwar vor vier Jahren die Reichsfreiheit unserer Stadt in seinem Urteil bestätigt, aber wir können diesen Rechtsstatus, den uns das Reich zubilligt, noch nicht politisch gegen König Christian durchsetzen. Voriges Jahr mussten wir uns im Vertrag von Steinburg noch einmal, und wenn es auch das letzte Mal gewesen ist, verpflichten, beim Hause Holstein in untertäniger Devotion zu bleiben. Christian hat in seiner Huld sogar den Grundstein für das Dammtor gelegt!«

Albrecht lächelte und deutete eine Verbeugung an. »Dabei hat er in seiner Gnade allerdings übersehen, dass er seine ›ihm liebe Stadt‹, wie er sich auszudrücken beliebt, in drei Jahren nicht mehr betreten können wird!«

Er wurde wieder ernsthaft. »Wir haben zwar im Kaiser selbst einen mächtigen Verbündeten für unsere Sache, doch der Kaiser ist fern und der Däne verdammt nah. Und solange unsere neue Stadtbefestigung nicht fertig ist, bleiben wir verwundbar. Wir haben zudem keine militärischen Machtmittel, müssen also mit unserer Neutralität klug taktieren. Das ist vielleicht nicht sonderlich heldenhaft, aber dem Wohlergehen der Stadt weitaus zuträglicher. Also ist es auch angebracht, die ganze Angelegenheit nicht offiziell bekannt werden zu lassen. Wir sollten dem Dänen keinen triftigen Grund geben, gegen uns vorgehen zu können.«

»Ich verstehe. Aber falls der Däne, genauso wie ich, eins und eins zusammenzählt, dann wird er davon wissen.«

»Aber nur inoffiziell. Das wird ihm keine Handhabe geben. Und unser allseits bekannter Handel mit den Spaniern ist für ihn uninteressant.«

»Und wenn er trotzdem gegen unseren Schwedenhandel interveniert? Steckt er vielleicht, natürlich inoffiziell, hinter der Ermordung des schwedischen Gesandten Dottingsfron, und ist er der Auftraggeber für die Bohrlöcher an der MAREIKE und den beiden anderen Schiffen?«

»Ich weiß es nicht. Möglich ist alles. So«, Albrecht drückte sich aus dem Lehnstuhl hoch, »sei mir nicht böse. Ich bin müde, und du bist nun auf dem Laufenden. Alles weitere in den nächsten Tagen. Ich werde mich für heute zurückziehen.«

Er zögerte und verharrte dann: »Noch zwei Fragen. In den Generalstaaten gibt es doch nur wenig Wald?«

»Ja, das ist richtig.«

»Womit hast du dann das Kontor in Amsterdam geheizt?«

»Mit Steinkohle natürlich!«

»Erzähl mir mehr darüber.«

»Nun gut. Die Steinkohle wird aus England eingeführt und in den Häusern in abgedichteten Eisenbehältern verbrannt.«

»Warum sind diese Eisenbehälter abgedichtet?«

»Also, das war schon mehr als die zweite Frage! Aber, da es dich interessiert: Während des Verbrennens bilden sich giftige Gase und schwarzer Ruß, die durch ein Rohr nach draußen abgeleitet werden.«

Albrecht war unsicher geworden: »Also sollte man lieber bei der Holzfeuerung bleiben?«

»Auf jeden Fall. Der Magistrat in Amsterdam hat Anfang des Herbstes die Einfuhr der Steinkohle drastisch reduziert, weil die Stadt im Winter dermaßen durch den Ruß verdreckt wird, dass man bei dichten Wolken kaum noch atmen kann und der Schnee manchmal schwarz gesprenkelt ist.«

»Danke und gute Nacht!«

»Gute Nacht.« Eberhard schaute seinem Vetter nach. Obgleich Albrecht zwanzig Jahre älter war als er selbst, er hatte ihn schon in diesen wenigen Stunden schätzen gelernt.

Im flackernden Licht der Kerzen betrachtete er das große Ölgemälde an der Wand des Kontors. Die Dreieinigkeit von Großvater, Vater und Enkel. Großvater Laurentz in Würde grau geworden, als stolzer Kaufmann in der Ratsherrentracht. Vater Karl, selbstbewusst in englisches Tuch gekleidet, und der Enkel Albrecht, nicht in Samt und Seide wie Laurentz, sondern in einem schlichten schwarzen Rock.

Es war noch nicht die Zeit dafür, aber vielleicht sollte er eines Tages ein weiteres Gemälde malen lassen, auf dem nur er und Albrecht abgebildet sind.

Melissa saß noch am Kamin und las, als Albrecht ihr Zimmer betrat. Sie klappte das Buch zu, kam ihm entgegen und umarmte ihn. »Komm, setz dich zu mir ans Feuer.«

Albrecht ließ sich müde in den Lehnstuhl fallen und betrachtete die brennenden Holzscheite: Die holsteinischen Bäume und Wälder, die hier in der Stadt verbrannten.

»Mir ist bereits davon berichtet worden, dass die MAREIKE gesunken ist.« Und als Albrecht sie überrascht anschaute, ergänzte sie: »Ist der wirtschaftliche Schaden sehr groß, den ihr erlitten habt?«

»Das lässt sich alles reparieren. Aber anscheinend verbreiten die Nachrichten sich schneller, als es uns lieb sein kann.«

»Die Wände haben Ohren, und die Türen sind wie Zungen, die alles hinausflüstern, was passiert. Wahrscheinlich wird es auch übermorgen in der Wöchentlichen Zeitung stehen.«

»Du kennst dich ja bereits gut in Hamburg aus!«

»Marie hat mir beim Einräumen meiner Sachen geholfen. Sie hat mir bereits alles Mögliche erzählt, auch davon, dass es diese Zeitung in Hamburg gibt.«

Albrecht zuckte mit den Schultern. Er hielt nicht viel davon, dass die Leute in der Stadt mehr erfuhren, als sie für ihren Alltag zu wissen brauchten. Alles andere war Geschwätz, das sie nicht überprüfen konnten, aber dennoch daran glaubten und darüber redeten, als wären sie dabei gewesen.

»Hast du Marie als Zofe ausgewählt?«

»Ja. Ich dachte, du siehst es nicht ungern, wenn ich eine Frau um mich habe, die du auch magst.« Ihren eigentlichen Grund, dass sie dann beide unter Kontrolle haben würde, meinte sie nicht nennen zu müssen. »Doch nun zu etwas anderem.« Melissa war aufgestanden und stellte sich gerade in Positur: »Arma virumque cano trojae …« Sie hielt inne, legte den Kopf leicht zur Seite und blickte ihren zukünftigen Ehemann fragend an. Der lächelte. Sie konnte sich nicht entscheiden, ob er sich freute, oder er ob sich über sie amüsierte. »Meinst du, ich sollte es an der Hochzeitstafel rezitieren?«

»Was? Die lateinischen Verse des alten Römers Vergil, das Lied der Schlacht um Troja – an einem Hamburger Ratsherrentisch? Nur die Juristen würden dich verstehen. Was versprichst du dir also davon?«

Melissa hatte ihren Kopf wieder gerade gestellt und holte tief Luft, während sie ihre Hände auf die Hüften stützte. »Ich will ihnen verdeutlichen, dass ich keine stupide Landpomeranze oder adelige Dummkuh bin!«

»Gibt es denn soviel davon unter den Adeligen?«

»Da die meisten Menschen, die ich bisher kennen gelernt habe, adeliger Geburt waren, kenne ich mehr hoheitliche Dummkühe und gnädigste Ochsen als bürgerliche.«

»Verlier nicht den Mut, meine Liebe, das wird sich bald ändern.«

Das Bürgerrecht

Kaufmann und Ratsherr Rodenborg traf auf dem Weg von den angebohrten Schiffen im Hafen zu sich ins Kontor noch den Ratsherrn Flemming und berichtete ihm von dem Anschlag.

Flemming war empört. Er konnte nicht wissen, dass seine Magdeburger Freunde aus der korrespondierenden Versammlung auf eigene Faust gehandelt hatten.

Die Magdeburger stritten sich seit Jahren mit Hamburg um das Stapelrecht der Städte an der Elbe und hatten sehr viel dagegen, dass alle Schiffe, die auf der Elbe hinauffuhren, erst einmal in Hamburg Station machen mussten, um dort ihre Waren anzubieten. So bekamen sie – ihrer Meinung nach – immer nur den »schäbigen Rest«, den die Hamburger Kaufleute nicht selber wollten. Als nun die Schiffe der Hamburger Schwedenfahrer an der Stadt vorbeifahren sollten, war ihr Geduldsfaden gerissen. Das wollten sie verhindern.

Flemming, nichtsahnend, hatte noch am Nachmittag seinen Freundeskreis aus Kaufleuten, Maklern und Reedern eingeladen und sich mit ihnen beraten.

Am nächsten Tag berichtete Twestreng in der Ratssitzung von dem Anschlag auf die drei Schiffe. Abschließend meinte er resigniert: »Wenn die Kaufleute und Reeder ihre Schiffe nicht besser bewachen, kann auch die Wedde nichts tun. Wir können nicht für jedes Schiff einen Polizisten abstellen.«

Bürgermeister Vogeler dankte ihm und war besserer Laune als Ratsherr Twestreng. Das, was Twestreng als Herr der Wedde beklagt hatte, sollte sich bald ändern. »Eine Abordnung der Händler wie der Makler und der Reeder der Stadt ist an mich herangetreten und bittet darum, dass wir unsere Schiffe besser schützen.«

»Wie stellen sie sich das vor?«

»Aus Schaden wird man klug. Sie wollen, dass wir nach dem Vorbild der Engländer und der Niederländer eine Admiralität errichten.«

»Wozu soll das gut sein?«

Bürgermeister Vogeler blickte auffordernd zu Ratsherr Flemming hinüber, der Genaueres wusste. Flemming erhob sich von seinem Sitz, warf schwungvoll seinen Umhang über die Schulter und trug das Anliegen vor: »Es geht uns sowohl um die militärische Ausrüstung und Bewachung der Schiffe wie um die Schaffung eines Seegerichtes. Mit beiden lassen sich unsere Schiffe und damit die Interessen der Stadt besser schützen.«

»Hört, hört«, murmelten einige der Ratsherren.

Albrecht verzichtete auf eine Erwiderung. Als Rat und Obrigkeit waren sie keine Händler, deren Interesse alleine ihren Schiffen galt. Ihr Schiff war eine Stadt aus Stein mit vierzigtausend Einwohnern, und sie hatten mit väterlicher Hand für den Schutz aller Bewohner zu sorgen.

Der Vertreter der Kämmereibürger, der als Berater und Kontrolleur außerhalb des Rates saß, stand sofort auf und warf ein: »Wer soll das bezahlen?«

Flemming lächelte. Die Frage hatte er bereits von dem Pfennigfuchser erwartet. Als wenn sie sich darüber noch keine Gedanken gemacht hätten. »Die auslaufenden Schiffe sollen eine Abgabe zahlen, einen Admiralitätszoll, so dass Ihr aus dem Stadtsäckel keine Mark dafür aufwenden müsst.«

Der Kämmereibürger war zufrieden und setzte sich. Bürgermeister Vogeler blickte wieder in die Runde: »Wir sollten eine Kommission einsetzen. Die wird die Statuten ausarbeiten und dem Rat vorlegen. Wenn niemand dagegen spricht, werde ich die Mitglieder später berufen.«

Keiner der Ratsherren hatte etwas dagegen einzuwenden.

Albrecht war froh, dass die Debatte nur kurz und bündig war, und er verließ umgehend das Rathaus. Die Hochzeitsvorbereitungen waren ihm im Augenblick wichtiger. Sein Vetter Eberhard sollte sich mit Flemming und dem Bürgermeister ins Einvernehmen setzen, dass er in diese Kommission berufen wurde.

Der Pastor hatte auf die Einhaltung der vierwöchigen Aufgebotszeit verzichtet. Rat und Bürgermeister – als oberste Aufsichtsbehörde über die Kirchen – hatten auch nichts dagegen einzuwenden. Schließlich durfte man davon ausgehen, dass Albrecht und Melissa nicht miteinander verwandt waren und auch niemand anderem die Ehe versprochen hatten. Dem Wunsch Melissas, den Organisten aus Preetz auf der großen Orgel von St. Nikolai spielen zu lassen, wollte er allerdings nicht entsprechen.

Sie trug ein Kleid aus blauer Seide, das im Ausschnitt mit Brabanter Spitze besetzt war, und das kleine Schoßleibchen unterhalb des Ausschnitts funkelte mit mehreren Edelsteinen.

Auf Anraten ihres zukünftigen Mannes war sie mit ihrer Schwägerin Swantje auf dem Wandrahm gewesen und hatte dort bei den Tuchhändlern Gebrüder Hans und Paul Berenberg meterweise Stoffe gekauft: Seide, Tuche, Leinen. Voller Freude hatte sie darüber berichtet, wie freundlich die beiden zu ihr gewesen waren: »Begegnet man sonst in Hamburg einem Kaufmann auf der Straße und begrüßt ihn, so macht er ein Gesicht, als erwarte er zwei Prozent Provision für die Erwiderung des Grußes!« Sie war ehrlich empört, und der Gedanke lag ihr offensichtlich fern, dass Hamburger Kaufleute bei einer Frau von Stand ein ziemliches Verhalten erwarteten: ein Niederschlagen der Augen, wenn man ihr begegnete, und nicht ein direktes »Guten Tag«, wie es in Hamburg die Mägde und Zofen unkultiviert fröhlich herausposaunten. »Doch diese beiden Tuchhändler aus den Niederlanden sind ein wahrer Ausbund an Höflichkeit und Freundlichkeit.«

Albrecht hatte auf die Stoffballen gesehen und bei sich gedacht: »Wen wundert's?«

»Und weißt du, vor siebzehn Jahren haben sie den Kontrakt zwischen dem Rat und den Niederländern in Hamburg ebenfalls unterschrieben, und ihre Namen stehen auch auf der Sammlungsliste der Niederländischen Armenkasse, mit der sie in Not geratene Landsleute und Schicksalsgenossen unterstützen!«

Albrecht, der das alles wusste, denn er hatte Melissa nicht nur wegen der Qualität ihrer Waren zu den Brüdern Berenberg geschickt, freute sich über ihre Erkundungsleidenschaft. Ob sie wohl bald mehr über Hamburg und seine Bewohner wissen würde als er selber? Und der Kontrakt mit den Niederländern war eine wegweisende Entscheidung des Rates gewesen, der sie gegen den Willen der Pastoren und Oberalten der Kirchspiele, die keine Fremden dauerhaft in der Stadt dulden wollten, durchsetzen musste. Besonderen Argwohn hatten die Pastoren gegenüber allen anderen reformatorischen Glaubensrichtungen und tolerierten eher einen Katholiken als einen Calvinisten. Trotz der vierundzwanzig Jahre, die er nun Mitglied des Rates war, hatte er immer noch nicht verstanden, wovor die Lutheraner in der Stadt eigentlich Angst hatten.

In den vergangenen Tagen hatte es mehrere fröhliche Dispute zwischen ihm und Melissa gegeben, die sich hauptsächlich darum drehten, wie groß der Ausschnitt des Kleides sein dürfte, um noch als züchtig angesehen zu werden. Er konnte Melissa zwar verstehen, dass sie sich der Mode entsprechend auch gerne mit einem großen Ausschnitt darstellen wollte, doch als sie eine Bemerkung darüber machte, dass sie es »den Leuten einmal zeigen wolle«, hatte er darauf bestanden, dass sie sich als Frau eines Mannes, der ein hohes Ratsamt bekleidete, ebenfalls bedeckter halten musste, als wäre sie nur eine Kaufmannsfrau. Schließlich hatten sie sich geeinigt: Dem Argument, dass es nicht nur auf der Straße, sondern auch in der Kirche kalt sein würde, konnte sie sich nicht verschließen, und so saßen sie friedlich nebeneinander in der Kirche.

Der Pastor hatte sich gut vorbereitet, predigte bereits seit einer ganzen Stunde und sah nun endlich die beiden Brautleute vor sich an: »Da wir nicht der Meinung sind, dass nur in einer Ehe, in welcher der Mann taub und die Frau blind sei, Einigkeit herrschen könne, bedenkt immer, dass eure erste Aufgabe darin besteht, friedfertig, geduldig und fürsorglich miteinander zu leben und ihr euch immer gut behandelt.« Er schloss die Augen und wiederholte seine Ermahnung auf lateinisch: »Pacifice, patienter, caritative vivant et se bene invicem tractent!«

Albrecht und Melissa hatten von der Marotte des Pastors gehört, seine römische Bildung in die Predigt einfließen zu lassen und das Gebot, auf deutsch zu predigen, nicht durchgehend zu befolgen. Vor Jahren war er als katholischer Priester ausgebildet worden, und auch nach seiner Konversion zum lutherischen Glauben konnte er die lateinische Predigt in der Schönheit ihrer Worte nicht vergessen.

»Befolgt meine Worte, und das eheliche Leben verheißt euch ein süßes, angenehmes, erfreuliches, himmlisches und engelhaftes Dasein.« Und wieder ertönte es aus der römischen Vergangenheit katholischer Jahrhunderte: »Et haec est vita dulcis, iocunda et delectabilis, caelestis et angelica.«

»Und wenn einer von euch bösartig, jähzornig, ungeduldig, giftig werden sollte wie eine Schlange, von Zorn entbrannt wie ein Drache und bitter wie ein Teufel, dann muss der andere ihn geduldig ertragen. Auch wenn die Frau die größere Geduld mit ihrem Gatten haben sollte, schließlich hat Gott ihr eine weichere Stimme und eine kleinere Gestalt verliehen, so darf der Ehemann zu seiner Frau kein Tyrann sein, denn das wird er ewig in der Hölle büßen.«

Nun richtete sich der Pastor gerader auf und es war deutlich, dass er jetzt mehr zu der Gemeinde sprach als zu den Brautleuten: »Es gibt einige erbärmliche Figuren, die ihre Frauen schrecklich traktieren; dafür droht ihnen Verdammung, denn eine Frau ist weder eine Schlange noch ein Frosch. Außerhalb des Hauses geben diese Männer eine jämmerliche Figur ab, aber innerhalb des Hauses treten sie wie Löwen auf. So jemand ist ein grausamer Teufel, eine giftige Schlange, kein Ehegatte, sondern ein ungerechter Folterer. Die Frau wird ob ihrer Duldung dieses Ungestüms ewigen Lohn verdienen, der Mann aber wird ewige Qualen erleiden!«

Er ließ einige Zeit verstreichen, um damit seinen Worten den gehörigen Nachdruck zu verleihen, und wandte sich dann wieder an das Brautpaar: »Denkt stets daran: Gott wohnt im Frieden, im Zwietracht nur der Teufel. Jeder der beiden Ehegatten muss sich von seinem freien Willen trennen. Jeder begibt sich in die Gewalt des anderen: Der Mann muss tun, was die Frau will, so muss auch die Frau das tun, was der Mann will. Also müssen sie sich um der Ehe willen scheiden vom freien Willen, den sie ehedem gehabt haben, als sie zum Tanz oder Spiel gegangen sind oder sich mit anderen Vergnügungen beschäftigt haben.«

Er war so sehr in seinen Ermahnungen verstrickt, dass er dabei mehrfach den Arm in die Luft streckte und sogar seine lateinischen Einschübe vergaß. »Eva ist Adam weder als Herrin noch als Magd, sondern als Gefährtin beigegeben worden. So hat Gott den Mann aus dem Staub der Erde gemacht, doch die Frau aus einem Teil des Fleisches des Mannes. Hätte er sie zur Herrin vorgesehen, hätte er einen Teil seines Kopfes genommen, hätte er sie zur Magd vorgesehen, dann hätte er einen Teil des Fußes von Adam genommen. So aber nahm er einen Teil seiner Seite, nahe seinem Herzen, damit sie ihm gleich sei. Zwischen Mann und Frau soll folglich in der Ehe eine Freundschaft bestehen, und was vor Gott verbunden wurde, dass soll ihm zur Ehre gereichen. So sollt ihr euch beiwohnen in Vernunft und in Freundlichkeit. Vermeidet allzu heftige Liebe und meidet den Streit, damit nicht durch das eine wie das andere euer gemeinsames Gebet verhindert werde.

Denn bedenkt immer, dass eure Pflichten zueinander stets eure eigenen Pflichten gegenüber Gott sind.«

Nun gab er den beiden ein Zeichen aufzustehen und vor ihn zu treten. »Willst du, Albrecht Moellendorff, Melissa von Tralau zu der dir angetrauten Ehefrau nehmen?«

»Ja. Ich will es.«

»Und willst du, Melissa von Tralau, Albrecht Moellendorff zu deinem dir rechtens angetrauten Ehemann nehmen?«

»Ja. Es ist mein Wille.«

»Dann erkläre ich euch hiermit vor Gott und der Kirche zu Mann und Frau.«

Der Organist liebte Trauungen und bearbeitete jetzt so voller Inbrunst die vielen Tasten seines Instrumentes, dass die Knaben an den Blasebälgen ihre liebe Not hatten, den Luftdruck zu erhalten. Die tiefen Orgelpfeifen ließen den Bauch der Menschen vibrieren und die hohen Pfeifen die Engelsphären erklingen. Langsam schritt das Brautpaar durch den Mittelgang aus der Kirche hinaus, mehr bei sich als bei den fröhlichen Gesichtern der Gemeinde.

Im Haus Zum Goldenen Schiff war eine Hochzeitstafel hergerichtet worden. Der große Tisch reichte nicht aus, dass die eingeladenen Ratsherren mit ihren Frauen und alle Familienmitglieder daran ihren Platz gehabt hätten, und so hatte man einen zweiten Tisch dazugestellt.

Nachdem alle auf das Glück des Paares angestoßen hatten, beugte sich Eberhard zu Albrecht und Melissa hinüber: »Nun, wie fühlt man sich, wenn man in den gesegneten Stand der Ehe eingetreten ist?«

Albrecht, für den es seine erste Eheschließung war, betrachtete seine Frau: »Sehr gut!«

Melissa blickte erst ihn, dann Eberhard und Swantje an und lachte: »Nur gut, dass der Pastor sich nicht noch ausführlich dazu geäußert hat, welche Rechte dem Mann und welche der Frau bei schlechtem Lebenswandel eines Ehegatten durch die Kirche zugebilligt werden!«

Sie legte den Kopf zurück und holte tief Luft, um für das folgende Pathos einer Kanzelrede die Stimme tief abzusenken: »Eine Frau mit schlechtem Lebenswandel muss von ihrem Mann auf dreifache Weise auf den rechten Weg zurückgebracht werden: durch Belehrung, Schmähung und körperliche Züchtigung! Erst bei mangelndem Erfolg soll jeweils die nächste Stufe angewendet werden. Eine Frau hat ihren Ehemann, falls er ein lasterhaftes Leben führt, auf vier Arten zu korrigieren: durch Ermahnung, Schelten, Anrufung der Kirchenoberen, und wenn das alles nichts hilft, durch Gebete zu Gott!«

Lauter Beifall belohnte ihre Rede, und sie blickte sich unsicher um, ob das heftige Klatschen dem Talent ihrer Darbietung galt oder ob vielleicht einige der Anwesenden diesen Ausführungen damit zustimmten. Sie entschied sich dann zu ihren Gunsten und fügte noch hinzu: »Vermutlich hat der Pastor darauf verzichtet, weil er zu Recht annahm, dass sich keine Frau von Stand von ihrem Ehemann körperlich züchtigen lassen würde.«

Albrecht schaute skeptisch und zählte in Gedanken die Verfahren zusammen, die nur im Verlaufe des bisher vergangenen Jahres vor dem Niedergericht verhandelt worden waren und in denen Frauen die Scheidung beantragt hatten, da ihr Mann sie beständig verprügelte. Nachdem er bei zehn Klagen angekommen war, unter denen eine auch von der Frau eines angesehenen Kaufmanns war, beendete er seine stille Aufzählung und wandte sich wieder dem Stimmengewirr an der Hochzeitstafel zu. Voller Vergnügen dachte er dabei an die Zobeldecke, die er über ihr Bett hatte aufdecken lassen, als Teil einer Hochzeitsgabe, von der seine Frau noch nichts ahnte.

»Bänder? Von was für Bändern redet ihr?« Albrecht hatte gerade noch dies Wort gehört und wollte nun Genaueres wissen.

»Nicht vom Band der Liebe!« Swantje lachte ihn über den Tisch an und wiederholte, was sie den anderen gerade erzählt hatte: »Heute morgen war ich noch bei den Tuchhändlern

Berenberg, und sie erzählten mir von einer neuen Mode, die in der Stadt grassiert: Bänder!«

»Wieso neu? Die Mägde tragen doch schon immer bunte Bänder an der Kleidung.« Die Kleidervorschriften hatten den Schutzverwandten schon vor Jahren teure Stoffe verboten, die sie sowieso nicht bezahlen konnten.

»Nein, Albrecht, es ist anders. Die Knechte und Mägde der reichen Handelshäuser tragen neuerdings farbig abgesetzte Westen und Schürzen, so dass man gleich erkennen kann, wer ihr Herr ist. Und entsprechend tragen ihre Herren Bänder derselben Farbe an der Kleidung, um sich zu ihnen zu bekennen.«

»Mit bunten Bändern, die nach der Kleiderordnung nur die Bediensteten zu tragen haben?«

Swantje nickte eifrig.

Der wortführende Bürgermeister Hieronymus Vogeler, von seinen Schmeichlern »der deutsche Cicero« genannt, fand nicht zu der ihm üblichen Redegewandtheit. Er schob das Papier auf dem grünbezogenen Tisch des Ratssaals hin und her und räusperte sich mehrmals, als würde der nächste Punkt der Tagesordnung ihm Schwierigkeiten machen, die richtigen Worte zu finden. Er dachte daran, die Leitung der Versammlung an Bürgermeister Sebastian van Bergen abzugeben, übersprang dann aber erst einmal diesen Punkt und ging zum nächsten Antrag über: »Die einfachen Seeleute beklagen, dass die Pesos zu acht Realen für sie unerschwinglich sind, die von den Kapitänen und Steuerleuten in die Casse der Stücke von Achten eingezahlt werden, um sie aus der Sklaverei freizukaufen, wenn sie vor Nordafrika von Piraten aufgebracht wurden. Sie beantragen, eine zweite Kasse einzurichten, mit geringeren Beiträgen, da sie schließlich auch nicht so viel Lösegeld kosten würden wie die Kapitäne und Steuerleute.«

Einer der Ratsherren meldete sich zu Wort: »Nein, keine

zweite Kasse. Das wird zu unübersichtlich. Sollten wir es nicht zuerst einmal damit versuchen, dass in den Kirchen Sklavenkollekten stattfinden, um die Mittel der Lösegeldkasse für die einfachen Seeleute aufzustocken?«

»Ist jemand dagegen?« Der Bürgermeister blickte sich in der Runde um, und als er nur zustimmende Gesichter sah, schloss er das Thema: »Ich werde mit den Oberalten der Kirchspiele darüber reden.«

Er nickte dem Ratsschreiber zu, der es auf seiner Liste so vermerkte, und legte das Blatt auf den Stapel der abgehakten Themen.

Während seines Rundblicks hatte der Bürgermeister den fragenden Blick von Albrecht bemerkt, der sich wunderte, warum der Bürgermeister den ihm wichtigen Tagungsordnungspunkt übersprungen hatte. Der Bürgermeister starrte wieder auf das vor ihm liegende Papier und blickte dann entschlossen auf. »Senator Moellendorff beantragt für seine ihm angetraute Ehefrau Melissa Moellendorff, geborene Gräfin zu Rantzau, verwitwete Freifrau von Tralau, das Hamburger Bürgerrecht.«

Er hatte versucht, es möglichst sachlich vorzutragen, als sei es ein ganz normaler Antrag, wie ihn der Rat rund hundert Mal pro Jahr zu entscheiden hatte. Doch nicht die Tatsache, dass Senator Moellendorff diesen Antrag stellte, so wie es jeder Bürger tat, der heiratete und das Bürgerecht für seine Ehefrau beantragte, hatte den Bürgermeister räuspern lassen, sondern die Aufzählung, welche Titel diese Ehefrau vor ihrer Heirat geführt hatte, machten den Antrag zum Problem.

Prompt ging ein aufgeregtes Gemurmel durch die Runde der Anwesenden. Nicht über die Heirat Moellendorffs, die nicht unbekannt geblieben war, einige der Ratsherren waren nicht nur in der Kirche dabei gewesen, sondern über seinen Antrag. Immerhin kannte er die Rechtslage in der Stadt besser als alle anderen, und es gab genügend Bürger, die keine Anträge gestellt hatten, wenn ihre Ehefrauen reformierten

Glaubens oder gar katholisch gewesen waren, weil sie im Vorhinein wussten, dass der Rat diesem Antrag nicht entsprechen würde.

Schließlich erhob einer der Ratsherren seine Stimme und fragte in den Raum hinein: »Was bezweckt Moellendorff mit seinem Antrag?«

Bürgermeister Vogeler blickte zu Albrecht hinüber und bedeutete ihm mit einem Kopfnicken, selber zu antworten.

Senator Moellendorff musterte den ihm gegenüber sitzenden Fragesteller. Er hatte gewusst, dass dieser Antrag den Rat nicht ohne Fragen passieren würde, doch es überraschte ihn, dass gerade Ratsherr Flemming diese Frage gestellt hatte, der selber erst vor einigen Monaten eine Niederländerin reformierten Glaubens geheiratet und kein Bürgerrecht für sie beantragt hatte. Albrecht entschloss sich, keine Rücksicht auf die Situation oder die Empfindungen des Kaufmanns Flemming zu nehmen.

»Ohne das Bürgerecht würde meine Ehefrau eine Schutzverwandte bleiben, die, solange ich selber lebe, von meiner Fürsprache ihrer Interessen abhängig wäre. Nach meinem Tod hätte sie kein Bleiberecht in Hamburg und könnte aus nichtigem Anlass sogar der Stadt verwiesen werden. Dementsprechend will ich sie in den Stand versetzen, unabhängig von anderen, auch von mir, ihre Entscheidungen selber treffen zu können.«

Ratsherr Flemming, der die Spitze gegen sich genau verstanden hatte und dem es überhaupt nicht in den Sinn gekommen wäre, seiner eigenen Ehefrau diese Rechte zu gewähren, parierte sofort. »Das beantragte Recht für Eure Ehefrau lässt sich nicht von ihrem adeligen Stand trennen. Und wie Ihr selber am besten wisst, können Adelige nicht das Bürgerrecht unserer Stadt erwerben.«

Albrecht hatte schon geraume Zeit Ratsherrn Flemming fixiert und innerlich den Kopf geschüttelt. Flemming trug tatsächlich violette Bänder an der Kleidung. Wie ein geschmückter Ochse seiner Herde. Diese Volkstümelei ärgerte ihn derart, dass er Flemming schärfer antwortete, als er es vorgehabt hatte. »Meine Ehefrau heißt schlicht Melissa Moellendorff und nicht anders!«

Der junge Ratsherr Kieckering erhob sich und klemmte seine Daumen in zwei rote Schlaufen an seiner Jacke. »Wird eine geräucherte Schweinerippe wieder eine ungeräucherte Rippe, wenn ich sie aus dem Räucherhaus herausnehme? Nein, sie bleibt für ihre weitere Existenz eine geräucherte Schweinerippe. Es lässt sich nicht rückgängig machen!«

»Ihr wollt doch wohl nicht etwa meine Ehefrau mit einer Schweinerippe vergleichen?« Moellendorffs Stimme hatte den deutlich zornigen Unterton eines sich zusammenbrauenden Unwetters, dessen erstes Gewittergrollen in der Ferne hörbar war, so dass der junge Kaufmann Kieckering, der erst vor einem Jahr als Nachfolger des verstorbenen Vaters den Sitz im Rat eingenommen hatte, nervös zusammenzuckte. Senator Albrecht Moellendorff war nicht irgendeiner der vierundzwanzig Ratsherren, sondern besaß aufgrund seiner langen Mitgliedschaft und Verdienste für die Stadt eine persönliche Autorität, die derjenigen der Bürgermeister kaum nachstand und mit der man sich als junger Ratsherr entweder tunlichst nicht anlegte oder ihn bewusst herausforderte, um daran zu wachsen. Beides wollte der im Rat noch unerfahrene Kaufmann nicht, und er stammelte: »Nein, beiliebe nicht, aber, auch wenn unser Herrgott die Frauen aus einer unserer Rippen geformt hat.« Er verstummte, weil er selbst bemerkte, dass er mit seinem Gestottere die Angelegenheit nur noch verschlimmerte.

Kaufmann Flemming stellte sich dem jungen Ratsherrn hilfreich an die Seite. »Kieckering wollte mit seinem dämlichen Beispiel nur die Frage stellen, ob eine adelige Frau, wenn sie denn einen Bürger heiratet, ihren Adel aufgibt, oder ob sie Adelige bleibt. Um es anders zu formulieren: Steht das Eherecht über dem Geburtsrecht oder umgekehrt?«

»Das ist doch keine Frage«, mischte sich jetzt ein weiterer Kaufmann unter den Ratsherren ein. »Wenn eine bürgerliche Frau einen Adeligen heiratet, wird sie selber auch zur Adeligen. Also steht das Eherecht über dem Geburtsrecht.«

»Dummes Zeug«, klang es von der anderen Seite dazwischen. »Wenn ein Mann eine Adelige heiratet, wird er selber nicht unbedingt adelig, sondern nur wenn die durchlauchtige Sippschaft es für angebracht hält, ihm irgendeinen billigen Titel zuzuschanzen. Die Frau wird durch die Penetration des Mannes und ihre beabsichtigte Schwängerung mit dem stärkeren adeligen Saft ihres Mannes körperlich vermischt, was umgekehrt nicht der Fall ist.«

Während die meisten Ratsherren verblüfft darüber nachdachten, was an diesem Einwand dran war, ob es stärkere und schwächere Körpersäfte gab, und wie sie sich vermischten, stand Albrecht auf und wandte sich an den Bürgermeister: »Ich beantrage, dass die Kaufleute unter den Ratsherren sich aus der Erörterung dieser Frage heraushalten und nur noch die Juristen sich dazu äußern.«

Sofort stand Ratsherr Flemming wieder von seinem Sitzplatz auf und knurrte: »Ich darf den geehrten Moellendorff daran erinnern, dass er sich vergegenwärtigen möge, was er selber vor zwanzig Jahren mit formuliert hat und auch in seinem Namen verkündet wurde: Niemand hat das Recht, uns, die Ratsherren, als Obrigkeit von Gottes Gnaden, zu kritisieren, sogar wenn wir angeblich gottlos oder tyrannisch seien.«

Einige der Ratsherren blickten nach oben, zu den großen goldenen Leuchtern an der Decke des Ratsaales, als ob sie auf den göttlichen Beistand warteten, andere hatten die erste Frage noch nicht verdaut und waren mit dem Einwand Flemmings vollkommen überfordert. Bürgermeister Vogler hatte sich kurz mit dem Doktor beider Rechte und Bürgermeister van Bergen beraten, und als auch Bartholomeus Beckmann und Joachim Claen, ebenfalls gewählte Bürgermeister, deren Amt in diesem Jahr ruhte, zustimmend nickten, erklärte er in die entstandene

Stille hinein: »Die Juristen des Rates mögen über den Antrag Moellendorffs entscheiden.«

Ratsherr Flemming, der noch aufrecht stand, beugte sich zu Kaufmann Kieckering herunter, flüsterte ihm ein paar Worte zu, woraufhin der junge Ratsherr ebenfalls aufstand und beide in Richtung Tür marschierten. Mehrere der anderen Kaufleute unter den Ratsherren schlossen sich diesem augenscheinlichen Protest an und verließen ebenfalls den Ratssaal. Insbesondere Flemming fühlte sich in der Ehre und Macht seiner neuen Stellung als Ratsherr zutiefst verletzt.

Albrecht musste seinen aufsteigenden Zorn unterdrücken, den sich beleidigt fühlenden Ausziehenden nicht hinterher zu rufen: »Die Herren Kaufleute wollen mal wieder die Gesetze mit der Geschwätzigkeit ihrer Inkompetenz erörtern!« Er beherrschte sich jedoch und übernahm das Wort, nachdem die Ratsdiener die Tür zum Ratssaal wieder geschlossen hatten.

»Der Hintergrund dieses ungeschriebenen Gesetzes, dass ein Adeliger nicht das große Bürgerrecht unserer Stadt erlangen kann, liegt nicht in seinem Adel begründet, sondern in der Tatsache, dass er entweder bereits über Grundbesitz außerhalb der Stadt verfügt oder ihn jederzeit vererbt bekommen kann. Damit werden jedoch seine politischen Interessen zwiespältig, da nicht eindeutig ist, ob er sich für diese Stadt oder für die Interessen seines Grundbesitzes entscheidet. Dadurch hat sich eingebürgert, dass jemand, der Grundbesitz außerhalb der Stadt hat, nicht Ratsherr werden kann. Da jeder erbgesessene Bürger der Stadt im Prinzip das Recht hat, als Mitglied des Rates berufen zu werden – und folgte er dem nicht, verlöre er sein Bürgerrecht –, schließen sich diese beiden Interessen gegenseitig aus.«

Albrecht hatte auf Bürgermeister Vogeler geblickt, der gespannt die Diskussion verfolgte. Albrecht wusste aus vertraulichen Gesprächen mit ihm, dass der Kaiser in Wien sich mit dem Gedanken trug, ihn um seiner Meriten willen mit einem adeligen Diplom auszustatten. Damit würden ihm bestimmte Privilegien verliehen, unter anderem, dass er mit rotem Wachs siegeln möge, eine Freiheit, die viele Grafen und ganze Republiken nicht besaßen. Albrecht gedachte, ihm einen Gefallen zu tun. »Wir sollten den Grundsatz fixieren, dass nur der Grundbesitz entscheidend ist, also beispielsweise persönliche Adelsdiplome, die jemand zur Ehre erhält oder erhalten hat, nicht mit dem Bürgerrecht im Widerspruch stehen.«

»Dazu sollten wir ein Rechtsgutachten einholen«, warf einer der Juristen ein. Der Bürgermeister ging sofort dazwischen: »Wir werden von Niemanden noch irgendwo ein Gutachten einholen. Schließlich sind wir nicht nur eine freie Reichsstadt, sondern ihr seid auch Juristen genug, um diese Frage selber zu entscheiden.« Bei zwei der Juristen gab es lange Gesichter. Nur zu gerne hätten sie die Entscheidung an eine auswärtige Instanz abgegeben, an die Universitäten in Greifswald oder noch besser in Prag, das war noch weiter weg, als selber eine Position beziehen zu müssen.

»Ich darf auch daran erinnern, dass die Herren des Domkapitels immer Fremde in dieser Stadt bleiben werden, und niemals kann ein Hamburger Bürger Domherr werden, weil nur Adelige, die ihre Pfründe aus Landbesitz außerhalb der Stadt beziehen, in dieses Amt berufen werden!« Beiläufiges Gemurmel der anderen Juristen gab ihm Recht, so dass Albrecht nun daran denken konnte, den Grundbesitz seiner Frau zu schützen: »Da wir bisher und wohl auch in Zukunft, was Gott auch weiterhin verhindern möge, keine Frauen in den Rat berufen, ist es unerheblich, ob eine Frau Grundbesitz außerhalb der Stadt hat, wenn sie das Bürgerrecht erwerben will. Ich wiederhole also den Antrag, Melissa Moellendorff das Bürgerrecht zuzuerkennen.« Er stockte, dachte dann daran, Ratsherr Flemming etwas entgegenzukommen, da er auch nicht der Meinung war, dass Melissa das Recht erhalten sollte, in den Rat gewählt werden zu können. »Das kleine Bürgerrecht genügt, da sie weder die öffentliche Waage benutzen noch in den Hamburger Walddörfern auf die Jagd gehen will.« Mit der Jagd war er sich zwar nicht ganz sicher, aber das schien ihm jetzt unerheblich.

Er setzte sich, der Bürgermeister betrachtete die verbliebene Ratsrunde, ob jemand Einwände vorbringen wollte, was keiner tat, und bestätigte dann: »Hiermit erhält Melissa Moellendorff, nach Zahlung des dafür vorgesehenen Geldes, das kleine Bürgerrecht dieser Stadt zuerkannt. Damit ist die heutige Sitzung geschlossen.« Es würde sich zeigen, ob die ausgezogene Minderheit des Rates diesen Beschluss akzeptieren würde oder ob sie sich mit dem Konvent der Erbgesessenen Bürgerschaft, dem er diese Entscheidung noch zur Billigung vorzulegen hatte, kurzerhand verbünden würden.

Es war spät geworden. Albrecht grübelte auf dem kurzen Nachhauseweg darüber nach, was die Zukunft bringen würde. In Gedanken versunken blieb er auf dem verlassenen Hopfenmarkt vor der Nikolaikirche stehen und blickte den Kirchturm hinauf. Nach einiger Zeit schüttelte er still den Kopf: Immer wenn wir nicht weiter wissen und die Vernunft uns anscheinend nicht mehr den Weg weisen kann, dann blicken wir suchend zu den Sternen oder zum Himmel. Beidem ist eines gemeinsam: der Blick nach oben wie nach innen, zu Mächten, von denen wir uns in unserer Ratlosigkeit Hilfe und Weissagung erwarten oder erbitten. Ist es nicht der Ausdruck unserer eigenen Machtlosigkeit, ein Zeichen der eigenen Schwäche? Warum hatte der christliche Himmel mit Gottvater, Sohn, Heiligem Geist und Mutter Maria und seinen Hunderten von Heiligen die Gestirne, die angeblich heidnische Götterwelt des Mars, der Venus und des Saturn nicht verdrängen können? Sind die Horoskope denn nichts anderes als Ausdruck der Macht dieser Götter? Das griechische Orakel war eine klügere Einrichtung gewesen: Es gab dem Fragenden eine verborgene Antwort, deren Bedeutung er selber finden musste, und da er es in seinem eigenen Interesse tat, war das Orakel folglich nur Hilfe und Rückhalt dafür, das zu tun, was man eigentlich auch schon vorher wollte, wozu man aber noch nicht den Mut hatte, sich dafür zu entscheiden.

Zornig schnaubte er: »Was ich will, das kann ich auch!«

Melissa wartete im großen Raum im ersten Stock auf ihn. Sie hatte ein Abendbrot für ihn herrichten lassen, saß vor dem Kamin und betrachtete das Schachspiel, dessen Figuren sich durch das Kerzenlicht als lange Schatten auf dem Spielfeld wiederholten. Sie war schweigsam und hatte nur kurz aufgeblickt, als der Luftzug der Tür die Flammen der Kerzen zum Flackern brachten.

Albrecht bemerkte ihre Abwesenheit und wollte sie aufmuntern. »Überlegst du dir schon kluge Züge, wie du mich besiegen kannst, oder denkst du über anderes nach?«

»Gibt es auch ein Schachspiel mit katholischen Figuren und Regeln?«

Albrecht, der gerade das Weinglas zum Trinken ansetzen wollte, hielt inne und fragte stirnrunzelnd: »Wie meinst du das?« Er nahm sein Glas und setzte sich ihr gegenüber an den kleinen Tisch vor dem flackernden Kaminfeuer. Mit einem Blick auf das Schachbrett versuchte er zu ergründen, was daran evangelisch sei.

Melissa blickte nur kurz auf und tippte dann auf die einzelnen Figuren. »Schau: In der Mitte der König und die Königin. Daneben rechts und links die beiden Bischöfe, daneben die militärische Kavallerie und jeweils außen die beiden Richter. Davor die Reihe der bewaffneten Bauern. Das ist alles sehr symbolisch. Im Zentrum die weltliche Macht, die von den Geistlichen gestützt und durch das Militär geschützt wird, und als Eckpfeiler, sozusagen, die Juristen.«

»Mmh. Ja, das sehe ich auch so.«

Melissa richtete sich auf. »Die Geistlichen können nur schräge

Wege gehen, die Kavallerie ist in ihren Sprüngen nur schwer zu berechnen, und die Juristen gehen immer nur geradeaus. Der König, obwohl die wichtigste Figur, kann genauso wie die armen Bauern nur jeweils einen Schritt gehen, während die Königin, als machtvollste Figur sowohl schräg wie gerade gehen kann«, nun lachte sie, »sie darf nur keine Winkelzüge machen.«

»Ist das nicht ein Abbild des Lebens? Der König, um dessen Leben sich alles dreht, ist sehr unbeweglich, während die Frau an seiner Seite die größte Macht hat? Auch darin, dass sie die Aufstellung bestimmt: Regina regit colorem. Sie bestimmt die Farbe des Feldes, auf dem sie steht.«

»Ach je, der arme König, so mächtig und nur so kleine Trippelschritte darf er machen!«

Albrecht wollte sich heute nicht mehr streiten, und sei es als Spaß. »Und was sollte bei einem katholischen Schachspiel anders sein?«

Melissa dachte laut nach: »Da der Papst keine Frau mehr haben darf, kann er nicht in der Mitte stehen. Und ein mächtiger Kardinal an seiner Seite würde sich nicht mit der Liturgie vertragen. Katholisch gesehen, müssten König und Papst nebeneinander in der Mitte stehen, flankiert von der Königin und einem Kardinal. Das Militär, die Richter und die Bauern könnten da bleiben, wo sie jetzt auch schon stehen.«

»Und wer sollte das bisherige Feld der machtvollen Königin einnehmen? Der König oder der Papst?«

»Oh je, das ist schwierig. Da es heißt ›cui regio, sui religio‹ bestimmt der König, welche Religion sein Volk hat. Also müsste er dann auf der Position der Königin stehen. Mmh. Dann würde allerdings der Papst anstelle des Königs zur wichtigsten Figur. Nein, das würde dann der König nicht akzeptieren.« Sie schloss die Augen, um nachzudenken. »Nein, das ist so, wie es dargestellt ist, ganz in Ordnung. Beide, der König wie die Königin, haben jeweils einen Geistlichen an ihrer Seite, und damit kann die Kirche mit ihren manchmal schrägen Zügen beide, wenn's sein muss, unter verschiedenen Einfluss bringen.« Sie klatschte in die Hände: »Nein, es braucht kein katholisches Schachspiel, das ist auch schon so in Ordnung!«

Albrecht war müde. »Was meint meine machtvolle Königin, gehen wir schlafen?«

»Wenn mein König mir mit seinen kleinen Trippelschritten folgen kann … Ich bin zuerst im Bett!« Damit war sie schon zur Tür hinaus. Albrecht löschte die Kerzen, stellte den Funkenschutz vor den Kamin und folgte ihr ins Himmelbett.

Das Lagerhaus

Die Wochen waren vergangen, und seitdem sich eine Schneedecke über die Stadt gelegt hatte und ein eisiger Wind um die Häuser fegte, schienen nicht nur die Häuser, sondern auch die Menschen unter dieser Decke verborgen zu sein.

Nur zu Weihnachten wurde es auf den Straßen lebendiger. Immer wieder klopfte jemand an der Tür des Hauses Zum Goldenen Schiff, und man gratulierte zum Fest der Liebe: Schornsteinfeger, Dreckfeger, Turmbläser, Oberküster, Kornmesser, Träger, Schlachterknechte, Tamboure und Pfeifer der Stadtwache, Lampenbrenner, Lampenreiniger und Lampenlöscher, Kranknebler, Stadttorwächter, Glockenspieler, Maurer und Zimmerleute, Totengräber, Stuhlvermieter … Alle gratulierten und hielten die Hand auf für ein Trinkgeld. Albrecht hatte Melissa vorgewarnt, dass es den ganzen Tag so gehen würde und brummte: »Betteln ist in der Stadt verboten, das Sammeln ist geblieben.«

Das Leben spielte sich innerhalb der Häuser ab. Geburtstage und Jubiläen wurden gefeiert, und alles entsprach ganz Melissas Vorstellungen eines unbeschwerten Stadtlebens. In Swantje und anderen Frauen der Ratsfamilien hatte sie ihre ersten Freundinnen gefunden.

Unterdessen lagen die Hamburger Schiffe im Hafen oder überwinterten in wärmeren Gegenden, und wer sich nicht rechtzeitig mit Wintervorräten versorgt hatte, musste zusehen, wie er seinen Hunger vertrieb. Doch so, wie man sich in guten Zeiten den Bauch voll stopfte, bis einem übel wurde, schnallten sich die Ärmeren jetzt den Gürtel enger. So wie Ebbe und Flut sich abwechselten, gab es im Verlaufe des Jahres Zeiten der Völlerei wie des Hungers, und solange alle anderen Armen auch darbten, war man bereit, es hinzunehmen.

Albrecht war es während des Winters immer deutlicher geworden, dass die Zeit bis zum Jahresende verstrich und das Siegel des schwedischen Reichskanzlers immer noch verschwunden war. Eberhard hatte ihn auch mehrfach danach gefragt, ob er schon eine Spur hatte, das Siegel wiederzubekommen, um die Bedingung des schwedischen Reichskanzlers zu erfüllen. Je mehr das Ende des Winters näher rückte und die ersten Lieferungen der langen, profitablen Orderliste für die schwedische Armee zusammengestellt wurden, desto eher war auch das Ende dieser guten Geschäfte absehbar, falls sie das Siegel nicht rechtzeitig fanden. Alles sah danach aus, dass die Mörder ihr eigentliches Ziel, die Beendigung des Hamburger Schwedenhandels, erreichen würden.

Nach einigem Zögern hatte Albrecht sich entschlossen, einen Weg zu versuchen, der seiner ganzen bisherigen Lebensauffassung widersprach. Er holte am Mittag die Hamburger Ausfertigung des Vertrags mit Schweden aus dem Ratsarchiv, suchte in den Gerichtsakten nach einer bestimmten Verhandlung im vergangenen Jahr und bat am Abend den erstaunten Hinrich um dessen Mantel und Hut. Mit dieser drittklassigen Kleidung machte er sich auf den Weg in die östliche Altstadt. Er zog den Hut tief in das Gesicht, als er am Rathaus vorbei kam, und mit dem Sechs-Uhr-Läuten der Kirchen hatte er sein Ziel, die Niederstraße, erreicht.

Im Gegensatz zum stillen Nikolaiviertel gingen hier viele Menschen durch die Straße. Aus den zahlreichen Spelunken schallte das Grölen von Betrunkenen, Kinder trugen Bierkannen in die Häuser, und mehr als einmal musste er die Hand einer Frau abschütteln, die ihn auffordernd an die Schulter gefasst hatte. Schließlich blieb er vor einem Haus stehen, ging durch den Tordurchgang zu den Hinterhäusern und klopfte an der Tür des fünften Hauses.

Ungeduldig klopfte er ein zweites Mal, als die Tür aufgerissen wurde und ein schlanker Mann in schwarzer Kleidung im Türrahmen stand. »Was willst du noch so spät?«

Der Senator blickte auf, so dass der Mann sein Gesicht erkennen konnte. Prompt murmelte er: »Ihr?« Dann trat er einen Schritt zur Seite und bedeutete dem Senator, hereinzukommen.

Albrecht warf in der Stube Mantel und Hut auf eine Bank. »Wir sind allein?«

»Ja, Gerichtsherr.«

»Gut, du weißt also, wer ich bin.«

Ein unbändiges Lachen brach aus dem Mann heraus. »Werd' ich denn vergessen haben, wer mich am Frohnhaus bei St. Petri für drei Tage an den Pranger stellen ließ? Wegen nicht erwiesener Hexerei!«

»Ich brauche deine Hilfe.«

»*Meine* Hilfe? Oder wollt Ihr nun Beweise finden, was Euch damals nicht gelang?«

»Ich hätte dich seinerzeit auch der peinlichen Befragung unterwerfen können! So bist du mit dem Pranger gut davongekommen.«

»Da habt Ihr Recht. Hat mich in der Stadt auch gut bekannt gemacht. Kann ja schlecht in den Straßen mit einer Trommel herumlaufen und meine Dienste anbieten. Wie kann ich *Euch* gefällig sein?«

Albrecht zog den Vertrag aus der Weste und legte ihn auf den Tisch. Er klappte den gefalteten Bogen auf und rückte die beiden Siegel zurecht. Dann deutete er auf das schwedische Siegel: »Ich muss wissen, wo sich das Siegel befindet, von dem dieser Abdruck stammt.«

»Verstehe, Ihr wollt also wissen, wo die abwesende Mutter eines Kindes ist.«

»So könnte man es sagen.«

»Wenn Ihr meint, ich könnte Euch einen Ort nennen, überschätzt Ihr meine Fähigkeiten. Ich kann Euch aber sagen, in welcher Richtung Ihr suchen müsst.«

»Das wäre schon eine Hilfe.«

»Dann setzt Euch auf die Bank und wartet.«

Albrecht folgte der Anweisung, und der Mann ging an einen Wandschrank, aus dem er eine Schnur hervorholte, an deren einem Ende ein spitzer Kegel befestigt war. Er schob den Vertrag in die Mitte des Tisches, hielt die Schnur so darüber, dass der Kegel genau über dem Abdruck des schwedischen Siegels stand, murmelte ein paar Worte und setzte dann das Pendel mit einer unmerklichen Bewegung der Finger in eine kreisende Bewegung. Mit jeder Umdrehung wurde der Kreis ovaler, dann wurde es deutlich eine lange Ellipse und schließlich ziemlich genau eine Gerade, die gegen eine Wand des Raumes deutete. Als die Bewegungen des Pendels immer kürzer wurden, zog der Mann die Schnur zusammen und drehte sich zu Albrecht: »Sucht genau im Norden!« Er blickte auf die Wand. »Mit einer leichten Abweichung nach Westen.«

Albrecht war irritiert: »Woher weißt du, wo Norden ist?«

Der Mann grinste – welche Situation, dass er einem Hamburger Gerichtsherrn seinen magischen Kreis erläuterte –, zeigte gegen die Wände und drehte sich dabei auf der Stelle im Kreis: »Norden, Osten, Süden, Westen!«

Jetzt erkannte Albrecht an den Wänden des Zimmers umlaufende feine Striche und die daneben stehenden Buchstaben für die Himmelsrichtungen.

»Du bist dir sicher?«

»Das ist so sicher wie das Amen in der Kirche.«

»So etwas sagst du als Schüler der dunklen Kunst?«

»Ach, Herrje! Die gute Kirche hat so viele unserer Rituale gestohlen, dass es auf keine Kuhhaut geht. Was sind denn die Formeln und Gebete der Kirche anderes als unsere Zaubersprüche? Um diesen Diebstahl zu verbergen, die gleiche Herkunft unserer Riten, hat sie Gott für sich vereinnahmt und uns hat sie zum Teufel geschickt!« Wieder grinste er. »Es ist nur die Frage, wer sich bei wem jetzt wohler fühlt?«

»Nun gut, aber warum sagst du Norden?«

»*Ich* habe nicht Norden gesagt. Das Pendel hat es uns gesagt. Ihr habt etwas anderes erwartet?«

»Ja und Nein. Wenn ich es gewusst hätte, wäre ich nicht zu dir gekommen. Erwartet hätte ich allerdings Nordosten.«

»Wenn Ihr wollt, kann ich es gern noch mal versuchen, wenn's Euch dann mehr überzeugt.«

»Bitte.«

Wieder ließ der Mann das Pendel kreisen, und Albrecht, der jetzt näher bei ihm stand, beobachtete genau, ob er mit den Fingern Bewegungen machte, um das Pendel in eine bestimmte Richtung zu dirigieren. Die Hand des Mannes blieb unbewegt, während das Pendel langsamer wurde und dann wieder eindeutig mit einer leichten Westabweisung nach Norden zeigte.

Der Mann betrachtete den Senator und lächelte: »Ja, manches Mal kann ich den Ratsuchenden nur etwas sagen, was ihnen erst mal ein Rätsel ist. Doch seid zuversichtlich, es wird sich alles klären.«

Albrecht faltete den Vertrag zusammen und verbarg ihn wieder unter seiner Weste. »Danke für die Zuversicht.« Beinahe hätte er Gottvertrauen gesagt, doch das erschien ihm bei diesem Mann nicht angebracht.

»Was bekommst du für deine Auskunft?«

»Betrachtet es als Gefälligkeit und vergesst, dass Ihr hier gewesen seid.«

Der Mann ging voraus zur Tür, Albrecht warf sich den Mantel über, zog den Hut wieder ins Gesicht und verließ das Haus. Auf der Straße sprach ihn niemand an. Er war so in sich versunken, als hätte sich damit gleichsam eine Aura der Unberührbarkeit um ihn gelegt.

Im Haus Zum Goldenen Schiff ging er in das Kontor, nahm die Karte des Baltischen Meeres aus dem Ständer und rollte sie auf dem Tisch aus. Von Hamburg aus nach Norden? Sein Blick folgte der Nordachse: Kiel, Odense, Oslo. Drei Orte, mit denen sich nichts für ihn verband. Dann betrachtete er die Richtung nach Nordosten: Lübeck, Kopenhagen und Stockholm. Eine schlüssige Linie: Lübeck, wo das Siegel verwendet worden war, jetzt lag es in Kopenhagen und gehörte nach Stockholm.

Aber das Pendel hatte eindeutig die andere Richtung vorgegeben. Warum? In Lübeck war es demnach nicht mehr. Wenn der Däne inzwischen das Siegel hat, warum sollte er es in Kopenhagen verwahren und nicht in Odense, wo es niemand suchen würde? Aber der Magier hatte von einer leichten Abweisung nach Westen gesprochen und Odense befand sich, von Hamburg aus gesehen, im Norden mit einer leichten Abweisung nach Osten. Aber alles sprach für einen Aufbewahrungsort in Dänemark. Albrecht war ratlos.

Er rollte die Karte zusammen und ging dann in den ersten Stock, seine Frau um Rat zu fragen.

Melissa war skeptisch. »Du weißt doch, dass der Holsteiner Adel ein zwiespältiges Verhältnis zu seinem König in Kopenhagen hat. Aber du hast Recht, sie haben genügend Verbindungen zum dänischen Hof. Ich könnte meinem Onkel schreiben, dass er uns zum Frühjahrsfest nach Schleswig lädt. Du könntest dich dort dann unter den Offizieren umhören und ich kann es unter den Frauen auch tun; manches Mal wissen sie mehr über die geflüsterten Geheimnisse als ihre Männer.« Melissa lächelte und wurde dann wieder ernst. »Meinst du nicht, dass dein Weg in die Niederstrasse nur schwer mit deinem Amt als Gerichtsherr zu vereinbaren ist? Was willst du tun, wenn dieser Mann eines Tages wieder vor dir als Beklagter steht?«

»Ich weiß, du kluge Frau. Es ist eine gute Gelegenheit, den Bürgermeistern Bescheid zu geben, dass ich nicht wieder als Gerichtsherr gewählt werden möchte. Er wird es verstehen, dass ich nach den vielen Jahren das Amt des ersten Praetors an einen Jüngeren weitergeben möchte.«

Am 13. Februar wurde es auf den Straßen der Stadt wieder lebendig. Die Stadttore und das Rathaus wurden geschlossen, die Rathausglocke geläutet, und die Bürgerschaft wurde zum Verlesen der Bursprachen zusammengerufen. Nachdem sich die rund zweitausend Inhaber der Bürgerrechte auf dem Platz zum Alten Kran vor dem Rathaus versammelt hatten, trat der worthaltende Bürgermeister Vogeler mit dem Protonotar auf die Rathauslaube und begrüßte die Bürger: »Gute Freunde! Nach alten Sitten, üblichem Gebrauch und Gewohnheit sollen heute die Bursprachen abgelesen werden. So gebt nun gute Acht darauf und wollt euch dann danach richten.« Der Protonotar trat nun vor und verlas die Vereinbarungen zwischen Rat und Bürgerschaft, bei der alle jeweils nickten und damit ihre Gültigkeit um ein weiteres Mal bestätigten. Abschließend gab er bekannt, dass Ratsherr Wetken verstorben und der Kaufmann Flemming in den Rat berufen worden sei und dass der Ratsherr Johannes Münden zum ersten Gerichtsherren bestellt worden sei. Wieder nickten alle. So, wie jedes Jahr. Man hatte es zwar schon vorher aus der Zeitung erfahren, aber nun war es offiziell und von der Bürgerschaft bestätigt.

Ein paar Tage später, zu Petri Namenstag, schifften sich die Bootsmänner und Seeleute nach Amsterdam ein, um auf den niederländischen Walfängern eine gut bezahlte, aber auch gefährliche Arbeit zu finden. Ihre Frauen standen mit den Kindern am Ufer, um ihnen, so lange sie noch zu sehen waren, ein »Lebe wohl!« zu winken, voll der Hoffnung, sie im Herbst wiederzusehen und nicht die Nachricht zu erhalten, dass ihr Schiff mit Mann und Maus gesunken sei.

Auch Erik, der jüngere Kaufmann des Handelshauses Moellendorff, begab sich nach Amsterdam. Eberhard hatte ihn während des Winters in die Gepflogenheiten des Fernhandels eingeführt, und mit Handlungs- und Zeichnungsvollmachten ausgestattet war er abgereist. Seine Frau und die Zwillinge Hannes und Matthias sollten bis zum Sommer noch in Hamburg bleiben.

Melissa hatte sich schneller in der Stadt zurechtgefunden, als Albrecht es angenommen hatte. Sie stand mit Swantje in der Tür zum Kontor und überraschte die beiden Häupter des Hauses Moellendorff am Vormittag mit der Frage: »Steigt ihr mit uns auf den Turm der Nikolaikirche?«

»Was wollt ihr dort oben?«

»Vielleicht etwas frische Luft atmen? Nein, dummes Zeug. Wir sind mit Festungsbaumeister Jan van Valckenbourgh verabredet, der uns die Stadtbefestigung erläutern will, und der meinte, von dort oben hätte man den besten Überblick.«

»Na, da werde ich wohl mitkommen«, reckte sich Eberhard, für den ein derartiger Blick mit fachkundiger Erläuterung auch etwas Neues war. »Nun komm schon, dir wird es auch nicht schaden.«

Albrecht hatte keine Ausrede parat, da er nun nur noch Ratsherr war, so dass es viele Tage gab wie diesen, an denen er schlicht frei hatte. Er musste sich also bequemen, mitzukommen.

Auf der Straße drückte ihm ein verwegen aussehender Mann eine Flugschrift in die Hand, auf der er auch ohne seine Brille, die er zum Studium der Akten brauchte, die Überschrift entziffern konnte: »Wir tragen den Adel auf den Schultern – aber wir brauchen nur mit der Schulter zu zucken, um sie niederzuwerfen!«

Verwundert blickte er dem Mann hinterher, als über das Stimmengewirr der Menschen auf der Straße ein Bänkelsänger seine Stimme erhob: »Was bildet sich der Hofmann ein, / Dass er als ich will besser sein? / Da Adam ackert und Eva spann, / Wer war damals der Edelmann?«

Eberhard war stehen geblieben, dem Bänkelsänger zuzuhören, und kam nun hinterher geeilt. »Seit wann gibt es diese Leute in der Stadt?«

»Seit einer Woche«, brummte Albrecht. »Doch der Rat hat keine Handhabe dagegen, sagen die Herren der Wedde. Solange diese Leute nur die Adelsherrschaft traktieren, kann es uns nur Recht sein, und wir können mit der Fremdenpolizei nicht dagegen vorgehen.«

»Aber? Ich höre doch den Vorbehalt in deiner Stimme.«

»In den Kollegien der Bürgerschaft sind schon Meinungen geäußert worden, dass ihnen die ganze Richtung nicht passt, mit der unser Rat die Stadt regiert. Ein aufrührerischer Funke kann jedoch schnell von einer zu einer anderen Stelle springen und dort ein Feuer entfachen, wo wir es vorher nicht für möglich hielten.«

»Wo klemmt es denn?«

»Die Kosten für die neue Stadtbefestigung erdrücken uns schier. Die Kalksteine aus Segeberg, die Ziegel, die wir aus verschiedenen Orten beziehen – wie du wissen müsstest, auch aus Amsterdam –, die Holzlieferungen … Alles will bezahlt sein. Gerade erst hat der Herzog von Mecklenburg 63.000 Mark Banco für Lieferungen an den Bauhof erhalten. Die Handwerker fordern höhere Löhne von ihren Meistern, die Zünfte weigern sich jedoch, weil der Rat sie angeblich mit ungebührlichen Steuern belastet habe … Es ist ein ziemliches Gegeneinander in der Stadt.«

»Wenn's das nur ist.«

Albrecht blickte seinen Vetter konsterniert an. Diese Gleichgültigkeit eines Handelsherren für die Geschicke der Stadt hatte er auch schon bei Ratsherr Flemming festgestellt.

»Auch die Kaufmannschaft wird sich tummeln müssen. Es muss mehr Getreide nach Hamburg gebracht werden. Die Preise für Weizen und Roggen sind höher gestiegen als es sonst im Winter üblich war. Es laufen schon die ersten Gerüchte um, dass zuviel nach draußen verkauft wurde und die Kaufmannsherren zu wenig an die ärmeren Schutzverwandten denken.«

»Dann soll der Rat eben mehr auf Vorrat legen und den Marktpreis regulieren. Wir verkaufen an jeden, der uns das Geld dafür gibt.«

»Nun kommt endlich ihr beiden«, hörten sie Melissas

Stimme vom Portal der Nikolaikirche herüber, wo die beiden Frauen bereits mit dem Festungsbaumeister warteten.

Kaum hatten sich die Männer begrüßt, ging es schon die Stufen hinauf. Valckenbourgh hatte nur wenig Zeit. »Bei der Arbeit an einem solchen Bauwerk müsste man eigentlich immer an mindestens drei Stellen gleichzeitig sein!«

Schließlich standen sie außer Atem auf der Ebene des Glockengestühls. Während Valckenbourgh, Melissa und Swantje aus einer Maueröffnung hinunterblickten, standen die beiden Männer an einer anderen Öffnung im Mauerwerk und hörten zu.

Mit ausgestrecktem Arm wies Valckenbourgh auf die gezackte Linie, die sich scharf gegen das Land abzeichnete: »Wenn Ihr den Kreis der neuen Wallanlagen betrachtet, stehen wir hier auf der Nikolaikirche genau im Mittelpunkt. Von hier aus ist es ein Radius von rund 1150 Metern. Es wird noch drei Jahre dauern, bis alles fertig ist. Dann werden wir zweiundzwanzig Bastionen haben. Seht, das sind diese vorspringenden Dreiecke, genauer gesagt, Pentagone.« Er zeigte zur Seite: »Albertus, Casparus, Henricus, Eberhardus, …«

»Die einzelnen Bastionen haben Namen?«

»Ja. Die Namen der Schutzheiligen der Hamburger Ratsherren. Kleinere Städte nennen die Bastionen ihrer Befestigung manchmal nach den Planeten oder nach klassischen Göttern. Da der Hamburger Rat vor zwei Jahren nur zweiundzwanzig Mitglieder hatte, fanden sie diese Lösung bezeichnender.«

Die beiden Frauen stießen sich an und blickten zu Albrecht hinüber, der es allerdings nicht bemerkte.

Valckenbourgh ließ sich nicht irritieren: »Seht Ihr dort im Westen in der Neustadt den ansteigenden Hügelrücken?«

Beide Frauen nickten.

»Das war der Schwachpunkt der alten Befestigung. Von diesem Höhenzug konnte die feindliche Artillerie die Stadt direkt beschießen, und so sind die neuen Bastionen eben dort auf den Hügelrücken gebaut. Dort seht ihr auch die vorgelagerten

Ravelins, die Außenwerke zwischen den Bastionen im Westen. Sie liegen auf der äußeren Seite des Grabens und sind die erste Verteidigungslinie. Dreihundert Kanonen werden auf dem Wall stehen, aber Stadttore wird es nur sechs an der Zahl geben. Zwei im Westen, zwei im Osten und zwei am Hafen. Es werden auch die einzigen gemauerten Elemente sein, da der Wall mit seiner Höhe von acht bis zehn Metern nur aus Erde aufgeschüttet wird.«

»Wie viele Arbeiter habt Ihr dafür in Lohn genommen?«

Valckenbourgh war überrascht, doch dann erinnerte er sich, dass die beiden Frauen erst im Herbst nach Hamburg gekommen waren. »Keinen einzigen. Nur vor vier Jahren gab es einen Kontrakt mit holländischen Wasserwerkern. Aber als sie ihre Aufgabe nicht meistern konnten, haben sie sich hinter der Tür verabschiedet und sind sang- und klanglos aus der Stadt verschwunden. Die Hamburger Bürger haben sich zu Handdiensten verpflichtet. Jedes Kirchspiel stellt ein Regiment zu zehn Kompanien, das heißt, wir haben fünfzig Kompanien, und täglich wird mit acht Kompanien oder rund eintausend Mann am Wall gearbeitet. Wer nicht selber mitarbeiten will oder kann, der zahlt entweder acht Schilling Gebühren oder schickt einen Ersatzmann.«

Wieder blickten sich die beiden Frauen vielsagend an und verstanden, warum sie ihre Männer noch niemals mit einer Schaufel in der Hand gesehen hatten.

Eberhard hatte nur noch mit halbem Ohr zugehört und die Häuser der Stadt betrachtet. »Aus der Entfernung sehen viele Dinge verdammt eng aus, so wie die Häuser dicht zusammenstehen und die Schiffe wie ein Knäuel verfriemelt zu sein scheinen. Erst in der Nähe siehst du die Abstände zwischen ihnen, die tatsächliche Weite, die Möglichkeiten.«

»Aber auch die Grenzen und Behinderungen, die aus der Entfernung nicht so gut auszumachen sind.«

Eberhard blickte seinen Vetter fragend an. »Wird man mit den Jahren auch immer skeptischer?«

»Nein. Vielleicht nur realistischer, indem man beides sieht: die Möglichkeiten und die Grenzen.«

»Ich halte mehr davon, die Möglichkeiten zu sehen und mich von den Grenzen nicht schrecken zu lassen.« Eberhard blickte auf die Stadt hinunter und scherzte: »Da scheint es ja jemanden noch mächtig zu frieren, wenn er derartig einheizt.«

Albrecht trat an die Maueröffnung, folgte der Richtung des Blicks von Eberhard und versuchte inmitten der vielen rauchenden Schornsteine den besonders qualmenden zu entdecken. Dann sah er ihn am Hafenrand: Es war deutlich zu sehen, dass sich die Rauchschwaden immer mehr verdunkelten und dann helle Flammen aus dem schwarzen Qualm herausschlugen. Er runzelte die Stirn, versuchte die Gebäude abzuzählen und stieß Eberhard jäh in die Seite. »Los komm, das Feuer brennt ganz nah bei unserem Lagerhaus!«

Wie zur Bestätigung erklang über ihnen, aus der Etage des Turmwächters, der ohrenbetäubende Lärm einer Posaune, und vor der Maueröffnung rollte sich eine Fahne aus, deren Fahnenstock genau in die Richtung zeigte, in die sie vorher geblickt hatten.

Mit einem »Bei unserem Lagerhaus brennt es« stolperten die beiden Männer die Stufen abwärts, immer in Gefahr, abzurutschen und den ganzen Treppenabsatz hinunterzustürzen. Dann hasteten sie über den Hopfenmarkt, die Deichstraße entlang, auf der Hohen Brücke über das Nikolaifleet hinweg und sahen schon aus der Entfernung die Schlange der Menschen, die mit einer langen Eimerkette Wasser aus dem Hafenbecken herausbrachten und es rechts und links gegen die Häuser neben der Brandstelle klatschten.

»Verflucht! Es ist *unser* Speicher, der da brennt!« Eberhard rannte weiter und schrie zu den Menschen in der Wasserkette: »Verdammt noch mal, löscht doch das Feuer und kippt das Wasser in die Flammen!«

Ein älterer Mann in dunkelblauem Mantel stellte sich ihm ruhig in den Weg und hielt ihn auf. »Guter Mann, das Lagerhaus könn' wir nicht retten. Wenn wir Glück haben, dann könn' wir verhindern, dass der Brand auf die daneben liegenden Häuser übergreift. Also beruhigt Euch.«

Er packte fester zu, als Eberhard sich losreißen wollte, und beide blickten gleichzeitig auf das brennende Lagerhaus, aus dem nach mehreren kleinen Explosionen steile Feuerfontänen in die Luft hinausgeschossen kamen.

Der Rottenführer der Stadtwache knurrte: »Deubel, verfluchter, wat die Moellendorffs da wohl für'n Dübelsdreck eingelagert haben.« Er ließ Eberhard los, der sich zu dem langsam näher kommenden Albrecht umdrehte und verzweifelt gestikulierte, indem er immer wieder auf die Brandstelle zeigte, sich an den Kopf griff und wortlos Fragen grimassierte.

»Eberhard! Beruhige dich! Es ist eine Anweisung des Rates, dass die umliegenden Häuser eines brennenden Gebäudes eingenässt werden, um das Übergreifen des Feuers zu verhindern.« Er wandte sich an den Mann mit dem blauen Mantel. »N'Tag, Rottenmeister Fandrich. Meint Ihr, es gelingt?«

»Tag, Senator. Zum Glück gibt's genügend Gaffer, die meine Männer in die Eimerreihe bitten«, aus den Augenwinkeln sah Albrecht, wie zwei der Gaffenden gerade einen Tritt erhielten, damit sie sich in die Reihe bequemten und mit anpackten, »so dass wir gute Aussichten haben. Und der Wind steht gut längsseits zu Eurem Lagerhaus, dass es schön nach oben brennt.«

Eberhard hatte Tränen in den Augen, ballte seine Hände zu Fäusten und rammte sie dann in die Taschen seines Mantels, damit er in seinem ohnmächtigen Zorn nicht wahllos auf irgendjemanden einschlug.

Albrecht schien den Brand mit gelassenem Interesse zu verfolgen, so dass Eberhard ihm entgegenzischte: »Dir scheint es ja gar nichts auszumachen, dass unsere Waren gerade verbrennen!«

»Das sieht nur so aus. Soll ich denn hier vor allen Leuten den zornigen HüpfaufderStelle vorführen und zu dem Schaden auch noch den Spott einheimsen?«

»Mann, als Senator bist du aber verdammt abgebrüht geworden!«

»Wenn du diese äußere Form nicht beherrschst, solltest du so ein Amt tatsächlich nicht annehmen. Nichts ist eine lächerlichere Erscheinung als ein Ratsherr, der Grimassen schneidet.«

Eberhard steckte die Kritik an seinem Verhalten kommentarlos ein. Es war richtig, dass Albrecht etwas anderes darstellte. Und nach seinen Bemerkungen über das Gegeneinander in der Stadt und der Kritik am Rat, war es für einen Ratsherrn wahrlich nicht angebracht, vor den umherstehenden Leuten, die sie beide sehr genau beobachteten, die Fassung zu verlieren.

Krachend stürzten die Fachwerkständer des Lagerhauses in sich zusammen, dass die Männer in der Eimerreihe erst vor den aufstiebenden Funken zurückwichen und dann von dem Rottenführer den Befehl erhielten, nun das Feuer in dem zusammengebrochenen Schutt- und Holzhaufen zu löschen.

Eberhard kaute auf den Lippen: »Erst das Schiff und jetzt das Lagerhaus! Wenn es Sommer wäre, hätte ich nicht ausgeschlossen, dass sich das Getreide selbst entzündet hat. Aber nicht im Winter!«

Albrecht war in Betrachtung der kokelnden Balken versunken und murmelte: »Es wird uns schon nicht ruinieren.«

»Ja, dass ist sehr richtig. Auch als Mensch mit einem Bein lässt es sich bekanntlich fröhlich hüpfen!« Der ganze Sarkasmus eines Kaufmanns, der gerade einen schweren Verlust erlitten hatte, lag in seiner Stimme.

Unbeirrt schüttelte Albrecht den Kopf. »Das Lagerhaus können wir wieder aufbauen. Lass uns jetzt erst einmal klären, ob einer unserer Leute zu Schaden gekommen ist.«

Unwillkürlich schüttelte Eberhard über soviel Unverstand den Kopf. Die Leute hatten selber schuld, wenn sie nicht aufpassten. Was ging ihn das an?

Der Rottenmeister hatte Befehl zum Einstellen des Wasserschöpfens gegeben. Erschöpft ließen die Männer in der Eimerreihe die hölzernen Gefäße auf das Pflaster scheppern. Fünf lösten sich aus der Reihe und kamen den beiden Moellendorffs entgegen. Albrecht fiel ein Stein vom Herzen. Alle ihre Leute waren also unversehrt.

Albrecht begrüßte sie: »Dank euch Leute, dass ihr gerettet habt, was noch zu retten war.«

Der Lagermeister machte ein unglückliches Gesicht: »Ja, Herr, es ist schon ein Unglück, wenn man das eigene brennen sieht und doch das andere schützen muss.«

»Ja, so hat es der Rat zum Wohl der Stadt befohlen. Und es ist richtig so.«

»Sollen wir, wenn alles abgekühlt ist, mit dem Aufräumen beginnen?«

»Nein. Wartet noch damit, bis sich die Herren von der Wedde die Sache angesehen und mit euch gesprochen haben. Jetzt schaut erst einmal, dass sich nicht noch irgendwo in den Balken ein Glimmen versteckt hält.«

Eberhard war noch voller Zorn. »Da braucht die Polizei gar nicht erst nachzuschauen. Wenn das keine Brandstiftung war, dann will ich nicht mehr Moellendorff heißen!«

»Das denke ich auch. Aber es geht mir nicht um das *was* in der Sache, sondern vielleicht finden sie einen Hinweis darauf, *wer* dahinter steckt.«

Albrecht hatte eine böse Vermutung, dass sich vielleicht die Kaufleute um Flemming und Kieckering auf diese Weise an ihm gerächt haben könnten. Sie hatten nicht nur den Rat unter stillem Protest verlassen, sondern zählten auch zu den Familien, die nicht am Schwedenhandel beteiligt waren. Die Winterpause war vorbei. Dann zweifelte er wieder, denn der Anschlag auf das Schiff der Moellendorffs ging sicherlich nicht auf ihr Konto. Oder vielleicht doch? Aber wenn es ihm persönlich galt, warum ging es dann gegen die Interessen der Handelsfirma?

Während die Knechte und Mägde nach dem Abendessen ihren täglichen Arbeiten nachgingen, durften Matthias und Hannes von der Schule erzählen.

»Der Lehrer hat uns heut erzählt, jeder Mensch sei ein lateinisches Individduum.«

Hannes stieß seinen Bruder unauffällig an und flüsterte ihm lautstark zu: »Indivietuum! Mit nur einem ›t‹.«

Eberhard konnte mit beiden Wörtern nichts anfangen. »Was soll das denn heißen? Gibt es das auch auf deutsch?«

Matthias nickte eifrig. »Der Mensch ist ein Unteilbares!«

Eberhard war nur einen Augenblick verblüfft, dann lachte er. »Euer Lehrer soll doch mal mit dem Henker reden und sich das große Richtschwert zeigen lassen, mit dem unser Scharfrichter die Menschen in zwei oder, wenn es sein muss, in mehrere Stücke zerteilt.«

Der Senator hatte der Unterhaltung nur mit einem Ohr zugehört, war jetzt aber durch Eberhards Lachen aufmerksam geworden. »Das ist damit nicht gemeint. Es soll besagen, dass sich jedes Wesen von einem anderen unterscheidet, und deshalb sei jedes Wesen etwas Einzigartiges.«

»Ach, Schnack! Jeder Mensch hat doch zwei Arme, zwei Beine, einen Kopf, bis auf die Missgeburten mit zwei Köpfen, die sind tatsächlich einzigartig.«

»Nicht so, Eberhard. Du bist doch vor Amsterdam fünf Jahre zur See gefahren und weißt daher, dass jeder Wind anders ist.«

»Na klar. Da gibt es einen milden und gleichmäßigen Südwest, den Schiff und Mannschaft lieben, dann einen fauchenden, bockigen Nordostwind, der das Schiff derart tanzen lässt, dass allen übel wird, dann einen kräftigen Passat, der die Segel rund aufbläht und alle jauchzen lässt, dann ein müdes Lüftchen, das nichts bewegt, und alles hängt und lungert herum, dann wieder einen Sturm, der auch jeden wackeren Matrosen seine Zuflucht im Gebet suchen lässt, dann noch …«

»Nun gut. Wie es aussieht, könntest du deine Beschreibung

noch stundenlang weiter ausbreiten. Würdest du nun sagen, dass jeder Wind gleich sei?«

»Nein. Kein Wind gleicht einem anderen. Es gibt milde, gleichmäßige, die quer ab zu den Wellen stehen und mal mehr und mal weniger die Wellen mit einer weißen Kappe aus Gischt bekrönen, andere scheinen eher das Meer zu glätten. Dann gibt es warme darunter, kühlere, andere, bei denen du ahnst, dass sich hinter ihrer Gleichmäßigkeit ein Sturm aufbaut und du lieber vorsorglich die großen Segel reffen lässt, bevor dich der Sturm bald unvermutet trifft …«

Albrecht hatte sich zurückgelehnt, während Eberhard seine Beschreibungen mit Händen und Armen begleitete, vor lauter Begeisterung rote Wangen bekam und nun plötzlich abbrach, als er das ironische Zwinkern in den Mundwinkeln des Senators sah.

»So, so!«

»Was heißt hier: So, so? Willst du damit bezweifeln, dass ich etwas von den Winden auf hoher See verstehe, sie nicht unterscheiden kann, manche geliebt, andere verflucht und wieder andere herbeigesehnt habe, ganz zu schweigen …«

Albrecht hatte die Hand gehoben, bevor Eberhard sich in Eifer und Zorn redete, denn nichts konnte der, obwohl oder gerade weil er Kaufmann war, weniger ertragen, als wenn irgendjemand seine seemännischen Kenntnisse bezweifelte und insbesondere so eine Landratte wie der Herr Senator, mochte es auch sein Vetter sein.

»Halt ein, bevor dich ein ungerechter Zorn übermannt. Du hast in allem Recht. Jetzt ersetze aber einfach nur das Wort ›Wind‹ durch das Wort ›Mensch‹, und du weißt, was der Lehrer mit der Einzigartigkeit gemeint hat.«

Eberhard dachte nach, und die Zwillinge, die still dabei gesessen hatten, warteten neugierig, wer von den beiden Männern den Disput gewinnen würde.

»Na, ja. Den Wind kenne ich und auch die Weiber.« Eberhard hatte anscheinend weit zurückgedacht. »Die sind alle einzigartig, keine wie eine andere. Aber die Menschen? Wenn ich an alle die Halunken denke, die mir früher begegnet sind, die schienen mir alle ziemlich gleich zu sein. Außer deinem Leben oder deinem Geldbeutel wollten sie alle nichts anderes. Kein einziger unterschied sich darin von den anderen.«

Hannes und Matthias konnten nicht entscheiden, wer von den beiden Recht bekommen würde und rutschten von der Bank. Sie zogen es vor, sich noch etwas mit dem Papagei zu unterhalten.

Albrecht, Melissa und Eberhard waren noch still am Tisch sitzen geblieben, bis Albrecht das Schweigen unterbrach: »Es sind Entscheidungen zu treffen.« Er blickte Eberhard an. »Willst du unser Grundstück in der Neustadt für dich nutzen?«

»Das alte Gartenhaus? Nein.«

»Gut, dann werde ich, falls du nichts dagegen hast, dort für Melissa und mich ein eigenes Haus bauen.« Er hielt die Hand seiner Frau. »Wir werden auch Kinder haben, und dafür wird es hier im Haus Zum Goldenen Schiff keinen Platz mehr geben. Es ist schon jetzt für uns alle zu eng geworden.«

Albrecht hatte von Tag zu Tag deutlicher bemerkt, wie einseitig Eberhard war, wie ungebildet, nur an Umsätzen, Prozenten und Profiten interessiert. Seiner Kaufmannsseele schien es zu genügen. Aber worin unterschieden sich diese Kaufleute noch von Seeräubern? Dass sie ihre Raubzüge auf dem Land ausführten?

Eberhard erkannte sehr wohl den Vorwand, den Albrecht gesucht hatte, doch es war ihm Recht. Für sie beide war unter einem Dach kein Platz mehr, und mochte das Haus auch noch so groß sein.

»Gut, dann lass uns rechnen: Das Lagerhaus, euer Haus … Wir werden unsere Reserven angreifen müssen.«

»Das ist richtig. Dafür haben wir sie ja.«

Eberhard, dem schon auf der Zunge lag zu sagen, dass es eigentlich die Risikoreserven für das Handelsgeschäft seien, zog es vor, dazu zu schweigen. »Und weiter?«

»Ich werde dafür sorgen, dass eine Stadtwache vor dem Haus Zum Goldenen Schiff Posten bezieht.«

»Warum?«

»Ich kann nicht ausschließen, dass sich die dunklen Machenschaften auch bald gegen uns persönlich wenden werden. Gegen dich, deine Frau, Melissa oder gegen mich.«

Altonaer Freiheit

Am nächsten Morgen trank Albrecht zum Frühstück nur einen Becher Wein und arbeitete bis zum Frühmahl um neun Uhr im Niedergericht. Obwohl er nicht mehr erster Gerichtsherr war, hatte er sich noch das Recht vorbehalten, die Sitzungen des Rates als Obergericht selber vorzubereiten.

Nach dem Essen blickte er seine Frau und seine Schwägerin an. »Es ist zwar frisch heute, aber es geht kaum ein Wind und die Sonne scheint. Könntet ihr nicht in der Stadt umhergehen und Häuser anschauen?«

Swantje nickte, und auch Melissa stimmte zu. Ihr war es Recht, wenn es mit der Planung des Hauses bald voran ging.

Sie zog einen Webmantel über das lange Kleid und hakte sich bei Swantje ein.

Es schien, als ob auch alle anderen Bewohner Hamburgs wieder die Wärme der höher steigenden Sonne genießen wollten und auf den Straßen herumliefen, aus ihren Häusern, Buden, Schuppen und Kellern entflohen waren, um endlich wieder im Freien zu sein.

Melissa zeigte auf eine Reihe der Häuser und meinte: »Nein, kein Fachwerk, es soll aus solidem Stein gebaut werden und auch noch der Nachwelt bezeugen, dass Albrecht und ich gelebt haben.«

»Wie willst du das erreichen?«

»Über dem Portal stelle ich mir ein großes Monogramm vor: Ein verschlungenes A und M, darunter dann ein großes M. Wenn jemand nach der Bedeutung fragt, wird man es ihm auch nach unserem Tod erklären, dass wir beide damit gemeint sind.«

Sie wichen einem Gemüsekarren aus, der seine Waren noch eilig auf den Hopfenmarkt brachte, und schlenderten dann entlang der Neuen Burg Richtung Rathaus.

»Siehst du, so stelle ich mir das etwa vor.«

»Mit den vielen Figuren an der Fassade? Nun, wenn schon, dann aber keine Kaiserfiguren.«

Melissa betrachtete das Rathaus. »Nein, nicht die Fassade, ich meinte das Portal. Auf den beiden Prellsteinen solche schlanken leichten Säulen, die wie losgelöst erscheinen von ihrer irdischen Schwere, die Seitenfelder geschmückt mit bunten Ornamenten und als Abschluss ein prächtiger Giebelaufsatz. Links steht die Justitia für Albrecht, rechts eine symbolische Gottheit meiner Wahl und auf dem Giebelstein über der Durchgangsmitte das Monogramm. Zwei Stockwerke soll das Haus haben.«

»Die Frauen Moellendorff«, erklang es von der Seite, und der jüngere Tuchhändler Berenberg grüßte zu ihnen hinüber: »Ich hatte ja bereits das Vergnügen, sie beide kennen zu lernen. Und nun spazieren sie in der Stadt herum und bewundern unser prächtiges Rathaus?«

»Ja und Nein. Wir wollen selber ein Haus bauen und orientieren uns, was man alles machen könnte.«

»Wenn Ihr den Weg nicht scheut, dann geht auch in den Flecken Altona. Dort in der Großen Freiheit hat ein Friese sich ein Haus gebaut, das gerade fertig wurde und euch gefallen möchte. Sein Baumeister ist auch noch dort und könnte vielleicht auch Euer Haus entwerfen.«

»Danke für diesen Hinweis, Kaufmann Berenberg. Ihr Niederländer haltet offensichtlich gut zusammen, auch über die Stadtgrenze hinweg.«

»Nicht nur über die Stadtmauern, auch über Ländergrenzen hinweg. Ist dass nicht einer der Gründe gewesen, warum der Hamburger Rat uns hier in der Stadt behalten wollte?«

»Ihr habt ja Recht. Es sollte auch nicht wie ein Vorwurf klingen, sondern meinen Respekt bezeugen, wie gut ihr zusammenhaltet.«

»Danke und dann noch einen guten Tag.« Berenberg zog seinen Hut und ging die Straße weiter.

Auf dem weiteren Weg durch die Stadt hatten sie nur wenige Häuser gesehen, die ihnen Anregungen gegeben hätten. In der Altstadt standen in den engen Gassen immer noch überwiegend Fachwerkhäuser, und in der Neustadt würden Melissa und Albrecht zu den Ersten gehören, die dort ein Haus aus Stein erbauen würden. Am Neuen Markt, der mitten in der Neustadt lag, hatte Albrecht ihr vor ein paar Tagen das Grundstück mit dem Gartenhaus gezeigt. Nun passierten sie die Baracken der Wallsoldaten unterhalb des neuen Stadtwalls und verließen Hamburg durch das südwestliche Stadttor, das ebenso wie das andere Tor der Neustadt nur für Fußgänger und Berittene vorgesehen war.

Auf dem Fußweg, der an der Elbe entlang auf dem Höhenrücken der Geest nach Neumühlen verlief, hatten sie schnell ihr Ziel erreicht: die Freiheit. Der Flecken Altona lag nur einen Büchsenschuss weit von Hamburg entfernt.

Die Straße wurde von Handwerkerbuden und Werkstätten gesäumt, die ihre Fenster geöffnet hatten, so dass man nicht nur an dem Schild über der Tür ersehen, sondern auch an dem unterschiedlichen Hämmern und Schlagen erhören konnte, welches Gewerk dort sein Zuhause hatte. Mehrere zweigeschossige Steinbauten überragten die flachen Fachwerkbauten mit ihren Giebeln, mittendrin ein auffallend weißes Haus, bei dem es sich um den Neubau handeln musste, von dem der Tuchhändler Berenberg gesprochen hatte. Er hatte gut daran getan, ihnen den Weg zu empfehlen. Das Haus besaß alles, was Melissa sich auch für ihr Haus vorstellen konnte: Drei Reihen mit großen Fenstern, ein Portal mit schlanken Säulen und im Giebel drei Figuren weiblicher Allegorien.

»Schön gelungen, net wahr?« Ein Mann hatte sich neben sie gestellt und schien ihre Bewunderung zu teilen.

»Oh, ja! Kennt Ihr zufällig den Besitzer?«

»Kenne ich gut.« Der Mann zog seinen schwarzen Hut und deutete eine Verbeugung an. »Ich bin es selber. Wenn ich mich vorstellen darf: Pieter de Voss.«

Beide Frauen deuteten ein Kopfnicken an und sagten gleichzeitig: »Moellendorff.«

»Es ist mir eine Ehre!«

Melissa gefiel der Mann, und aufgrund der schlichten schwarzen Kleidung und dem hohen Hut wusste Swantje ihn gleich zuzuordnen: »Ihr seid ein Mennonit?«

»Ja, so ist es!« Seine Stimme sank auf ein Flüstern herab und war voller Ironie: »Ich gehöre zu diesen schrecklichen Häretikern, bei deren bloßer Erwähnung bereits dem geistlichen Ministerium der Hauptpastoren in Hamburg vor Empörung der Kragen verrutscht!« Dann wurde er wieder lauter: »Hier in Altona hat uns der Graf von Schaumburg Glaubens- und Gewerbefreiheit garantiert, wofür wir auch das Schutzgeld gern an ihn bezahlen. Und seit vergangenem Jahr hat es unser Graf Joducus Hermann auch gestattet, dass wir unseren Gottesdienst öffentlich ausüben.«

»Ich hörte, die Mennoniten sind in Hamburg nicht sehr gut gelitten?«

»Ach, wisst Ihr, mit dem geistlichen Ministerium wären wir schon irgendwie zurechtgekommen. Wir sind es schon gewohnt, dass man uns bedrängt. Da man aber in Hamburg lutherisch getauft sein muss, um Mitglied in einem Amt der Handwerker oder einer Kaufmannsgesellschaft werden zu können, konnten wir unseren Fleiß nicht in Erfolg ummünzen. Seht dort drüben«, er zeigte auf ein sauberes Fachwerkhaus, »dort hat die Witwe Rinsken Quins nun schon seit zwanzig Jahren ihr gemütliches Einkommen, indem sie mit Messern, Kämmen und Waagschalen handelt. Eine Klage der lutherischen Eisenkramer hat sie aus Hamburg vertrieben, wo sie vorher an der Trostbrücke ihr Auskommen hatte.«

Melissa hatte das Haus betrachtet. »Der Ortswechsel ist Rinsken Quins aber anscheinend gut bekommen.«

»Da habt ihr Recht.« Pieter de Voss zeigte auf die drei weiblichen Allegorien im Giebel seines Hauses. »Seht, hier können wir als kleine Gemeinde unsere christlichen Tugenden in Frieden leben: Spes, die Hoffnung, Caritas, die Liebe, und Fides, der Glauben. Aber nicht nur uns, zumindest einigen von uns, ist in aller Bescheidenheit ein gutes Einkommen vergönnt worden, auch der Ortschaft ist es gut bekommen. Als viele von uns hier um 1590 ankamen, war das hier«, er zog mit seinem Arm einen großen Halbkreis, »nur ein unbedeutendes Fischerdorf ohne Hafen. Die Boote konnten nur in der Bachmündung dort unten an der Elbe einen Schutz vor Stürmen finden. Daher ja auch der Name dieses Fleckens: ›All ten au‹, wie die Leute hier sagen: ›Über dem Bach‹.«

Er hatte mittlerweile seinen Hut wieder aufgesetzt und war guter Dinge. »1603 Jahren wurde das Dorf Altona bereits zum Flecken erhoben, und es leben jetzt eintausendfünfhundert Menschen aller Religionen und Gewerke hier. In absehbarer Zeit werden wir auch das Stadtrecht erhalten.«

Melissa war von so viel Zuversicht beeindruckt. »Und Ihr meint, die ›All ten auer‹ können sich neben Hamburg behaupten?«

Pieter de Voss hob seine Hand vor die Augen und blickte durch die gespreizten Finger. »Ganz im Gegenteil. Nachdem wir hier privilegiert wurden und unser Glaubensbruder Francois II Noë dies Gebiet der Freiheit für Wohnung und Gewerbe projektierte, erst da hat sich der Hamburger Rat notgedrungen entschließen müssen, den Lutheranern ihren Haussegen schief zu hängen und den Kontrakt mit der Niederländischen Nation zu vereinbaren. Das ›Ein feste Burg ist unsere Stadt‹ geht nur, wenn die Stadttore offen sind für Fremde, ihren Fleiß und ihr Kapital in Geld und Kontakten.«

Er zupfte an seinem weißen Kragen. »Wir haben uns bisher nicht über Hamburg beschwert, aber dort wurde, um nur ein Beispiel zu nennen, vor acht Jahren die empörte Klage geführt, von etlichen Leuten seien hier in der Freiheit Häuser gebaut worden, und sogar von Mennoniten! Als ob wir alle wie die Höker wohnen sollen!« Die Empörung stand ihm ins Gesicht geschrieben. »Entschuldigt, wenn ich beinahe aus der Haut gefahren bin, aber Intoleranz, Neid und Eitelkeit bringen mein Blut in Wallung.«

Melissa und Swantje fühlten sich in keiner Form bemüßigt, Hamburg in Schutz zu nehmen. So ohne weiteres Recht geben wollten sie dem Mennoniten aber auch nicht. Pieter de Voss, der diesen Zwiespalt richtig deutete, verbeugte sich: »Darf ich Euch dennoch in mein Haus einladen?«

Melissa nickte eifrig, ihr war vom langen Stehen kalt geworden, und als sie in die Eingangshalle traten, Pieter de Voss die Magd anwies, drei Gläser warme Schokolade zu bringen, hatte sie das unbestimmte Empfinden, sich wie zu Hause zu fühlen.

Ohne jede Eitelkeit führte der Hausherr sie durch die hellen Räume, die mit wenigen, aber ausgesuchten Möbeln ausgestattet waren.

Der Kakao wurde im Salon serviert, und sie plauderten noch miteinander. »Ihr deutetet an, dass Ihr und Euer Gatte selber ein Haus bauen wollt?«

Melissa nickte. »Ja, es ist an der Zeit. Da der neue Handelsherr der Moellendorffs seine fünf Kinder mitgebracht hat, reicht der Platz nur noch für einen Zweig der Familie.«

De Voss kaute trocken auf den Lippen, trank noch einen Schluck von der Schokolade und war dann entschlossen, eine vorsichtige Frage zu stellen. »Wäre es Euch genehm, in der Zeit, die Euer Haus gebaut wird, mit Eurem Gatten ein Übergangsquartier zu bewohnen und mehr Platz und Ruhe für Euch zu haben?«

»Sicherlich. Aber wo? Ein Hamburger Senator kann nicht mit seiner Frau bei einem Bürger zur Miete wohnen.«

De Voss lächelte verschmitzt. »Ich dachte hier im Haus. Es wäre nicht in Hamburg, und das erste Stockwerk ist noch unbewohnt, da meine Schwester und ihr Mann erst kommendes Jahr hierher übersiedeln werden.« Er blickte in seine Tasse und schien eher zu sich selber zu sprechen. »Wenn ich Euch als meine Gäste begrüßen dürfte, wäre es mir eine große Ehre.«

Melissa brauchte nicht lange zu überlegen. »Das ist eine

wunderbare Einladung, Herr de Voss. Wenn Ihr erlaubt, möchte ich gerne mit meinem Mann vorbeischauen. So ein Haus wie Eures, das würde mir schon sehr gefallen!«

Albrecht hatte abends lange überlegt. Es wäre ein Präzedenzfall, wenn er als Ratsherr nicht innerhalb der Stadt wohnen würde. Wenn er noch das Amt des Gerichtsherrn bekleidet hätte, wäre es ausgeschlossen gewesen. Doch nun, und die Schilderungen der beiden Frauen waren so begeistert gewesen, und es war offensichtlich Melissas eindeutiger Wunsch, gab er nach und fuhr mit ihr in die Freiheit hinüber.

Das arglose Wesen des Mennoniten Pieter de Voss überzeugte ihn von der Redlichkeit des Angebotes, und er stimmte zu. Bereits am nächsten Vormittag wurde das Wichtigste verladen und nach Altona transportiert.

Ratsherr Flemming hörte dem Antrag des Senators Moellendorff, eine Stadtwache für das Haus Zum Goldenen Schiff abzustellen, mit gespielter Langeweile zu. Wie geistesabwesend zupfte er an den violetten Bändern seiner Jacke und wartete. Endlich bot sich ihm eine Gelegenheit, sein Mütchen zu kühlen und dem Senator etwas von der Kränkung heimzuzahlen, ohne dabei den wahren Grund nennen zu müssen. Moellendorff lieferte ihm gerade einen einmaligen Vorwand.

Der Bürgermeister brauchte sich erst gar nicht lange umzusehen, ob einer der Ratsherren sich zu dem Antrag Moellendorffs äußern wollte, da Flemming bereits aufgestanden war. »Wenn Ratsherr Moellendorff«, und dabei betonte Flemming bewusst die Anrede Ratsherr, »für das Haus Zum Goldenen Schiff einen Soldaten der Stadtwache als Wachposten abgestellt bekommen will, dann muss er den ihm persönlich bewilligten Ratsdiener aufgeben. Wir haben in den Statuten festgelegt, dass jeder Ratsherr nur einen Bediensten auf Kosten der Stadt erhält. Auch angesichts der angespannten Finanzlage der

Stadt wegen des Baus der Stadtbefestigung, möge er dann seinen Diener aus der eigenen Tasche bezahlen.«

Obwohl das Kostenargument lächerlich war, nickte der anwesende Kämmereibürger. Das Argument der Statuten war schwieriger.

Senator Moellendorff schenkte dem zustimmenden Gemurmel der anderen Kaufleute im Rat keine Beachtung. Flemming und Konsorten, wie er sie bei sich nannte, waren klug genug gewesen, das eigentliche Thema zu vermeiden und ihn direkt anzugehen. Aber das war vermutlich ihr nächster Schritt auf einer der folgenden Ratssitzungen, die Frage auf die Tagesordnung setzen zu lassen, ob er seine Mitgliedschaft im Rat zur Disposition zu stellen hatte, wenn er nicht mehr in der Stadt wohnte, und sei es nur vorübergehend.

Der Bürgermeister blickte besorgt in die Runde seiner Ratsherren, in der die Spaltung zwischen Kaufleuten und Juristen unübersehbar geworden war. Er wartete, ob Moellendorff dem Ratsherrn Flemming antworten wollte.

Albrecht schwankte erst noch zwischen der Frage, ob er die Konfrontation mit Flemming und Konsorten suchen oder ob er dem Antrag nicht widersprechen und ihn damit passieren lassen sollte. Als er den sorgenvollen Blick des Bürgermeisters sah, entschied er sich, den offenen Zwiespalt zu vermeiden. »Wenn es der Rat so entscheidet, will ich meinen Diener gerne selbst bezahlen.«

Flemming, der schon bereit gesessen hatte, um eine scharfe Erwiderung vorzutragen, lehnte sich entspannt zurück. Wenn Moellendorff in dieser Frage nachgab, dann hatte er damit auch schon sein Amt im Rat aufs Spiel gesetzt.

Die Juristen, mit denen Flemming noch sprach, hatten ihn gewarnt: Wenn der Rat selber einen der Ratsherren, die auf Lebenszeit gewählt waren, absetzte oder zum Rücktritt zwang, dann wäre das ein schlechtes Beispiel. Die aufmüpfige Bürgerschaft könnte womöglich auf die gleiche Idee verfallen, einen der Ratsherren absetzen zu wollen. Flemming war davon unbeeindruckt. Was ihnen selbst als Obrigkeit zustand, das war noch lange kein gemeines Recht der Bürger.

Flemmings obrigkeitlicher Kaufmannsseele blieb verschlossen, dass man immer einen Preis zu zahlen hatte – auch für jeden Sieg.

Die Knechte der Wedde hatten schon zwei ganze Tage in der Asche und zwischen den verkohlten Balken des abgebrannten Speichers herumgestochert, bis die Herren der Wedde endlich den Lagermeister und seine Leute befragten.

»Geh nicht zur Obrigkeit, wenn sie dich nicht gerufen hat«, hatte der Lagermeister zu sich selbst gemeint und arbeitete die beiden Tage, an denen er nur dumm herumgestanden hätte, lieber in seinem kleinen Garten. Nun, als ein Knecht der Wedde ihm eine Vorladung brachte, dass er sich im Polizeiamt einzufinden hätte, rammte er den Spaten in den Boden, zog sich eine andere Hose an und machte sich auf den Weg.

Bevor Ratsherr Twestreng ihn befragen konnte, brummte er bereits: »Sicher hab' ich mir schon so meine Gedanken gemacht.«

Twestreng lehnte sich zurück, froh, dass endlich einmal ein Geladener sich nicht scheu umblickte und nichts sagen wollte. Für einen unbefangenen Betrachter schien er aber uninteressiert zu sein. »Und die wären?«

»Von alleine hat das wohl nicht angefangen.«

»Und wenn nicht?«

»Dann muss da jemand nachgeholfen haben. Von uns, die da immer arbeiten, war's zumindest keiner.«

»Wer dann?«

Der Lagermeister konnte so einiges vertragen, eins aber nicht, arrogante Patrizier. Er machte dicke Backen und maulte: »Seinen Namen hat er nicht genannt.«

Jetzt richtete sich Ratsherr Twestreng interessiert auf und

beugte sich dem Lagermeister entgegen. »Aber du hast einen unter Verdacht?«

»Verdacht, Herr Rat, das wär' zuviel. Aber einer von den Tagelöhnern, die wir, wie auch sonst, in der Köminsel für den Tag angeheuert hatten, da sah ich, als er sich für die Arbeit andere Sachen anzog, dass der 'ne Weste trug, die mit farbigen Rändern verziert war. Das sieht man nicht häufig.«

Ratsherr Twestreng kniff die Augen leicht zusammen. Solche Westen trugen nur die Diener der Handelshäuser. »Erinnerst du vielleicht auch noch die Farbe dieser Ränder?«

»Das will ich wohl meinen. Das war die Farbe Violett.«

Twestreng schloss die Augen und dachte nach. Violett trugen nur zwei Handelshäuser. »War das eher ein helles oder eher ein dunkles Violett?«

»Dunkel.«

Das war eindeutig und konnte nur ein Handelshaus sein, das von Ratsherr und Kaufmann Flemming.

»Und du bist dir deiner Sache sicher?«

»Ja, Herr Rat. Ob das aber seine eigene war oder ob der sich die geliehen oder vielleicht selbst genäht hat, das weiß ich nicht.«

»Aber du weißt noch, wie der Mann ausgesehen hat?«

»Das will ich wohl meinen.«

»Dann sei morgen um zehn Uhr wieder hier.«

Ratsherr Twestreng beriet sich mit den anderen Herren der Wedde. Man konnte und wollte einen Ratsherrn nicht in das Gebäude der Wedde vorladen. Außerdem war ja nicht Flemming für sie als Polizei von Interesse, sondern einer seiner Diener. Schließlich einigte man sich darauf, Flemming einen Brief zu schicken und ihn zu bitten, am nächsten Vormittag in seinem Kontor zu sein. Man wolle ihn aufsuchen, und er solle seine Diener zur Verfügung halten.

Der Lagermeister erschien Punkt zehn, und die Herren der Wedde machten sich mit ihm auf den Weg zu Flemming. Zwei Knechte der Wedde gingen in ihren blauen Jacken mit dem aufgenähten Stadtwappen voraus, so dass die Leute auf der Straße stehen blieben und tuschelten, was der Mann inmitten der Ratsherren verbrochen haben konnte.

Das Tor von Flemmings Haus stand offen. Twestreng bedeutete einem der Knechte, dennoch zu klopfen, um ihre Ankunft anzukündigen.

Nach dem zweiten Klopfen erschien ein Mann am Tor, dessen Jacke ihn als Diener von Flemming auswies, obwohl seine weitere Erscheinung dagegen sprach. Er hatte sein Hemd anscheinend hastig in die Hose gestopft, sein zerzaustes Haar hing ihm wirr ins Gesicht, und der glasige Blick sprach dafür, dass er betrunken war.

»Ist Ratsherr Flemming zu Hause?«

Der Bedienste grinste. »Nee.«

Twestreng trat unwillkürlich einen Schritt zurück, um sich mehr Achtung zu verschaffen.

Der Bedienstete hatte sich gegen den Türrahmen gelehnt, grinste weiter ungelenk und fing an, leise vor sich hin zu pfeifen.

»Mann! Du bist betrunken!«

Der Diener löste sich vom Türrahmen, versuchte, sich gerade hinzustellen, und lächelte breit. »Wir haben so 'n bischen gefeiert.«

»Und Ratsherr Flemming?«

Der Diener breitete die Arme aus, als wolle er fliegen, und fing an zu singen: »Fort, fort, fort, der Herr ist fort!« Dabei fing er an sich zu drehen und war dann hinter der Tür verschwunden.

Irritiert über dieses ungebührliche Verhalten blickten sich die Herren der Wedde an. Dann nickten alle vier gleichzeitig und waren mit wenigen Schritten im Haus. Die beiden Knechte wurden in die oberen Stockwerke geschickt, um nach Flemming zu suchen und die Bediensteten herunterzuholen.

Das Kontor sah aus, als wäre ein Sturm hindurchgefegt. Die Schränke standen auf, und Papiere lagen auf dem Boden und über den Tisch verstreut, als hätte jemand in höchster Eile alles durchwühlt, nur auf der Suche nach bestimmten Dokumenten.

Auf der Treppe waren Schritte, Aufquieken und Gelächter zu hören. Die beiden Knechte der Wedde schoben drei Diener und drei Mägde vor sich her die Stufen hinunter.

Der Angetrunkene, den sie am Haustor bereits gesehen hatten, war unter ihnen. Auch die anderen Bediensteten Flemmings sahen nicht besser aus. Den Mägden standen die Mieder offen, eine versuchte vergeblich, ihren hervorquellenden Busen unter den Stoff zu stopfen, und den Dienern hingen die offenen Hosen um die Hüften, als hätten sie alle sich ihre Kleidung nur hastig übergezerrt.

Twestreng runzelte nur kurz die Stirn. »Auf den Hof mit der Bande.« Dort zeigte er auf die Wassereimer, und die beiden Knechte der Wedde ließen das Wasser gegen die Bediensteten Flemmings klatschen. Das Kichern und Gelächter verstummte. Allmählich schienen sie die Uniformen zu erkennen und drängten sich schutzsuchend aneinander.

»Wo ist euer Herr?«

Einer der Diener grimassierte, kratzte sich am Kopf und trat aus der Gruppe heraus. Er rieb sich mit den Händen über die nassen Oberarme und stammelte: »Gestern, am Nachmittag fort. An Bord von DE GROTE STERN.«

»Wann kommt er zurück?«

Unsicheres Lächeln, fragende Blicke und Schulterzucken der Bediensteten waren Antwort genug, dass sie es nicht wussten.

Twestreng wandte sich an den Lagermeister: »Erkennst du in einem der Männer den Tagelöhner, von dem du gestern gesprochen hast?«

»Nein, der ist nicht dabei.«

Nun wandte sich Ratsherr Twestreng wieder an die furchtsam blickenden Bediensteten von Flemming. »Ist euer Herr alleine unterwegs?«

Allgemeines Kopfschütteln.

»Nun redet schon, verdammt noch mal!«

»Seine Frau, ein Diener und eine Magd.«

»Wie sieht dieser Diener aus? Beschreib ihn mir.«

»Helmrich is mager wie 'ne Bohnenstange, so groß wie ich und ebenso helles Haar.«

Der Lagermeister klatschte in die Hände. »So hieß der Mann: Helmrich. Und hochaufgeschossen mit blondem Haar is' er auch.«

Twestreng schnaubte ärgerlich. »Dann ist der Vogel ausgeflogen, bevor wir ihn erwischen konnten.« Er blickte auf die schlotternden Bediensteten. »Und was geschieht mit euch?«

»Haben den Lohn für drei Monate noch bekommen und sind dann aus dem Dienst entlassen.«

»Dann verschwindet jetzt und zieht euch trockene Kleidung an.«

Die drei Männer und Frauen hatten es so eilig, wieder in das Haus zu kommen, dass sie beinahe übereinander gestolpert und gestürzt wären. Die Herren der Wedde blickten ihnen kopfschüttelnd nach und gingen dann wieder in das Kontor.

»Wenn das keine Flucht bedeutet, frage ich mich, warum dann dieser überhastete Aufbruch und die Entlassung der Bediensteten?«

»Wir werden klären, wohin die Reise des Schiffes geht, und sollten bei der Bank fragen, was mit dem Konto von Flemming geschehen ist.«

Hinrich traf die Entscheidung des Rates, dass Senator Moellendorff seinen Diener persönlich zu bezahlen habe, nicht unvorbereitet. Er hatte Freunde unter den Ratsdienern, die im Rathaus arbeiteten und die ihm davon berichtet hatten. Da er selber Ratsdiener bleiben wollte, konnte er nicht der zukünftige persönliche Diener sein. So war er zwar froh, als Albrecht ihm von der Entscheidung des Rates berichtete, dass er nun wieder im Rathaus seinen Dienst versehen würde, aber er schien noch etwas auf dem Herzen zu haben.

»Nun sag es schon, falls du noch eine Bitte hast«, versuchte der Senator ihn zu ermuntern.

Hinrich nahm seinen ganzen Mut zusammen und flüsterte: »Ich hätt' gern' Eure Erlaubnis, die Antje heiraten zu dürfen.«

»Verstehe«, meinte der überraschte Senator, »nun, wo du nicht mehr im Haus Zum Goldenen Schiff wohnen wirst, willst du dein Verhältnis mit der Magd offiziell machen.« Gleichzeitig erinnerte er sich an das Gesicht des schwedischen Offiziers in Stockholm, der es als selbstverständlich angesehen hatte, dass der Reichskanzler alles und jedes wusste, was in Schweden passierte. Und er selber wusste noch nicht einmal, was in seinem Gesindehaus vorging.

»Nun, ja«, druckste der Ratsdiener, »es gäb' dann einen Grund, sie zu besuchen. Und da sie als Magd auch nicht woanders übernachten darf, dacht ich …«

»Du hast schon richtig gedacht«, schmunzelte der Senator, »aber bei mir bist du leider an der falschen Adresse. Du musst Eberhard Moellendorff, den Herrn des Hauses Zum Golden Schiff, um die Erlaubnis bitten. Ob er allerdings eine verheiratete Magd beschäftigen wird, das weiß ich nicht.«

»Und wenn Ihr ein gutes Wort für uns einlegt?«

»Das will ich gerne versuchen. Allerdings weißt du ja, dass mein Vetter und ich die letzte Zeit nicht mehr viel miteinander gesprochen haben.«

»Ja, ich weiß, Herr.« Die Zuversicht des treuen Hinrich schien in sich zusammenzusinken. Dann war ihm etwas eingefallen. »Ihr braucht jetzt doch einen neuen Diener.«

Es war eher eine Feststellung als eine Frage, und der Senator nickte.

»Ich könnt Euch da jemanden empfehlen.«

»Ach so, du meinst, wenn du mir hilfst, dann wäre ich auch eher geneigt, euch zu helfen?«

»Nun, ja.« Verlegen zuckte Hinrich mit den Schultern.

»Erzähl mir etwas von dem Mann, den du im Sinn hast.«

»Seinerzeit, als ich von unserer Reise nach Stockholm zurückkam und das Reisen mir verleidet war, lernt' ich 'nen Boten des Kaufmanns Jarre kennen. Ich hab' ihm mein Leid geklagt und der meinte fröhlich, er wär' gerne unterwegs, könnt' auch gut reiten, und eine besser bezahlte Stellung wär' ihm auch ganz recht. Und wenn ich einmal meine Stellung bei Euch aufgeben täte, würde er …«

»Woher kommt der Mann?«

»Aus Lübeck und hat einen guten Leumund! Ihr könnt den Kaufmann Jarre fragen.«

»Ich werde mir selber eine Meinung bilden. Kannst du ihm sagen, dass er am Abend zu mir kommt, um sich persönlich vorzustellen?«

Dem Senator schien es mehr als ein Zufall zu sein, eher eine göttliche Fügung, dass er jetzt, wo er bald nach Lübeck reisen wollte, jemanden als Diener beschäftigen könnte, der aus der Stadt kam und sie kannte. Allerdings dachte er nicht daran, dass auch der Teufel ein gefallener Erzengel war.

Nach dem Abendessen stellte sich der Mann vor. Er machte einen sauberen Eindruck und zeigte eine Mischung aus Zurückhaltung und Interessiertheit, die dem Senator gut gefiel. Als Namen nannte er Johansson.

»Woher stammt die große Narbe auf deiner Wange?«

»Bin eine Zeitlang Soldat und Landsknecht gewesen, weil mir das ungebundene Leben damals in jungen Jahren lustig schien. In einem Kampf hat eine Säbelspitze mir die Haut dann aufgeritzt, und es ist schlecht verheilt.«

Albrecht befand die Antwort als verständlich, und es konnte kein Nachteil sein, wenn ein Diener etwas vom Kampf verstand. »Und warum bist nach Hamburg gekommen?«

»In Hamburg liegt die Zukunft. Mein Vater ist aus Schweden nach Lübeck gegangen, und so bin ich ebenfalls weitergezogen. Wollte eigentlich auf einem Schiff anmustern, doch …«, er hob beide Hände, als ob er sich entschuldigen würde, »dann kam eine Frau dazwischen, und so blieb ich hier.«

Das konnte der Senator nur allzu gut verstehen.

»Du lebst mit ihr in fester Verbundenheit?«

»Ja, so will ich das wohl meinen. Sie ist Gärtnerin und verkauft eigene und fremde Blumen auf dem Markt.«

»Wo wohnt ihr?«

»In der Steinstraße haben wir uns ein Zimmer gemietet.«

»In einem der Gängeviertel? Es hat nicht gerade den besten Ruf.« Das war noch ziemlich untertrieben, doch der Senator wollte den Mann nicht brüskieren.

»Dafür oder deshalb sind die Preise dort auch günstig, und was sollen wir – in einer besseren Gegend – das Geld zum Fenster hinausschmeißen?«

Diese sparsame Einstellung gefiel dem Senator. Ein guter Hausmann, der etwas auf die hohe Kante legte. »Wenn du einverstanden bist, Johansson, werde ich morgen mit Kaufmann Jarre reden, dass du die Woche bei mir den Dienst beginnen kannst.«

»Was zahlt Ihr mir, Herr?«

Albrecht war immer mehr davon überzeugt, das er einen guten Diener gefunden hatte.

Melissa hatte die beiden Männer alleine reden lassen und blickte nun stirnrunzelnd hinter Johansson her, als er das Haus verließ.

»Willst du diesen Mann als deinen persönlichen Diener beschäftigen?«

»Ich denke schon, aber ich werde noch mit Kaufmann Jarre reden, bei dem er jetzt in Stellung ist.«

»Und seine Narbe stört dich nicht?«

»Ganz im Gegenteil. Er ist ein wackerer und tapferer Mann. Wenn ich an den guten Hinrich denke, dann ist ein Diener, der einen Säbel führen kann und vor einem Unwetter nicht erschrickt, sehr gut geeignet. Ich werde reisen müssen.«

»Aber zuerst wir beide!« Melissa hielt ihrem Mann einen Brief entgegen, in dessen dickes Papier ein Wappen eingeprägt war. »Es ist die Einladung meines Onkels nach Schleswig zum Frühlingsfest.«

Die Bürgermeister und die Mitglieder des Rates wollten erst nicht glauben, was ihnen die Ratsherren der Wedde berichteten. Bürgermeister Vogeler schloss die Augen und murmelte: »Ratsherr Flemming hat den Speicher der Moellendorffs anzünden lassen? Warum?«

Twestreng, als Sprecher der vier Herren der Wedde, zuckte mit den Schultern. »Wir werden ihn nicht mehr fragen können. DE GROTE STERN ist unterwegs nach Lissabon. Flemming hat sein Konto bei der Hamburger Bank aufgelöst und auf die Frage, was er vorhabe, geantwortet, er wolle sein Handelshaus nach Portugal verlegen. Dort seien die Profite deutlich höher als hier in Hamburg.«

Albrecht Moellendorff schüttelte ungläubig den Kopf. »Flemming hat für den Fernhandel keine hinreichenden Kenntnisse. Was will er also im Ausland?«

»Es gibt nur eine Erklärung: Er will sich unserem Zugriff entziehen.«

»Und Ihr meint, er hat auf eigene Faust gehandelt?«

»In seinen Papieren, die er im Kontor zurückgelassen hat, finden sich keinerlei Hinweise, dass er sich mit anderen abgesprochen hätte.«

Der Bürgermeister war immer noch bestürzt und murmelte: »Was sind das für Zeiten, in der sich die Mitglieder des Rates die Häuser anzünden!«

»Es war eben ein Fehler, ein Mitglied der Bürgerschaft in den Rat zu wählen und ihn nicht aus den alten Familien auszuwählen, deren Mitglieder bewiesen haben, dass sie ehrliche Prinzipien vertreten.«

»Werft die anderen Bürger nicht mit Flemming in einen Topf!«

»Wenn Flemming geflohen ist, dann fällt sein Haus an die Stadt.«

»Warum an die Stadt? Wäre es nicht angebracht, es den Moellendorffs zu übereignen? Als Schadenersatz für den abgebrannten Speicher?«

Der Bürgermeister wandte sich an Moellendorff. »Würdet Ihr es denn überhaupt haben wollen?«

»Nein. Ich werde weder in dem Haus dieses Halunken wohnen, noch will ich einen Vorteil davon haben. Verkauft es zum Wohle des Waisenhauses, damit eine wohltätige Verwendung des Erlöses den Geist des Hauses reinigt und ein neuer Besitzer es reinen Herzens für sich nutzen kann.«

»Nun ja, dann fällt es an die Stadt, und wir werden später entscheiden, wem es zugute kommen soll. Aber warum hat Flemming das getan?«

Die Ratlosigkeit stand den Ratsherren ins Gesicht geschrieben, und der Bürgermeister beendete die Sitzung.

Wie zufällig blieben die Mitglieder des Schwedenrates noch im Ratssaal.

»Wenn Flemming hinter diesem Anschlag steckt, warum ist er nicht auch der Anstifter zur Ermordung des schwedischen Gesandten und hat die Löcher in die Leichter bohren lassen?«

»Mutet Ihr ihm damit nicht etwas zuviel zu?«

»Warum nicht? Sein Treiben ist doch auch jetzt nur aufgeflogen, weil sein Diener dumm genug war, seine Weste zu tragen, als er sich als Tagelöhner in den Speicher einschlich.«

»Das könnte allerdings heißen, dass Flemming das schwedische Siegel mit nach Lissabon genommen haben könnte und wir es nie wieder zurückbekommen werden.«

»Wir könnten doch versuchen, Verbindung zu ihm aufzunehmen und es ihm abkaufen.«

»Ihr wollt doch nicht etwa mit diesem Lump auch noch Geschäfte machen?«

»Habt Ihr eine bessere Idee?«

»Und wenn schon, die Zeit würde sowieso zu knapp sein.«

Albrecht hörte der aufgeregten Diskussion nur mit halbem Ohr zu. Er war bestürzt und erleichtert zugleich. Auch wenn er Flemming solche Feigheit nicht zugetraut hatte, er war der Anstifter dieser feigen Anschläge gewesen und die hatten jetzt ihr Ende gefunden.

Das Siegel? Ihm war gesagt worden, er solle im Norden suchen, und Lissabon lag definitiv im Süden. Er glaubte nicht, dass Flemming das Siegel bei sich hatte. Allerdings hütete er sich, den anderen Ratsherren von seinem Besuch in der Niederstraße zu berichten.

Schleswig

Auf dem Weg des Vierspänners nach Schleswig waren immer wieder Menschen in zerlumpten Kleidern zur Seite gesprungen, von der vorausreitenden Eskorte der vier Soldaten gewarnt, um von dem schweren Wagen nicht überrollt zu werden. Einer der Gebrechlichen schlug mit seiner Krücke so hart gegen das Holz der vorbeifahrenden Kutsche, dass Melissa erschreckt zusammenzuckte.

Albrecht schien davon unbeeindruckt zu sein und hing seinen Gedanken nach. Ein neues Jahrhundert. Fünfzehn Jahrhunderte nach der Bergpredigt, in der es hieß: Liebet eure Nächsten. Das vergangene Jahrhundert war schon mörderisch gewesen. Sollte dieses Jahrhundert noch schrecklicher werden? Immer mehr Anzeichen fügten sich zusammen. Der kommende Krieg würde nach dem, was er bisher über das Wüten der Soldaten gehört hatte, alles in den Schatten stellen, was es vorher schon an Mord und Totschlag gegeben hatte. Und wenn er die vielen zerlumpten Menschen am Wegesrand sah, dann kam dieser Krieg Jahr um Jahr weiter nach Norden.

Er fühlte sich von der Kirche verlassen. In ihrer Feindschaft gegen alles Fremde, mit ihren Angriffen auf alles, was ihr nicht genehm war – sie hasste ihre Nächsten –, es sei denn, die Menschen beugten ihre Knie vor ihrem Altar und keinem anderen. Die Lutheraner waren römischer geworden als die Katholiken. Hatte nicht Luther eindeutig erklärt, dass sich aus dem Evangelium keine Maßstäbe für weltliches Handeln ableiten lassen? Und dennoch, ständig mischten sich die Pastoren in weltliche Fragen ein, gegen den Rat der Stadt.

Albrecht schnaubte unwillig: »Von der Freiheit eines Christenmenschen!« Ja, das war lange her.

Melissa bemerkte seine Düsterkeit und legte ihre Hand auf

seine geballte Faust. »Denkst du wieder über Gerechtigkeit und Liebe nach?«

»Ja. Es ist ein Elend mit der Kirche!«

Melissa kannte seinen Groll gegen die Pastoren in Hamburg und versuchte, ihn aufzumuntern. »Komm, lass' uns Kirchenlieder singen.«

Bevor ihr Mann etwas dagegen einwenden konnte, stimmte sie ein Lied an: »Ach Gott, vom Himmel sieh darein …«. Marie nahm die Stimme auf, und die beiden Frauen sangen gemeinsam: »Und lass dich das erbarmen, wie wenig sind der Heiligen dein, verlassen sind wir Armen.«

Es war nur allzu deutlich, dass sich Albrechts Miene keineswegs durch das Lied aufheiterte. Melissa wollte ihn aber in besserer Stimmung haben. »Gibt es denn Schöneres als diese wunderbaren Lieder? Wenn der Klang deiner Stimme den Körper verlässt, emporsteigt und sich mit den anderen Stimmen vereinigt zu einem Ganzen …«

»Ich kann nicht singen!«

»Dann erzähle ich dir von Schleswig und Schloss Gottorf. Schon als junges Mädchen bin ich häufig dort gewesen. Erst war es die Zeit der kindlichen Spiele, dann die Zeit der Plänkeleien zwischen Jungen und Mädchen. Vierhundert Menschen lebten immer im Schloss, und so gab es viele Gleichaltrige, mit denen man etwas unternehmen konnte.« Melissa hatte vieles dort erlebt, und je mehr sie erzählte, desto hellerer wurde Albrechts Gemüt.

Auch Marie, die ihnen gegenüber in der Kutsche saß, hörte gespannt zu und lachte mit den beiden. Der neue Diener Johansson war ihrer Meinung nach dumm genug gewesen, vorne auf dem Kutschbock neben dem Kutscher sitzen zu wollen.

Ganz im Gegensatz zu der unbefestigten Stadt Schleswig lag das Schloss Gottorf abseits davon an der Schlei, eher eine Burg mit hohen Mauern und jeweils einer Bastion an den vier Ecken. Die Kutsche rollte über die Zugbrücke, und im Schlosshof brachte der Kutscher die schnaubenden Pferde zum Stehen.

Sofort kam ein Diener herausgelaufen, erkannte Melissa und begrüßte sie: »Willkommen, Freifrau von Tralau«.

Melissa lächelte. »Danke, aber das war einmal. Nun heiße ich Melissa Moellendorff und bin Bürgerin der freien Reichsstadt Hamburg.«

»Dann willkommen, Frau und …«, er blickte Albrecht an und nahm sich dann ein Herz, »Herr Moellendorff.«

»Frederik! Du liegst schon wieder halb daneben«, rief nun eine Stimme aus einem der Fenster im ersten Stock. »Senator Moellendorff!«

»Onkel Friedrich!« Melissa winkte hinauf, nahm ihren Mann an der Hand und beeilte sich, ihren Onkel zu begrüßen.

Der Diener Frederik fand es ungerecht, dass man ihn nicht richtig informiert hatte. Was für einen Eindruck machte es, wenn er die Ankommenden nicht mit dem ihnen zukommendem Respekt begrüßen konnte? Er entschloss sich, wenn er es nicht genau wusste, lieber zu schweigen oder nur ein schlichtes »Willkommen« zu sagen. Allerdings war er sich bei der Freifrau von Tralau, nein, bei der Frau Moellendorff, auch sicher gewesen. Kopfschüttelnd ging er zum Kutscher, gab ihm die Anweisung, wohin er seinen Wagen stellen und die Pferde unterbringen sollte, wies den vier Soldaten der Eskorte die Richtung zu ihren Unterkünften und brachte Johansson und Marie zu den Gesindezimmern.

Albrecht hatte Melissa die Treppen vorauslaufen lassen und betrachtete voller Vergnügen, wie sich Onkel und Nichte herzlich umarmten und küssten. Melissa im Arm, kam ihm der Herzog entgegen. »Ihr seid also dieser glückliche Mann, der unsere Melissa für sich gewinnen konnte!«

»So ist es, Hoheit.«

Der Herzog reichte ihm die Hand und musterte ihn dabei. »Ihr seid nicht sehr gesprächig?«

Albrecht schmunzelte. »Ihr kennt sie doch länger als ich. Sollte ich sie noch mehr loben, oder sollte ich Euch widersprechen?«

»Das will ich mir doch wohl verbeten haben. Mir widerspricht man nicht.«

»Auch nicht, wenn Ihr Euch irrt?«

Der Herzog schwieg verblüfft, schien einen Augenblick darüber nachzudenken, ob er sich irren könnte, und lachte dann. »Ich merke schon, ihr beide passt sehr gut zusammen. Das lob' ich mir: Ein gutes Wort zur richtigen Zeit. Vermute ich recht, dass Ihr auch Schach spielt?«

Albrecht brauchte nicht zu antworten, da Melissa heftig nickte. »Nie wieder hätte ich jemanden geheiratet, der kein Schach spielt oder es nicht von mir lernen würde.«

»Nun gut, du Bürgersfrau«, der Herzog zog den Arm von der Schulter seiner Nichte, »du kennst dich hier aus, führe deinen Mann etwas herum und kommt dann in die Königshalle.«

Melissa hatte auf ihrem Rundgang bereits die nächste Tür geöffnet. »Und das hier ist die Kanzlei des Herzogs.« Albrecht hatte sich die Bezeichnungen aller Räume gar nicht merken können und betrat nun neugierig die Räume der Kanzlei. Acht Schreibpulte standen hintereinander in zwei Reihen, und an den Wänden entlang standen Wandschränke, einer mit Glastüren.

»Heute arbeitet natürlich niemand«, meinte Melissa, »aber sonst ist hier ziemlich viel Betrieb: Leute, die Anträge stellen, Abschriften brauchen, Rechtsfragen klären, eben alles, wofür eine Kanzlei zuständig ist.«

»Ach, wirklich«, bemerkte Albrecht ironisch. Das brauchte

man ihm wirklich nicht zu erklären, da er sowohl die Gerichtskanzlei beaufsichtigt und mit der Ratskanzlei zu tun hatte. »Und in den Schränken?«

»Lauter Akten und Dokumente.« Melissa war zu dem Glasschrank gegangen. »Und hier die Sammlung der Siegel früherer Herzöge.«

Nachdenklich musterte Albrecht die schweren Siegel, die auf den ersten Blick alle gleich aussahen und sich dann bei genauerer Betrachtung durch Zusätze des jeweiligen Herzogs voneinander unterschieden.

»Herrgottsakrament«, hörten sie plötzlich die laute, ärgerliche Stimme des Herzogs auf dem Flur. »Warum ist die Tür der Kanzlei nicht verschlossen?« Herzog Friedrich kam durch die Tür, wollte anscheinend lospoltern und entschied sich dann, zu lächeln. »Ach, ihr seid es!« Er schickte den einen Diener seiner Begleitung fort, damit der den Sekretär seiner Kanzlei mit dem Schlüssel holte, und trat dann neben Albrecht und Melissa.

»Ihr interessiert Euch für unsere Siegel?«

Albrecht nickte. »Ja, das auch. Es ist aber eher so, dass ich immer wieder alle Siegel, die ich zu Gesicht bekomme, anstarre und hoffe, dass ein bestimmtes dabei wäre.«

»Ist Euch ein Siegel abhanden gekommen? Das wäre tatsächlich ein Problem. Ein Siegel der Stadt Hamburg?«

Albrecht überlegte kurz, ob er dem Gottorfer darüber Genaueres berichten sollte. Aber da er wusste, dass der Herzog sich mit den Schweden in gutem Einvernehmen befand, gab es eigentlich keinen Grund, ihm nicht davon zu erzählen.

»Es ist ein schwedisches Staatssiegel. Es wurde einem schwedischen Gesandten in Hamburg gestohlen.«

»Und nun wollen die Schweden, dass ihr es findet und es ihnen wieder zurückbringt?«

»Ja. Unsere Handelsverträge sind daran geknüpft, dass sie es wieder in den eigenen Händen haben. Es ist zudem ein Geschenk des Königs an seinen Reichskanzler.«

Der Herzog kniff die Augen zusammen. »Es ist zusammenklappbar? Mit einer komplizierten Mechanik?«

Sofort war die Nachdenklichkeit Albrechts verschwunden. »Ihr kennt es? Wann habt Ihr es gesehen? Und wo? Und wer hatte es in Händen?«

»Gemach, gemach!« Der Herzog lächelte und betrachtete den Hamburger Ratsherren sehr genau, als wolle er etwas abschätzen. »Ich sah es einmal … in Stockholm.«

»Ach so«, murmelte Albrecht enttäuscht.

Inzwischen war der Sekretär der Kanzlei mit dem Schlüssel erschienen, murmelte untertänig etwas »von wegen dem Fest, wird nie wieder vorkommen« und verschloss, nach einer Standpauke des Herzogs, die Tür zur Kanzlei.

»Verliert nicht den Mut, Senator«, versuchte der Gottorfer Albrecht aufzumuntern, doch der zuckte mit den Schultern und murmelte: »Ihr habt gut reden«.

»Nun kommt mit in den Festsaal und erzählt mir etwas von eurer wachsenden Stadtbefestigung.«

»Seid Ihr so um unsere Sicherheit besorgt?«

»Um Eure? Ich dachte eher an meine eigene. Wenn ich demnächst wieder einmal Streit mit unserem dänischen Oberhaupt habe und der mir mit seinen Truppen zu sehr auf die Pelle rückt, könnte ich den Schutz so einer hohen Befestigung vielleicht gut benötigen.«

»Dann haltet Euch noch zwei, drei Jahre bedeckt. So lange werden wir noch brauchen, bis auch uns der Däne den Buckel hinunterrutschen kann.«

Es war, als wollte Albrecht alle Sorgen vergessen. Er verschob das Befragen der Offiziere am dänischen Hof auf den nächsten Tag und tanzte mit seiner Frau bis in den frühen Morgen hinein. Erst dann war er bereit, sich von einem der livrierten Diener zu ihrem Zimmer führen zu lassen.

Zu ihrer Verwunderung stand vor der Tür des Gästezimmers ein Soldat, als ob er Wache halten würde. Albrecht scherzte: »Wenn du da schon drinnen schlafen würdest, dann könnte ich ja verstehen, dass dein Onkel dich beschützen will, mein Schatz!«

Der Soldat trat mit unbewegtem Gesicht neben die Tür, und der Diener führte sie in den Raum. Er stellte den Kerzenleuchter auf einen Tisch und wünschte ihnen »Gute Nacht«.

Melissa ließ sich müde auf das Bett fallen, Albrecht zog die Jacke aus und wollte sich gerade das verschwitzte Hemd über den Kopf ziehen, als er innehielt. Auf dem Tisch lag ein verschnürtes Päckchen. Verwundert öffnete Albrecht die Verschnürung, und als er sah, was zum Vorschein kam, setzte er sich vor Überraschung: Das Siegel des Schweden.

Nachsinnend klappte er den Mechanismus des Siegels auf, so wie er es bei Graf Dottingsfron gesehen hatte, und betrachtete die gravierte Bronzeform. Er wiegte das Siegel von einer Hand in die andere und versuchte, einen klaren Kopf zu bekommen, um seine Gedanken zu sortieren. Dabei murmelte er: »Es ist bedauerlich, dass so ein metallener Gegenstand nichts erzählen kann. Wer hatte es in den Händen gehalten, an welchen Orten ist es gewesen?« Er drehte das Siegel in seiner Hand, betrachtete es, und starrte es eindringlich an. Plötzlich schrie er herrisch laut: »Rede mit mir!«

Nichts geschah, nur Melissa hatte sich erschreckt aufgesetzt, stand auf und trat neben seinen Stuhl. Sie war schon etwas eingenickt und rieb sich nun die Augen.

»Das schwedische Siegel?«

Albrecht nickte.

»Deshalb also der Soldat. Es hätte mich auch sehr gewundert, wenn mein Onkel mich hätte bewachen lassen wollen.«

Albrecht drehte das Siegel wieder, hob es an die Nase und roch daran. An dem Siegel haftete ein seltsamer Geruch. Wusste der Herzog, wer es war, der dieses Siegel besessen hatte? Es konnte nur einer der Mörder des schwedischen

Gesandten gewesen sein. Er würde den Herzog später fragen.

Er stand erleichtert auf, als sei ihm eine schwere körperliche Last von den Schultern genommen worden, und nahm seine Frau in den Arm. Eigentlich war ihm jetzt alles andere egal. Ein Soldat stand als Wache vor der Tür, er hatte das Siegel in Händen und konnte so die wichtigste Bedingung des schwedischen Reichskanzlers erfüllen, dass die längerfristige Handelsbeziehung gesichert war.

Melissa war mit Freundinnen im Schloss unterwegs, und der Herzog war früh mit Begleitung zur Jagd ausgeritten. Albrecht wartete. Er spürte den Druck des schweren Siegels in seiner Hosentasche, ließ sich noch einen Wein bringen und setzte sich in die Frühjahrssonne. Der Soldat, der ihn bereits den ganzen Vormittag begleitete, stellte sich neben ihn.

»Sucht im Norden, mit einer leichten Abweichung nach Westen«, hatte der Magier in Hamburg in der Niederstraße zu ihm gesagt. Albrecht hatte sich nach dem Aufstehen im Kartenraum des Schlosses eine entsprechende Karte heraussuchen lassen und die Richtung überprüft. Schleswig lag genau nördlich von Hamburg – mit einer leichten Abweichung nach Westen.

Einerseits war diese Kenntnis reine Hexerei, denn woher konnte es dieser Mann oder wie er selber gesagt hatte, sein Pendel, das so genau wissen? Andererseits war es die Wahrheit. Konnte die Wahrheit eine Hexerei sein? Gab es ein Universum aller Wahrheiten und Kenntnisse, und dieses Pendel hatte einen Zugang dazu? Er nahm sich vor, mehr darüber zu lesen und den Magier zu befragen.

Näherkommendes Pferdegetrappel zog seine Aufmerksamkeit auf sich, und kurz darauf galoppierte der Gottorfer mit seiner Begleitung in den Schlosshof.

Albrecht erhob sich, und der Herzog, der ihn jetzt bemerkte, winkte zu ihm hinüber, mitzukommen. Während die Stallknechte herbeigelaufen kamen, um die Pferde wegzuführen, hatte Albrecht die Jagdgesellschaft erreicht, und der Herzog streckte ihm gut gelaunt seine Hand entgegen. »Ihr scheint mir heute fröhlicher zu sein als gestern!«

»Da Ihr es vermutlich wart, der mir das Päckchen auf das Zimmer hat legen lassen, wird Euch der Grund für meine Unbeschwertheit bekannt sein.«

»Kommt mit in die Sauna, dort sind wir ohne Begleitung.«

Der Gottorfer sinnierte: »Manchmal frage ich mich, ob ich nicht nur deshalb zur Jagd ausreite, um hinterher das Dampfbad zu genießen? Sei es, wie es ist, auf jeden Fall ist es immer ein entspannender Abschluss.« Er zog sich vor der Badestube so selbstverständlich die Kleidung vom Leib, dass Albrecht nichts anderes übrig blieb, als es ihm, nach kurzem Zögern, gleich zu tun und ebenfalls nackt zu sein.

Zwei Leibdiener hüllten den Herzog in ein großes Tuch und rieben seine verschwitze Haut trocken. Mit einem »Hinein ins Vergnügen« ließ er Albrecht in den Schwitzraum vorangehen.

»Setzt Euch einfach auf die Holzbank, ich mach noch etwas Dampf.« Er schöpfte mit einer Kelle Wasser aus einem Bottich und goss es über eine Eisenplatte, unter der die glühende Kohle hellrot leuchtete. Sofort stiegen Dampfschwaden auf, und der Herzog setzte sich neben Albrecht.

»Es ist richtig, dass ich Euch das schwedische Siegel auf das Zimmer bringen ließ.«

»Deshalb begleiten mich seitdem Soldaten?«

»Natürlich. Ihr wisst doch selber, welchen Wert dieses kleine Bronzeteil hat. So etwas muss gut bewacht sein. Erzählt mir nun, wie es Euch verloren gegangen ist, und ich werde Euch dann berichten, woher ich es habe.«

Albrecht erzählte von den Verträgen zwischen Hamburg und Schweden, von dem Tod des schwedischen Gesandten

Dottingsfron, seiner Reise nach Stockholm und der Bedingung und dem Verdacht des schwedischen Reichskanzlers.

Der Gottorfer nickte mehrmals, fragte ein paar Mal nach, stand zwischendurch für einen neuen Aufguss auf und nickte schließlich. »Es fügt sich zusammen. Mir wurde dieses Siegel in Lübeck angeboten, als ich dort vor Weihnachten war. Ich war selber völlig überrascht, denn ich hatte dieses einzigartige Siegel tatsächlich bei Oxenstierna in Stockholm gesehen und wunderte mich, wie es nach Lübeck gekommen sein konnte. Doch eine eiserne Bedingung solcher krummen Geschäfte ist es, dass man nicht fragt, wenn man die angebotene Ware haben will. Tut man das, ist der Verkäufer schneller verschwunden als man bis drei zählen kann.«

»Habt Ihr eine Vermutung, wer es gewesen sein könnte und warum man es gerade Euch angeboten hat?«

»Wer? Vielleicht jemand aus Lübeck oder jemand, der wusste, das ich mich in Lübeck aufhielt. Und warum? Fragt mich etwas Leichteres. Vielleicht, weil man das Siegel wieder loswerden wollte und, anstatt es einfach fortzuwerfen oder zu vergraben, noch ein hübsches Sümmchen Geld dafür bekommen mochte. Meine guten Verbindungen nach Schweden sind nur allzu gut bekannt, und so durfte der Verkäufer wohlweislich erwarten, dass ich interessiert sein würde.«

»Womit er Recht hatte.«

»Ja, sicher. Auch wenn ich nicht wusste, wieso Oxenstierna das Siegel nicht mehr hatte und was damit verbunden war – es bot mir eine gute Gelegenheit, dem Schweden eines Tages einen Gefallen getan zu haben, wenn ich es ihm zurückgeben würde.«

»So stehen wir nun in Eurer Schuld.«

»Macht nicht soviel Aufhebens darum. Vielleicht kann ich Euch eines Tages um eine Gefälligkeit bitten.« Der Gottorfer runzelte mit der Stirn und nahm den Faden noch einmal auf. »Vielleicht hat man das Siegel auch nicht mehr gebraucht, da die Aktivitäten in einer üblichen Spirale inzwischen eine andere Richtung genommen haben?«

»Was meint Ihr damit?«

»Das erste Opfer war ein Mensch, das zweite und dritte werden dann eher Sachen sein, Besitztümer, die einen tatsächlichen oder moralischen Wert haben, dann wird es wieder ein Mensch sein.«

Albrecht war blass geworden und berichtete von dem Anschlag auf ihr Schiff und dem Brand des Speichers.

»Dann kann ich Euch nur raten, schützt Eure Familie. Die Spirale wird sich enger ziehen, und möglicherweise wird es einen Eurer Familie treffen.«

»Ich hatte schon die gleichen Gedanken, und eine Wache schützt das Haus der Moellendorffs und seine Bewohner. Wie lange wird das gehen?«

»Bis die Täter oder die Anstifter gefangen sind.«

»Ihr seid Euch so sicher?«

»Das ist meine Erfahrung.«

Der Schweiß perlte auf der Haut der beiden Männer, und der Herzog reckte sich.

»Auch wenn das Siegel jetzt in Eurem Besitz ist, haben wir beide ein Interesse daran, dass es wieder nach Stockholm kommt.«

»Richtig.«

»Dann lasst uns eine gemeinsame Eskorte bilden, mit Soldaten von Euch und meinen Männern. Wir beide geben ihnen Begleitschreiben mit, damit Oxenstierna weiß, wem er es zu verdanken hat und Ihr damit aus dem Schneider seid.«

»Warum eine ganze Eskorte? Sie können doch von Schleswig aus direkt mit einem Schiff nach Stockholm reisen.«

»Nein. Vor der Flussmündung liegt ein dänisches Auslegerschiff, das alle Boote kontrolliert, die unseren Hafen verlassen oder hier ankommen. Der Däne ist misstrauisch geworden. Es ist besser, die Eskorte reist über Lübeck, wo die Dänen nicht so wachsam sind, und geht dort auf ein größeres Schiff.«

Der Gottorfer stand wieder auf. »Nun lasst uns etwas essen und die Reise der Eskorte vorbereiten.«

Albrecht wurde vor der Dampfkammer ebenso wie der Herzog mit kaltem Wasser abgegossen, trocken gerieben und fühlte sich wie neu geboren. Alles, was zu tun war, ging ihm so leicht von der Hand, als hätte der Dampf auch eine innere Reinigung bewirkt.

Der junge Offizier der Wallsoldaten, der auch die Eskorte nach Schleswig kommandiert hatte, wurde vorgelassen.

Wenn Albrecht nicht um seinen militärischen Dienstgrad gewusst hätte, wäre ihm nicht in den Sinn gekommen, in ihm einen Soldaten zu vermuten. Die zivile Kleidung ließ einen jungen, eleganten Kaufmann auf Kavaliersreise vermuten. »Leutnant?«

»Vom Kampe, Herr Senator.«

»Leutnant vom Kampe. Hat Euch die Kanzlei des Herzogs mein Schreiben mitgegeben?«

Der junge Offizier trat drei Schritte vor, zog aus seiner Jacke ein schmales, gefaltetes Papier und reichte es Albrecht, der es kurz prüfte.

»Nun gut. Ihr wisst also, welchen Auftrag Ihr für die Stadt Hamburg auszuführen habt.« Albrecht ging zum Schreibtisch und nahm ein Holzkästchen hoch. Er klappte den Deckel auf und hielt dem Offizier das schwedische Siegel entgegen: »Nehmt es an Euch. Es gehört zum persönlichen Besitz des Reichskanzlers von Schweden und hat einen Wert, den ich nicht beziffern kann. Verbergt es also gut in Euren Reiseutensilien. Habt Ihr bereits die beiden Offiziere des Herzogs von Holstein-Gottorf kennen gelernt, die Euch begleiten werden?«

»Jawohl, Herr Senator, sie warten unten. Zusammen mit sechs weiteren Soldaten. Soll ich …«

»Nein, es ist gut«, warf Albrecht sofort ein, als der Leutnant an ein Fenster trat und auf zwei Fingern pfeifen wollte. »Ihr wisst, was geschieht, wenn Ihr die Aufgabe zu unserer Zufriedenheit erfüllt?«

»Ja, Herr Senator. Der Rat wird mich zum Hauptmann befördern.«

Der Senator hatte diese in Aussicht gestellte Beförderung zwar mit niemandem besprechen können, aber er war sich sicher, dass die Hamburger Bürgermeister seine Zusage übernehmen würden. Und falls nicht, würden die Schwedenfahrer für das Gehalt des Hauptmanns aufkommen. »Dann gute Reise!«

Leutnant vom Kampe verabschiedete sich, indem er salutierte. Er war sich seiner Beförderung schon absolut sicher und würde seine Liebste heiraten können und, wenn sie sparsam waren, für sich und seine Frau in ein, zwei Jahren das kleine Hamburger Bürgerrecht erwerben.

Albrecht trat an das Fenster, sah und hörte das Antraben der Pferde auf den Pflastersteinen des Hofes und war erleichtert. Bei diesen jungen Offizieren war das Siegel in besten Händen. Sie würden es sicher nach Stockholm bringen.

Er wanderte im Zimmer umher, blieb an einem der Fenster stehen und starrte hinaus. Dann umkreiste er immer wieder den Tisch.

Melissa war inzwischen von ihrem Ausflug durch das Schloss zurückgekommen und betrachtete ihren umherwandernden Mann. Seine Ruhelosigkeit war offensichtlich, und so fragte sie ihn direkt: »Du willst möglichst bald nach Hamburg zurück?«

»Ja. Die gute Nachricht sollte so schnell wie möglich überbracht werden. Und ich muss, so bald als möglich, nach Lübeck reiten. Dort ist noch etwas zu klären. Die Unglückskette hat mit dem Tod des schwedischen Gesandten und dem Diebstahl des Siegels und der Verträge begonnen. Dann tauchten in Stockholm die Fälschungen mit dem schwedischen und dem Lübecker Siegel auf. Oxenstierna meinte sowieso, dass die Lübecker hinter der ganzen Sache stecken. Vielleicht kann ich dort etwas klären.«

»Dann lass uns morgen abfahren. Wir können jederzeit wieder herkommen, und dann zeig ich dir mehr von den Plätzen meiner Jugend.«

Lübeck

Diener Johansson und einer der beiden Wallsoldaten aus seiner Begleitung waren ein Stück vorausgeritten, damit die Frage des Torgeldes geklärt war, bis der Senator das Tor in der neuen Stadtbefestigung erreichte und nicht ungebührlich aufgehalten wurde. Albrecht ritt langsam auf die Stadt zu, in der er bisher noch nie gewesen war.

Sein Blick fand das Holstentor hinter einem großen verschnörkelten Haus, das stadtauswärts davor gebaut worden war und das Tor bis auf die Turmspitzen verdeckte.

Johansson voraus, die Soldaten neben ihm, ritten sie durch die Torbogen des Gebäudes hindurch, und jetzt sah er plötzlich das Holstentor vor sich.

Eine seltsame Art der alten Stadtbefestigung, ging es ihm durch den Kopf. Wenn der Feind die Bastionen der Befestigung überwunden hatte, wurde er in diesem prächtigen Gebäude noch vor der Überquerung des Flusses empfangen, und nach innen, gegen die eigenen Bürger, blieb man mit dem alten Stadttor verteidigungsbereit?

Als ob das Pferd die Empfindung seines Reiters spürte, begann es zu schnauben, die Nüstern zu blähen und den Kopf aufzurichten, so dass Albrecht der Stute beruhigend auf den Rist klopfte. Er wollte auf keinen Fall, dass sie jetzt auch noch wieherte und sein eigenes inneres Kopfschütteln lauthals verkündete.

In Hamburg war bisher niemand auf die Idee gekommen, vor die alten Stadttore dekorative Häuser zu bauen. Hatte es hier mit den Aufständischen zu tun, die es vor knapp neunzig Jahren in Lübeck gewagt hatten, den Bürgermeister abzusetzen und Wullenwever an seiner Stelle zu wählen? Wullenwever, ein Hamburger, der nach Lübeck gegangen war und dort erst seine Macht und dann auf der Flucht seinen elendigen Tod gefunden hatte.

War deshalb das Holstentor so erhalten geblieben? Nicht als Abschreckung gegen die Feinde, dafür gab es die neuen Befestigungen, sondern als Beschwörung des Friedens innerhalb der Stadt? Welche Aufgabe hatte dieses Tor noch, als zu verhindern, dass die Bürger die Stadt verließen?

Er schob diese Gedanken beiseite, und nachdem sie die Brücke überquert hatten, betrachtete er das geschäftige Treiben auf den Straßen. Fuhrwerke fuhren so eng aneinander vorbei, dass sich die Fußgänger in die Hauseingänge drücken mussten, wenn sie nicht die schweren Räder der Wagen auf ihren Füßen spüren wollten. Auf einem Platz drängten sich die Wagen so eng, dass kaum ein Durchkommen war.

Er bestellte ihr Quartier in der Hamburger Herberge und ging dann zu Fuß zum Rathaus, vorbei an der doppelten Eisenkette, die quer über die Straße gespannt war und nur noch Reitern und Fußgängern ein Weiterkommen erlaubte. Er hatte bereits davon gehört, dass der Rat darauf bestand, das Rathaus während der Ratssitzungen zur Schutzzone zu erklären, daher die Eisenketten. Der lange Schatten Wullenwevers und seiner Gefolgsleute schien immer noch die Autorität des Rates und der Bürgermeister zu verdunkeln.

Einer der uniformierten Ratsdiener, die am Eingangsportal des Rathauses standen, war auf sie zugekommen, hatte nach ihrem Begehr gefragt und den Senator und Johansson dann in den großen Audienzsaal geführt. Hinten, in der linken Hälfte des Raumes saßen die Mitglieder des Lübecker Rates im offenen Viereck ihres Eichengestühls nebeneinander aufgereiht und verhandelten gerade eine Angelegenheit als Obergericht.

Albrecht betrachtete die geschnitzten Kassetten der Holzdecke des hohen Raumes, das große Bild des thronenden Kaisers an der Wand, mit dem der Lübecker Rat wohl seine Reichsfreiheit zeigen und betonen wollte, dass über dem Rat als Obergericht nur noch der Kaiser stand. Schließlich wanderte er zur hinteren rechten Hälfte des Raumes, in dem auf einem langen Tisch und in offenen Schränken das Lübecker Ratssilber ausgestellt war. Ein Ratsdiener folgte argwöhnisch jeder seiner Bewegungen, als ob er einen der prachtvollen Pokale, Teller oder Tischaufsätze entwenden wollte, so dass Moellendorff es vorzog, sich wieder aus dem Bereich zurückzuziehen, sich unter die Zuschauer zu mischen und neben seinen Diener Johansson zu stellen, der dort auf ihn gewartet hatte. Zufällig stand er neben zwei Männern, die so lautstark miteinander redeten, dass er ihnen gegen jede Absicht zuhören musste.

»Die bürgerlichen Kollegien haben den vom Rat vorgelegten Steuerentwurf rundweg abgelehnt! Soll der Rat doch selber sehen, wo er die Kosten für Verstärkung der Befestigungsanlagen herbekommt!«

»War denn die Höhe der Steuer so beträchtlich, dass sich die Kollegien verweigerten?«

»Stell dir vor, die Häuser und Grundstücke in der Stadt sollten geschätzt werden, und jeder Bürger hätte Auskunft geben müssen, was er an Schmuck, Schiffsanteilen, Renten- und Pfandgeldern sowie an beweglichen Gütern besitzt! Auf diesen Besitz hätte man dann pro hundert Mark Vermögen einen unverschämten halben Hundersten Pfennig in die Stadtkasse zahlen sollen!«

»Das konnte man nur ablehnen!«

»Wen wundert's. Hat doch der gleiche Rat jetzt erst die Arbeitszeiten begrenzt, so dass die Kistenmacher ihren Dienst morgens um vier Uhr beginnen und schon abends um sieben beenden müssen. Ebenso dürfen die Bernsteinmacher nur noch von morgens um fünf bis abends um acht arbeiten! Die Maurer, Kamm- und Kistenmacher dürfen nur drei bis vier Männer in Dienst nehmen und die Hutmacher nur zwei Burschen und einen Gesellen beschäftigen! Wie soll man denn da als Meister noch genug verdienen können, um den hohen Herren vom Rat davon, dem gemeinen Guten zum Besten, wie sie behaupten, noch reichlich davon abzugeben?«

Albrecht schüttelte innerlich den Kopf und ging ein paar Schritte weiter. Wie sehr kannte er diese Widerstände aus den Kollegien der 48er und 144er der vier alten Hamburger Kirchspiele, in denen die Vermögenden auch stets beteuerten, wie arm sie seien und dass sie, die als Meister und kleine Kaufleute den Schutzverwandten doch erst eine Arbeit und damit Einkommen ermöglichten, in Anerkennung dieses Beitrages für das Gemeinwesen überhaupt keine Steuern zahlen wollten und der Hamburger Rat sich mit seinem Ansinnen auf Steuerzahlungen doch gefälligst an die Schutzverwandten halten sollte. Vermutlich würde der Lübecker Rat die Finanzierung nur durch die Aufnahme von Anleihen bei den Großkaufleuten und den ländlichen Edelleuten und Großgrundbesitzern der Umgebung bewerkstelligen können, denn dieselben Leute, die ihre Steuern verweigerten, wollten ihre Arbeit für den Rat und die Stadt natürlich aus der Stadtkasse bezahlt bekommen.

Ein Raunen ging durch den Raum. Die Ratsherren waren aufgestanden und verließen den Audienzsaal. Einen Augenblick später trat ein Ratsdiener zu Moellendorff heran, machte seinen Diener und meldete: »Der Herr Bürgermeister wird Euch nun empfangen.«

Sie folgten dem Bediensteten durch einen schmalen Gang, dem Diener Johansson wurde bedeutet zu warten, und Albrecht betrat das Amtszimmer des Bürgermeisters. Der hatte seine Gerichtskappe abgesetzt und war gerade dabei, die breite, gestärkte, weiße Halskrause abzunehmen. Er kratzte sich am Hals, da diese Krausen heftig scheuerten, und hob dann das Schreiben des Hamburger Rates vom Tisch, das Albrecht als Empfehlungsschreiben abgegeben hatte.

Als Anrede hatte man eine besonders schlichte Form gewählt: »Denen Hoch- und Wohl-Edlen, Großachtbaren, Hochgelehrten und Hochweisen Herren Bürgermeister der Kaiserlichen Freien Reichsstadt Lübeck«. Einerseits wusste man um die Ehrpusseligkeit des Lübecker Rates, andererseits betrachtete man sich in Hamburg allmählich als gleichrangig und wollte sich nicht durch besondere Unterwürfigkeit hervortun oder unangemessen schmeicheln.

Der Bürgermeister war damit zufrieden. Er legte das Papier zurück auf den Tisch und blickte den Ratsherrn interessiert an: »Ich habe schon von Euch gehört, Senator Moellendorff. Schön, dass wir uns jetzt auch einmal persönlich begegnen. Was ist Euer Anliegen, und was kann ich für Euch tun?«

»Eine Angelegenheit, die unsere beiden Städte betrifft und die, falls es Euch möglich ist, nicht an die große Glocke gehängt werden sollte.« Albrecht legte die Ledermappe auf den Tisch und entnahm ihr den gefälschten Vertrag zwischen Lübeck und Schweden. »Kennt Ihr dieses Dokument?«

Der Bürgermeister überflog den Text und betrachtete die beiden Siegel am unteren Ende des Dokumentes. »Nein, dieser Vertrag ist mir nicht bekannt, obwohl er das Lübecker Siegel trägt und ich davon wissen müsste.« Er sinnierte und sprach dann eher zu sich selbst: »Nur Kaufmann Engelhaar hat sich nicht entschieden, seine Schiffe nach Portugal und Spanien fahren zu lassen, wie es die anderen Lübecker Kaufleute inzwischen tun. Er ist treu, wie verbohrt, auf den innerbaltischen Handel versessen, oder sollte ich besser sagen: beschränkt?«

»Dann hätte er selber siegeln können und müssen. Wie kommt also das Lübecker Siegel unter diesen Vertrag?«

»Warum ist das für Euch, oder wie Ihr sagtet, für unsere beiden Städte wichtig?«

»Weil dieser Vertrag eine Fälschung ist. Das Original trägt das Hamburger Siegel. Das schwedische Siegel wurde dem Gesandten König Gustav II. Adolf in Hamburg gestohlen, und für die Herkunft des Lübecker Siegels habe ich mir eine Erklärung von Euch erhofft.«

Der Bürgermeister wandte sich zur Seite, ging zu einem Wandschrank und öffnete die Türen. Aus einem Regal entnahm er eine Kiste, stellte sie auf den Tisch und klappte den Deckel hoch. Auf rotem Samt lagen drei Siegel in den dafür vorgesehenen Vertiefungen. »Seht, unsere drei Siegel sind alle vorhanden. Es kann also mitnichten ein offizielles Siegel der Stadt sein.«

Enttäuscht betrachtete Albrecht die drei Siegel und bemerkte dabei nicht, wie der Bürgermeister die drei Siegel scharf betrachtete. Ihm war aufgefallen, dass das mittlere nicht so lag, wie er es gewöhnlich in die Schatulle legte: Die Siegel hatten ein graviertes Stadtwappen im oberen Teil des Griffes, und er achtete immer peinlich genau darauf, dass alle drei Stadtwappen nach oben zeigten. Das mittlere Siegel lag zur Seite gedreht. Es musste also jemand ohne sein Wissen entnommen und, bisher unbemerkt, wieder zurückgelegt haben. Das war allerdings eine interne Angelegenheit des Lübecker Rates, und die musste er dem Hamburger Ratsherrn nicht unbedingt auf die Nase binden. Interessanter war es für ihn, dass der Hamburger Rat einen derartigen Vertrag mit dem Königreich Schweden abgeschlossen hatte. Eine Vertragsform, die ungewöhnlich weit über normale Handelsverträge zwischen Kaufleuten hinaus ging. »Ihr habt vermutet, wir würden diese Fälschung veranlasst haben?«

»Eine unwahrscheinliche, aber vage Möglichkeit. Hättet Ihr an unserer Stelle eine andere Vermutung gehabt? Ich bin aber froh, dass ihr so eindeutig feststellen konntet, dass es nicht eines der drei Ratssiegel Eurer Stadt ist.«

»Gern geschehen. Doch noch eine Frage: Woher habt Ihr diesen Vertrag mit dem Siegel unserer Stadt?«

»Der schwedische Reichskanzler gab ihn mir, als ich in Stockholm war.«

»Und nun habt Ihr das Problem, dass in Eurer Stadt das schwedische Staatssiegel verschwunden ist?«

»Nun, ja. Der Schwede war nicht gerade sehr begeistert. Aber ich danke Euch.« Warum sollte er dem Lübecker Bürgermeister davon berichten, dass sich das Siegel inzwischen wieder in Stockholm befand und vorher eindeutig in Lübeck gewesen war?

»Da nicht für. Wenn das alles war?«

»Nein, bei Gelegenheit unseres Zusammentreffens, es gibt noch eine zweite Frage unseres beiderseitigen Interesses. Die Überfälle auf den Handelswegen zwischen Hamburg und Lübeck nehmen in letzter Zeit beträchtlich zu und haben eine Größenordnung erreicht, die wir in gegenseitigem Interesse nicht mehr hinnehmen sollten.«

»Was schlagt Ihr vor?«

»Wir sollten gemeinsam darüber beraten, wie wir für die Reisenden eine größere Sicherheit gewährleisten können. Vielleicht durch regelmäßige militärische Patrouillen? Und wir müssen klären, wie wir die Kosten dafür untereinander aufteilen.«

Der Bürgermeister nickte zustimmend: »Ich werde dem Rat die Frage vortragen, und wir werden Euch einen Vorschlag übersenden, wenn Ihr damit einverstanden seid.«

Albrecht nickte ebenfalls: »Das wäre in unserem gegenseitigen Interesse. Wenn Ihr es nicht allzu sehr auf die lange Bank schieben würdet, wären wir Euch verbunden.«

»Ich muss erst hören, was der Rat dazu meint.« Allerdings war es seiner Ansicht nach eher eine Hamburger Angelegenheit. Die Kaufleute in der Stadt und im Rat hatten in den vergangenen Jahren schon mehrfach mit großer Sorge beobachtet, dass holsteinische Edelleute und Großgrundbesitzer – Ahlefeldt, Reventlow und Rantzau, die Bernstorffs wie die Brockdorffs, die Pogwisch, Rumohr, Sehestedt und wie sie alle hießen – ihr Getreide lieber nach Hamburg als nach Lübeck verkauften. Diese verdammte Stadt Hamburg war auf dem besten Weg, der größte Umschlagplatz für Getreide in ganz Nordeuropa zu werden. Und, so war ihm zugetragen worden, eine Stiftsadelige aus Preetz hatte sich mit dem vor ihm stehenden Ratsherrn vermählt. Das passte sehr genau dazu, dass die Preetzer Wagen für die vielen Besorgungen im Frühjahr und im Herbst nicht mehr wie früher nach Lübeck kamen, sondern nach Hamburg zum Einkaufen fuhren.

»Von mir aus will ich sehen, dass wir es in den kommenden drei Monaten klären.«

Damit verabschiedeten sie sich. Sein Diener Johansson reichte ihm im Flur den gefütterten Mantel, und sie verließen das Rathaus. Das Gesicht des Senators war verschlossen und nachdenklich, so dass sich Johansson bemüßigt fühlte zu fragen: »Ihr habt nichts erreichen können, Herr, was Eure Fragen geklärt hätte?«

Albrecht blickte seinen Diener geistesabwesend an. Was sollte er ihm erzählen? Dass er aus irgendeinem Grund den Ausführungen des Bürgermeisters nicht traute? Es war alles zu glatt gegangen. Warum hatte es den Bürgermeister nicht verwundert, ja schien ihm sogar gleichgültig zu sein, ob jemand das Lübecker Stadtsiegel entwendet hatte? »Johansson, du kennst dich doch in Lübeck aus?«

»Das will ich wohl meinen, Herr.«

»Kennst du einen Kaufmann Engelhaar?«

Das nervöse Augenzucken seines Dieners war offensichtlich, wenn man es sehen wollte. »Den Ratsherrn?«

Albrecht war zu sehr mit seinen Fragen beschäftigt, als dass er die Nervosität seines Dieners bemerkt hätte. Jetzt schreckte er aus seinen Gedanken auf und blieb stehen. »Gibt es mehrere Kaufleute Engelhaar?«

»Nein, nur einen.«

»Und der ist auch Ratsherr der Stadt Lübeck?«

»Ja, Herr.«

Albrechts Misstrauen war bestärkt. Warum hatte der Bürgermeister ihm das nicht erzählt? Wenn dieser Engelhaar auch Ratsherr war, konnte er sich doch einen Zugang zu den Siegeln der Stadt verschaffen.

»Kannst du dich in der Stadt umhören, um irgendetwas über diesen Kaufmann und Ratsherren in Erfahrung zu bringen? Mit wem und was er handelt? Ob er viel auf Reisen ist? Und wenn ja, wohin?«

»Das will ich gern versuchen.«

Albrecht wanderte den Rest des Tages durch die Stadt und betrachtete mit großem Interesse die stolzen Fassaden der Lübecker Kaufmannshäuser. Er fand aber nur weniges, was er für sein Haus übernehmen konnte. Er wollte ein weißes Haus mit Portal, und die Lübecker Häuser orientierten sich an den gegliederten roten Backsteinfassaden, die sich als maßgebender Stil über die Hansestädte des Baltischen Meeres ausgebreitet hatten.

Auffallend viele Häuser standen immer noch in hoch aufragender Giebelstellung, so dass ihre Dächer gegeneinander stießen und sich bei einem Brand gegenseitig anzünden würden.

Immer wieder stieß er bei seinem Rundgang auf einen der beiden breiten Flüsse. Allmählich wurde ihm klar, dass diese Insellage zwischen Trave und Wakenitz, die früher sicherlich ein Vorteil für die Befestigung und Verteidigung Lübecks gewesen war, sich immer mehr zu einem Nachteil gewandelt hatte. Die Stadt war an ihre natürlichen Grenzen gestoßen und konnte nicht mehr wachsen. Diese Insellage, bei kleiner Bevölkerungszahl ein guter Schutz, war nun zu einem Gefängnis geworden. Und wenn die Bürger nicht bereit waren, die wenigen Steuern für die Verbesserung der bisherigen Stadtbefestigung aufzubringen, wären sie sicherlich mit keinem Argument dazu zu bewegen, auch nur eine einzige Mark für den größeren Ring einer erweiterten Stadtbefestigung zu bezahlen.

Während er durch die Straßen wanderte und die Häuser der reichen Kaufleute betrachtete, wurde ihm immer gegenwärtiger, wie das Verhältnis der beiden Städte zueinander war. Lübeck: Welch glorreiche Vergangenheit, Königin der Städte während der Jahrhunderte seiner mächtigen Hansezeit. Und Hamburg: Wir sind noch gar nichts, aber wir haben in allem, was wir in den letzten Jahren getan haben, die Fundamente für eine große Zukunft gelegt, bei der unser eigenes Geschick und der Wille Merkurs darüber entscheiden werden, wie bedeutend sie sein wird. Er seufzte und schickte innerlich eine Beschwörung Richtung Hamburg: Schützen wir unsere Reichsfreiheit, und möge uns Gott Merkur vor dem Schicksal Lübecks bewahren!

Johansson wusste am Abend nicht mehr zu berichten, als dass der Kaufmann Engelhaar mit Getreide handelte, alleine lebte und Lübeck nur verließ, um mit den Großgrundbesitzern über Getreidelieferungen zu verhandeln.

Der Senator war sich sicher, dass dieser Kaufmann Engelhaar mehr war als nur Getreidehändler. Er würde in Hamburg mit den Kaufleuten reden, die häufiger in Lübeck waren, ob sie ihm mehr über diesen Ratsherren sagen konnten.

Am nächsten Morgen war Albrecht mit seinem Diener und den beiden Wallsoldaten frühzeitig unterwegs. Er wollte noch vor Einbruch der Dunkelheit in Hamburg sein. Sie ritten ausgesuchte Pferde, die dieses Pensum in einem Tag bewältigen konnten.

Über Nacht war es plötzlich wieder bitterkalt geworden, als ob der Winter zeigen wollte, dass er noch nicht bereit war, das Feld der Jahreszeiten kampflos zu verlassen. Die Lappen, die sie sich um die Finger gewickelt hatten, hielten die Hände leidlich warm, während die Muskeln des Körpers sich beim Galoppieren durch die Bewegungen von Pferd und Reiter erwärmten. Nach einigen Meilen, als die Pferdekörper zu dampfen begannen, ging es wieder im leichten Trab voran und als Pferd und Reiter wieder abgekühlt waren, ging es wieder eine Strecke im Galopp. Man musste während dieser Jahreszeit in Bewegung bleiben, um nicht allzu sehr zu frieren. Entsprechend unwillig blickten die Reiter auf eine Straßensperre vor dem Ortseingang von Oldesloe.

Mehrere Bäume lagen erst von links bis zur Mitte des Weges und danach von rechts bis zur Mitte, so dass schwere Wagen und Kutschen nur langsam im Bogen zwischen ihnen hindurchfahren konnten. Auch Reiter mussten diese Sperre ebenso passieren, da breite Wassergräben auf beiden Seiten der Straße ein Ausweichen verhinderten.

Ein Trupp Soldaten in königlich-dänischer Uniform stand um ein loderndes Feuer herum. Zwei Berittene räkelten sich, als sich die vier Reiter der Sperre näherten, und schlossen dann mit den Körpern ihrer Pferde den Durchlass.

Johansson ritt voraus, schien aber keinen Erfolg zu haben, dass die Soldaten den Durchlass wieder freigaben. Schon aus der Entfernung konnte Albrecht das laute Auflachen von einem der beiden Berittenen hören, der daraufhin sein Pferd zur Seite drehen ließ, ihnen interessiert entgegenblickte und wartete, bis sie vor ihm anhalten mussten.

Seine Stimme hatte einen höhnischen Klang, als er sich an Albrecht wandte: »Darf ich Euer Hochwohlgeboren wohl bitten, vom Pferd herabzusteigen?«

Albrecht gedachte, den ungebührlichen Ton des Soldaten zu überhören, und fragte nur ruhig: »Was ist dein Begehren?«

Der Soldat legte den Kopf leicht in den Nacken und fixierte den Senator. »Ihr erkennt meine Uniform?«

»Ja. Nach der Uniform bist du ein dänischer Husar und Feldwebel im Garderegiment des Königs.«

Der Husar schien diese genaue Antwort nicht erwartet zu haben. »Sind wir uns schon einmal begegnet, oder woher wisst Ihr das?«

»Vor zwei Jahren, als der Vertrag von Steinburg zwischen Hamburg und Dänemark unterzeichnet wurde, waren es Soldaten in derselben Uniform, die den dänischen König begleiteten.«

Der Unteroffizier schien unsicher zu werden und fragte auffallend höflich: »Dieser Mann hier«, er zeigte auf Johansson, »behauptet, Euer Diener zu sein, und Ihr seid, so sagte er, ein Senator der Hansestadt Hamburg?«

»Ja, so ist es.«

»Könnt Ihr Euch legitimieren?«

»Meinst du tatsächlich, ich trage ständig ein gesiegeltes

Schreiben bei mir, das mich als Hamburger Senator ausweist?«

Nun richtete sich der Husar in seinem Sattel auf und gab den am Feuer Stehenden ein Zeichen, die daraufhin näher kamen und sich neben seinem Pferd bereitstellten. »Dann darf ich bitten, Herr Senator«, und wieder hatte er den höhnischen Klang in der Stimme, »abzusteigen. Wir müssen Euch kontrollieren.«

Als Albrecht nicht sofort der Aufforderung nachkam und er zu einem »Ich protestiere ausdrücklich gegen diese Behandlung« ansetzten wollte, näherten sich die anderen Husaren seinem Pferd, und er zog es vor, alleine von seinem Pferd abzusteigen, als dass sie ihn heruntergezogen hätten.

Der Husar beugte sich im Sattel nach vorne. »Mit Verlaub, wir haben den Auftrag, nach Kundschaftern des Herzogs von Friedland, Wallenstein, und nach solchen des schwedischen Königs zu fahnden, die sich hier in Holstein aufhalten sollen, um das Terrain zu sondieren.«

»Und du meinst ...«

»Nein, ich meine gar nichts.« Mit dem Stiefel gab er einem der unterhalb vor ihm stehenden Husaren einen Knuff gegen die Schulter. »Los, durchsuch den Mann!«

Albrecht blickte zu den beiden Wallsoldaten seiner Begleitung hinüber, die jedoch angesichts der Übermacht nicht daran dachten, in irgendeiner Form in das Geschehen einzugreifen. Er hatte sogar das Empfinden, als würde der eine der beiden sich unauffällig aus der Situation rückwärts absetzen wollen.

Widerwillig ließ er es geschehen, dass einer der Husaren in seine Taschen griff, dann seine Jacke aufknöpfte, sie zurückschlug und begann, die Taschen der Weste abzufingern. Plötzlich stutzte der Husar, schlug die linke Jackenseite ganz zurück, und zeigte mit einem lauten »Hossa!« auf das schwedische Abzeichen, dessen zwei goldenen Balken in der Sonne aufblitzten. Albrecht, dem plötzlich bewusst wurde, in welcher Situation er sich befand, schlug den Arm des Husaren beiseite, der ihn nun seinerseits mit einem harten Faustschlag niederschlug.

Sofort bogen zwei weitere Husaren seine Arme auseinander und drückten sie auf den Boden, während der erste Husar mit großer Fingerfertigkeit den Verschluss der Spange öffnete und sie triumphierend seinem Unteroffizier zeigte: »Seht, welch Vögelchen wir da eingefangen haben!«

»Die ganze Bande runter von den Gäulen!«, schrie der Unteroffizier, und sofort kamen die anderen Husaren herübergerannt, die am Feuer bisher eher gelangweilt zugesehen hatten. Johansson und der eine der beiden Wallsoldaten saßen wie erstarrt auf ihren Pferden und fanden sich umgehend auf dem Boden wieder, während der zweite Wallsoldat, der sich schon vorher unauffällig abgesetzt hatte, sein Pferd sofort wendete, aus dem Stand heraus angaloppierte und den Hengst mit einem heftigen Peitschenhieb dazu brachte, über den breiten Wassergraben zu springen. Auf der anderen Grabenseite drohte er mit der Hinterhand abzurutschen, konnte sich fangen und bekam nach zwei kurzen Sätzen wieder sicheren Boden unter die Hufe. Der berittene Husar, der dem Wallsoldaten gefolgt war, zügelte sein Pferd am Graben. Er legte keinen Wert darauf, möglicherweise im eiskalten Wasser zu landen, und kehrte, gleichgültig mit den Schultern zuckend, zu seiner Gruppe zurück.

Der Unteroffizier betrachtete nachsinnend die Spange. »So, so! Einen Hamburger Senatoren haben wir da!«

Albrecht versuchte sich aufzurichten. »Ich kann es euch erklären!«

Der Unteroffizier hatte sich heruntergebeugt und grinste. »Mir brauchst du gar nichts zu erklären. Deine Lügenmärchen kannst du alle dem Richter in Oldesloe erzählen.« Dann richtete er sich wieder auf und kommandierte: »Bindet die drei Halunken, und bringt sie ins Gefängnis!«

Nachdem man seine Fesseln gelöst hatte, bekam er einen kräftigen Tritt versetzt und stürzte so unvermittelt in das schmutzige Stroh der Zelle, dass zwei aufgeschreckte Ratten quiekend in die daneben liegende Zelle flüchteten und gleich weiterliefen, als Johansson und der Wallsoldat dort ihr Quartier bekamen.

Krachend schlossen sich die schweren Riegel an den Gittern, und der Feldwebel der Husaren feixte: »Leider ist der Richter unterwegs im Land, und so werdet ihr euch noch einige Tage gedulden müssen, bis ihr ihm eure Märchen erzählen könnt.«

Albrecht hatte Mühe, sich halb aufzusetzen, um sich gegen die Wand zu lehnen. Er betastete schwer atmend die Abschürfungen und Wunden an seinem Kopf, wischte dann aufstöhnend das Blut von seinen Fingern an der Kleidung ab und schloss die Augen. Er hatte sich nicht kampflos fesseln lassen wollen, und die Husaren hatten ihn zur Raison geprügelt, bis er sich schließlich in das Unvermeidliche gefügt hatte.

Plötzlich lachte er laut auf, so dass Johansson sich gegen das Gitter presste, seine Arme durchstreckte und seinen Herrn zu berühren versuchte, voller Furcht, er könnte irrsinnig geworden sein. »Herr?«

Albrecht öffnete die Augen und sah die flehentliche Gebärde seines Dieners. Langsam schüttelte er wehmütig den Kopf: »Du brauchst dich nicht zu fürchten, Johansson, denn dein Herr ist bei dir!«

Johanssons stille Befürchtungen wurden dadurch eher bestätigt: »Herr?«

Albrecht berührte die Hand seines Dieners: »Du sorgst dich, weil ich hier im Kot liege und lache?«

»Ja, Herr.«

»Ich musste nur gerade an diese vermaledeite Spange des königlich-schwedischen Sondergesandten denken.«

»Ihr meint, es liegt ein Fluch darauf?«

»Papperlapapp. Alles Pfaffengeschwätz«, erklang eine tiefe Stimme aus einem Verlies auf der anderen Seite des Ganges.

»Sprecht nur weiter so, und der gehörnte Bocksbeinige wird mit Schwefelgestank unser Gast sein!« Im Halbdunkel erhob sich ein wahres Ungetüm von Mensch aus dem Stroh, schüttelte sich die schmutzigen Strohhalme aus dem dicken Mantel und lehnte sich gegen das Gitter. »Warum hat man euch hier in das Loch geworfen?«

»Man verdächtigt uns, schwedische Kundschafter zu sein. Und Ihr?«

»Ha! Ich soll Gott gelästert haben!« Er drehte seinen Zeigefinger um die Nase und schleuderte den Rotz ins Stroh. »Lebte als Einsiedler in meiner Hütte am Wald. Als immer mehr Bauern kamen, um meine Worte zu hören, mit *mir* zu beten, da haben die Pfaffen mich angeklagt. Der Richter hat mich hier ins Loch geworfen, damit ich mich besinne! Wisst Ihr, warum die Pfaffen es nicht mögen, dass ich mit Gott rede?«

»Ich bin kein kirchlicher Würdenträger. Wie sollte ich es also beantworten können?«

Der Einsiedler kratzte sich hinter dem Ohr und blickte an die Decke. »Vielleicht sind sie neidisch, weil unser Herr nicht mit ihnen redet, so inbrünstig sie auch um die Erleuchtung beten?« Er kicherte. »Vielleicht auch, weil sie Lügner sind, die sich bemühen, Gott in ihren dicken Büchern zu finden, und die darüber streiten?« Er schüttelte den Kopf. »Wenn du streiten musst, hast du keine Gewissheit. Wenn du glaubst, hast du Gewissheit und brauchst keine dicken Schwarten. Sie knien in ihren Talaren vor Götzenbildern, die ihrem Kopf entsprungen sind und denen sie nun selber folgen!« Seine laut gewordene Stimme wurde wieder leiser: »Zu Martini war's, als meine Bäuerlein den Zehnten wieder bringen mussten und sich bei mir beklagten. Umsonst habt ihr's bekommen, umsonst sollt ihr es geben! Das hätt' ich wohl nicht sagen gedurft. Ihr dickwanstiger Zorn ist eng wie eine Schlinge.«

»Und woher hast du dein Wissen, wenn nicht aus den Büchern?«

»Der Herr gab mir Augen, um zu sehen, Ohren, um zu hören,

eine Nase zum Riechen, eine Zunge zum Schmecken und die Haut zum Fühlen. So brauche ich nur in die Natur zu schauen, die Vöglein hören, die Blumen riechen, den Braten schmecken, die Erde zu fühlen, und Gott ist bei mir und ich bin bei Gott. Hatt' er's blühen lassen und gedeihen, wird's kalt und Hunger zieht durch's Land, auf dass wir uns erinnern, er kann auch anders. Und wenn's dann doch zu bitter wird, dann lässt er's wieder warm und heiter werden, dass wir's ihm danken. Hallelujah!«

Als niemand in seinen Lobgesang einstimmte, zog er seinen Mantel enger um die Schultern und verkroch sich wieder im Stroh.

Albrecht merkte, wie die Kälte der Wand langsam in seine Haut hinüberkroch, versuchte im fahlen Licht der Lüftungsöffnung im Mauerwerk zu erkennen, ob es eine weniger verdreckte Stelle im Stroh gab, fand aber keine, schloss die Augen und ließ sich ins Stroh kippen. Mit den Händen schaufelte er eine Schicht aus den verklebten Halmen über sich, um seinem Körper zumindest das Gefühl zu geben, dass er gegen die Kälte geschützt sei. Er begann zu zittern und murmelte: »Dem Schweden hat es schon den Tod gebracht, und ob wir das hier überleben werden? Es liegt nicht in unserer Macht, das zu entscheiden.«

Als er erwachte, war sein Körper so sehr von der Kälte durchdrungen, dass er nicht einmal mehr zittern konnte. Unwillkürlich verschränkte er die Arme, zog die Schultern zusammen und begann, sich die Arme zu reiben.

Das Klirren eines Schlüsselbundes ließ ihn aufhorchen: Die Eisentür am Ende des Ganges öffnete sich, und ein Mann in dunkelblauer Kleidung näherte sich den Zellen, einen dampfenden Eimer an der einen und mehrere Holzteller in der anderen Hand.

Albrecht stemmte sich hoch und kroch zum Gitter. »Hast du ein Gefäß, dass ich meine Notdurft verrichten kann?«

Erst schien der Mann verdutzt zu sein über diese Frage,

dann lachte er. »Kack in den Eimer, dort in der Ecke deiner Zelle, wie's die anderen vor dir auch schon taten. Es wird bald abgekühlt und gefroren sein, dass es nicht so stinkt. Die Zellen werden erst in vier Tagen wieder gereinigt. Dann bekommst du auch frisches Stroh. Jetzt gibt's erst mal Hirsebrei, damit du bei Kräften bleibst, bis der Richter kommt und dich verhört.« Damit stellte er den dampfenden Eimer ab, schob einen Teller durch das Gitter und wartete, bis Albrecht ihn endlich erfasst und angehoben hatte. Mit einer Kelle schöpfte er den Brei aus seinem Eimer in den Teller, griff dann in seine Hosentasche und reichte einen Löffel durch die Stäbe. Er schien Mitleid mit seinem Gefangenen zu haben und murmelte noch: »Wenn du willst, kannst du später noch einen Nachschlag bekommen. Jetzt iss!«

Johansson, der Wallsoldat und der Einsiedler bekamen ebenso ihre Morgenmahlzeit. Sie mussten die gleiche Mühe wie der Senator aufwänden, Teller und Löffel mit ihren durchgefrorenen Fingern zu halten. Schweigend führten sie die Löffel zum Mund und spürten die Wärme des Breis im Bauch.

Der Gefängniswärter hatte gewartet, füllte die Teller noch einmal, verschwand dann mit seinem Eimer und ließ die eiserne Tür krachend hinter sich ins Schloss fallen.

Widerwillig verrichtete Albrecht nach dem Essen seine Notdurft, wie es ihm vorgegeben war, und verkroch sich dann mit angewinkelten Armen und Beinen wieder in das Stroh, um die Wärme möglichst lange im Körper zu erhalten. Johansson und der Wallsoldat, die nicht das Privileg einer Einzelzelle hatten, lagen aneinandergeschmiegt im Stroh, um sich gegenseitig mit ihren Körpern zu wärmen.

Die Stunden vergingen mit Dösen, Warten und Grübeln. Vielleicht kam der Richter doch einen Tag früher zurück? Wohin war der zweite Wallsoldat geritten? Versuchte der Soldat, Hilfe zu holen? Warum hatte er bloß dieses verdammte Abzeichen immer noch an seiner Weste getragen?

Ein Hustenanfall von Albrecht durchbrach die Stille. Trotz

der alles erstarrenden Kälte begann er zu zittern, und Schweißperlen standen auf seiner Stirn, als würde sich sein Körper mit letzter Kraft gegen die Kälte wehren wollen. Grimmig flüsterte er: »Wenn die Not am größten, ist Gottes Hilfe am nächsten!«

Auch der folgende Tag verging. Als es wieder dunkler zu werden begann, hatten sie die Hoffnung aufgegeben, dass sich ihr Schicksal noch ändern würde.

Die Eisentür schlug mit derart lautem Knall gegen die Wand, dass die vier gefangenen Männer aufschreckten. Zwei Fackelträger kamen über den Gang, wieder erklang das Klirren des Schlüsselbundes, und der schwere Riegel wurde zur Seite geschoben. Im Lichtschein konnte Albrecht den Gefängniswärter und den Feldwebel der Husaren erkennen, der sich nun vor ihm verbeugte. »Darf ich Euer Exzellenz bitten, uns zu folgen.«

Albrecht schien wie irre zu grinsen. Er kroch mühsam über das Stroh und es war offensichtlich, dass er nicht alleine aufstehen konnte. Sofort klemmten der Wärter und der Soldat ihre Fackeln in zwei Halterungen an der Wand und halfen dem Ratsherrn auf die Füße. Sie trugen ihn eher mit seinen ausgebreiteten Armen auf ihren Schultern, als dass er selbst die Füße voreinander gesetzt hätte. Die Treppenstufen hinauf mussten sie ihn heben; er hatte keine Kraft mehr, die Stufen alleine hinaufzusteigen.

Er schloss die Augen, und ein Frösteln durchschüttelte ihn, als sie die geheizte Kaminstube des Wärters erreichten und seine beiden Begleiter ihn in einen Lehnstuhl absetzten.

Melissa presste vor Entsetzen die Hände vor den Mund, um nicht vor Schreck laut aufzuschreien, als sie ihren Mann in seinem jämmerlichen Zustand sah. Seine Kleidung war verdreckt, seine Haare hingen ihm wirr ins Gesicht, und mit glasigen Augen blickte er im Zimmer umher. Er zitterte, und es hatte den Anschein, dass er niemanden erkannte, auch nicht seine Frau, die bereits neben ihm kniete, seinen Kopf an ihre Schulter gelehnt hatte und stammelte: »Was hat man dir nur angetan!«

»Lasst sofort einen Zuber mit heißem Wasser füllen, holt einen Wundarzt oder Bader und bringt seine beiden Begleiter ebenfalls hinauf.« Die Stimme klang befehlsgewohnt und duldete keinen Widerspruch.

»Jawohl, Hoheit«, hörte Albrecht mehrere Stimme antworten, anschließend das Getrappel von schweren Stiefeln, Türen klappen, dann war wieder Stille. Er öffnete mühsam die Augen, erblickte erst das Gesicht seiner Frau, die freudig beobachtete, wie er anscheinend wieder zu Kräften kam, obwohl ihn wieder ein Hustenanfall quälte, und sah dann den Rücken eines Mannes, der in teuerstes Tuch gekleidet war.

Melissa flüsterte: »Mein Onkel! Ich habe ihn gebeten, uns zu helfen.«

Jetzt erkannte Albrecht die Stimme Friedrich des Dritten von Holstein-Gottorf.

Währenddessen hatte sich der Herzog an den Feldwebel der Husaren gewandt: »Was hat dich veranlasst, diesen Mann hier gefangen zu setzen? Hat er dir nicht gesagt, dass er ein Hamburger Ratsherr, ein Senator, also Patrizier ist?«

»Ja, Hoheit. Aber nichts, aber auch gar nichts sprach dafür, dass dieser Mann tatsächlich das ist, was er vorgab zu sein. Unser Auftrag war und ist, nach schwedischen Spionen zu suchen, und die Spange eines schwedischen Gesandten war eindeutig, und in seiner Satteltasche fanden wir in einer Mappe auch noch einen Vertrag zwischen Lübeck und Schweden. Wenn er gesagt hätte, er sei Lübecker Ratsherr und hätte uns diesen Vertrag gezeigt, wir hätten ihn weiterreiten lassen. Warum sollte aber ein Hamburger Ratsherr diese Dinge bei sich tragen? Hättet Ihr eine Erklärung dafür gehabt?«

»Hast du ihn nach einer Erklärung gefragt?«

»Verzeiht, Hoheit, wenn ich Euch erzählen dürfte, welche Lügenschichten uns aufgetischt werden …«, doch da der Herzog abwinkte, fuhr er fort: »Es ist die Aufgabe des Richters, diese Fragen zu klären. Und wenn der Senator sich nicht gewehrt hätte … Auch das bestätigte unsere Auffassung, dass er Einiges zu verbergen hatte.«

»Würdest du dich freiwillig binden und ins Gefängnis werfen lassen?«

»Nein, Hoheit! Aber dafür bin ich Soldat und trage eine Uniform, die mich legitimiert, in wessen Auftrage ich handele.«

»Nun gut, Mann, ich denke, du hast es ohne Arg getan. Auch wenn es dieses Mal den Falschen traf. Du kannst dich zurückziehen.«

Während der Unteroffizier salutierte, kehrt machte und hinaus ging, drehte sich der Herzog zu den beiden Moellendorffs, nahm dabei das schwedische Abzeichen vom Tisch und betrachtete Albrecht. »Leider muss ich dem Soldaten Recht geben. Aus seiner Sicht hat er pflichtgemäß gehandelt, einen Mann fest zu setzen, der das Abzeichen eines königlichen schwedischen Sondergesandten trägt. Und dass er nicht wusste, dass nur ein Mann von hoher Herkunft ein derartiges Abzeichen tragen kann und er deshalb entsprechend unterzubringen ist – das kann ich ihm nicht verübeln.«

Er trat an den Lehnstuhl heran und reichte Albrecht die Hand. »Eurer Frau habt Ihr zu verdanken, dass ich hier bin und die Angelegenheit ohne großes Aufsehen regele. Der Hamburger Rat wollte einen Trupp Bewaffneter losschicken, um Euch zu befreien. Das hätte König Christian aber nicht auf sich beruhen lassen, und es wäre wohl auch nicht in Eurem Interesse gewesen, Schwierigkeiten mit ihm zu bekommen.«

Albrecht schüttelte bestätigend den Kopf und drückte die Hand seiner Frau. »Was wird jetzt geschehen?«

»Ich werde Euch in die Herberge bringen lassen. Dort werdet Ihr baden und neue Kleidung bekommen. Meine Soldaten werden Euch dabei stützen.« Er gab einen Wink, und zwei

Uniformierte, die an der Tür gewartet hatten, halfen Albrecht aus dem Lehnstuhl hoch und hielten ihn aufrecht.

Neben der Tür des Gefängnisses stand ein Vierspänner, dessen Kutschwagen das herzogliche Wappen an den Türen trug. Langsam zog das Gefolge über die Straße in die gegenüberliegende Herberge, wo bereits der Bader mit seinen Salben und Tinkturen wartete.

Nachdem Albrecht gereinigt worden war und der Bader ihn verarztet hatte, wurde er in ein Bett gebracht und bekam zu essen. Immer wieder von Hustenanfällen unterbrochen, kaute er langsam einen Bissen nach dem anderen, lehnte sich dann wohlig zurück und hielt die Hand seiner Frau.

Der Herzog, der ihn dabei die ganze Zeit betrachtet hatte, unterbrach nun die Stille. »Mich rufen nun wieder andere Pflichten, und da Ihr gut versorgt seid, kann ich jetzt gehen. Ich werde Euch Morgen eine Kutsche schicken, die Euch nach Hamburg bringt.« Er legte eine Pause ein, betrachtete die Dinge, die auf dem Tisch ausgebreitet lagen und griff nach dem schwedischen Abzeichen. »Darf ich Euch um einen Gefallen bitten?«

Albrecht runzelte die Stirn. Welchen Gefallen sollte er dem Herzog erfüllen können?

»Wenn Ihr mir diese Spange überlassen könntet, wäre ich Euch sehr verbunden.«

Albrecht hatte kein Problem damit: »Nehmt Sie gerne, wenn Ihr dafür eine Verwendung habt.« Er stöhnte leise. »Aber ich muss Euch warnen. Den bisherigen Trägern hat diese Spange kein Glück gebracht, im Gegenteil. Es ist, als ob ein Fluch darauf liegen würde.«

Der Herzog steckte die Spange ein, stand auf und verabschiedete sich. »Nun, ich denke, sowohl Dottingsfron wie Ihr selbst habt nicht bedacht, dass diese Spange einen besseren Schutz benötigt, als Ihr ihn ihr angedeihen ließet. Sie ist zu bedeutungsschwer, als dass man sie alleine verteidigt oder nur dem Schutz eines Dieners und zweier braver Wallsoldaten anvertrauen darf.« Er reichte Albrecht zum Abschied seine Hand, küsste seine Nichte und gab seinen Soldaten den Befehl, ihm zu folgen.

Nur wenig später waren von der Straße her die Kommandos der Offiziere der Eskorte des Herzogs zu hören, das Schnauben der Pferde und lautes Hufgetrappel, als sich der Vierspänner in Bewegung setzte und die Pferde der Eskorte antrabten.

»Und der Hamburger Rat wollte tatsächlich Truppen hierher schicken, um mich zu befreien?«

Melissa nickte. »Die Bürgermeister schon. Sieben Ratsherren waren dagegen, doch sie wurden überstimmt, bis sich alle eines Anderen besannen und Angst vor dem Dänen bekamen.«

Ein nervöses Zucken lief über Albrechts Gesicht. »Der Rat selber zermalmt seine Autorität. Sein Schwanken zwischen Größenwahnsinn, kleinlicher Zänkerei und ängstlichem Zurückweichen wird sich herumsprechen, und die Bürger werden sich eins drauf pfeifen, wenn der Rat ihnen seine gottgewollte Obrigkeit entgegensetzen will.«

Seine Erregung endete wieder in dem Röcheln eines Hustenanfalls, und Melissa strich ihm beruhigend über die Stirn.

»Ich habe dann zwei Reiterdiener losgeschickt nach Schleswig. Auf verschiedenen Wegen, damit zumindest einer ankommen würde. Sie hatten den Auftrag, ihre Pferde an den Poststationen zu wechseln und so schnell wie möglich den Herzog herbeizuholen. Mich wollte man nicht zu dir lassen. Albrecht, bitte, versuche nun zu schlafen. Ich werde noch ein wenig wach bleiben.«

Sein Atem wurde allmählich ruhiger, und Melissa wünschte sich in dieser Stunde nichts so sehr, als endlich wieder in der Stadt zu sein, dorthin zurückzukehren, wo es friedlich und ein Mensch geborgen war.

Das Ende

Johannson war neben das Bett des Senators getreten und wartete auf eine Anweisung oder eine Erklärung warum er gerufen worden war. Er selber hatte das Oldesloer Gefängnis unbeschadeter überstanden als der Senator, der seit ihrer Rückkehr nach Altona das Bett noch nicht verlassen hatte.

»Mein lieber Johansson. Ich kann es dir nicht verdenken, wenn du es vorziehen solltest, den Dienst bei mir zu quittieren, anstatt dich weiteren Gefahren auszusetzen.«

Johansson war blass geworden. »Nein, Herr! Erlaubt es mir, bei Euch im Dienst zu bleiben!« Alles würde er tun, aber nicht den Dienst beenden. Er war nicht aus eigener Entscheidung hier. »Lasst mich an Eurer Seite bleiben. Nur der Tod würde mich daran hindern können.«

Albrecht hob seine Hand. »Soweit wollen wir nicht denken. Mir ist es recht, wenn du bleibst.«

Johansson verbeugte sich, atmete tief durch und zog sich zurück. Er hatte unten im Haus das Schlagen der Haustür gehört und wollte nach dem Rechten sehen.

Seitdem er nicht mehr mit Albrecht unter einem Dach lebte, war Eberhard nachdenklicher geworden. Nachdem er in Albrecht keinen Widerpart mehr hatte, schien es, dass er sich selber auch dessen Gedanken überlegen musste, um die Antwort auf eine Frage abzuwägen. Er hatte so etwas gemurmelt wie »Die Blagen brauchten mal Auslauf« und saß neben dem Sofa, auf das Albrecht tagsüber gebettet wurde.

Die Kleineren saßen wie die Orgelpfeifen aufgereiht auf einer Bank und schlürften lautstark aus großen Bechern warme Milch. Hannes und Matthias, die als Zwillinge wacker gegen die Konkurrenz der fünf Neuankömmlinge verteidigt hatten, dass sie die größten Kuchenstücke von der Köchin zugesteckt bekamen, saßen bei den Männern.

»Na, ihr beiden. Hat es wieder etwas Aufregendes in der Stadt gegeben?«

Beide nickten und warteten nur noch den Anstoß eines »Dann erzählt mal«, um mit ihrer Geschichte herauszurücken.

»Im Eimbeckschen Haus auf dem Dornbusch wird ein Tier ausgestellt, das riesengroß und doch erst acht Jahre alt ist.«

»Es hat sooo große Ohrenlappen«, Hannes zog mit seinen beiden Händen einen so großen Kreis um seine Ohren, wie es die Länge seiner Arme erlaubte.

»Und einen sooo langen Schnabel«, Matthias hatte die Hand auf seine Nase gelegt, sie dann davon weg gezogen und musste aufstehen, um den langen Schnabel zu zeigen, »dass auch der dickste Kerl Platz genug darauf hat!«

»Der Kolosser wird von einem winzigen Mann mit einem Hakenstock aus Eisen traktiert, als ob er ein Hündchen wär.«

»Und am liebsten fasst er mit seiner langen Nase eine Tonne Bier und schlürft sie dann mit einem Male aus.«

»Und obwohl es vier Schillinge kostet, das Tier zu begucken, drängeln sich dort viele Leute!«

Das Staunen und die Begeisterung der beiden Kinder übertrugen sich auf Albrecht. Er hatte einmal einen Kupferstich gesehen, auf dem ein solcher Koloss abgebildet war. »Das Tier werde ich mir selber auch ansehen!«

Ein Hustenanfall schüttelte seinen Körper, und Eberhard bedeutete den Kindern, nun zu schweigen. Er wartete, bis der Anfall vorüber war.

»Der eigentliche Grund meines Besuches ist das hier.« Er zog einen Bogen aus der Tasche und reichte ihn zu Albrecht hinüber. »Die Firma hat für dich und deine Frau ein Konto bei der Hamburger Bank eingerichtet. Auf fünftausend Mark Banco beläuft sich der gezeichnete Betrag. Zweitausend Mark wirst du für euer Haus brauchen und das weitere für die Möblierung. Wenn es nicht reichen sollte, kein Problem, sag nur Bescheid.«

Er stand auf, um Albrecht eine Antwort zu ersparen. »Nun, Kinder, auf geht's zurück nach Hause.«

Albrecht war ein ungeduldiger Kranker. Er hatte noch viel zu erledigen, den Magier wegen seines Pendels zu befragen, mit den Hamburger Kaufleuten zu reden, die mit Lübeck handelten, ob sie diesen Kaufmann Engelhaar kannten, an den Ratssitzungen teilzunehmen, so dass es ihm mehr als widersinnig erschien, bettlägerig und an das Haus gefesselt zu sein.

Ein Bader hatte ihm mit heißen Glaskolben Blut abgeschröpft, Johansson ließ Tee für ihn kochen, nach einem alten schwedischen Rezept, und Melissa verließ das Haus nicht mehr. Sie saß an seiner Seite, erzählte ihm Geschichten, bewachte seinen Schlaf, las ihm vor und spielte Schach mit ihm.

Von Tag zu Tag wurde er blasser und magerer. Als seine Mattigkeit so stark wurde, dass er die Schachfiguren nicht mehr bewegen mochte, ließ Melissa einen Arzt holen.

Der Wundarzt sah, wie Melissa an das Bett ihres Mannes trat, ein Kissen aufschüttelte, es ihrem Mann unter den Kopf schob, damit er sich besser aufrichten konnte, und ihm dann zärtlich über Stirn und Wangen strich. Er sprach eher zu sich selbst: »Daran wird es ihm also nicht mangeln.«

Melissa wandte sich zu ihm und fragte besorgt: »Woran wird es ihm nicht mangeln?«

Der Arzt lächelte. »Unser großer Lehrer Theoprast Paracelsus schrieb: Der höchste Grund jeder Arznei ist die Liebe. Und daran mangelt es Eurem Mann, wie ich sehen konnte, wahrlich nicht.«

»Doch es scheint nicht auszureichen, dass er wieder gesund

wird. Meint Ihr, ich sollte ihn in das Spital zum Heiligen Geist bringen lassen?«

»Seid Ihr schon einmal dort gewesen?«

Melissa schüttelte den Kopf. »Nein.«

»Die Schwestern tun dort ein gutes Werk für alle Siechen, die einen Arzt nicht bezahlen können. Doch, wie soll ich sagen, erspart es Euch und Eurem Mann.«

Er untersuchte Albrecht, der alles still über sich ergehen ließ, und schnaubte: »Als Wundarzt bin ich hier mit meinem Latein am Ende. Wickelt Euren Mann in warme Tücher ein und lasst ihn schwitzen. Kennt Ihr eine Kräuterfrau?«

Melissa schloss die Augen. »Natürlich! Warum bin ich nicht selber schon darauf gekommen? Ich werde sie herkommen lassen.«

Der Arzt verabschiedete sich, und Melissa wurde wieder fröhlicher. Ostern war in zwei Wochen, und der Wagen aus Preetz würde wieder nach Hamburg fahren. Sie setzte sich an den Sekretär und schrieb in aller Eile einen Brief an die Priorin des Stifts in Preetz, in dem sie bat, Nanna, die Kräuterfrau, zu ihr nach Hamburg zu schicken.

Sie rief Johansson. Er bekam den Auftrag, umgehend nach Preetz zu reiten, den Brief zu überbringen und dann den Kastenwagen zu begleiten.

Das Schwitzen schien dem Senator gut zu bekommen. Er schlief den halben Tag, seine Haut bekam wieder etwas mehr Farbe, und er verspürte auch besseren Appetit.

Melissa hatte vergessen, Johansson nach dem Rezept für seinen Tee zu fragen, und bedauerte, dass sie ihn nicht zubereiten lassen konnte.

Die Tage des Wartens dehnten sich endlos dahin, und die Stille des Hauses, die sie so geschätzt hatte, wurde bedrückend. Wenn die Sonne schien, öffnete Melissa die Fenster, um die Stimmen der Menschen auf der Straße zu hören, das Rufen der Kleinhändler, das Schlagen der Pferdehufe auf dem harten Straßenpflaster.

Es dauerte eine Woche, bis sie ein lautes Poltern auf der Straße hörte, in dem »Halt!«, das jemand schrie, die Stimme Johanssons erkannte und die Treppe hinunterlief.

»Nanna!« Melissa umarmte die alte Frau, die neben dem Kastenwagen stand. »Ein gutes Zeichen, dass mein Brief in Preetz ankam, bevor der Kastenwagen abgefahren war.«

»Einen Tag später, und er wäre fort gewesen. Und nun? Wenn ich kann, dann will ich gerne helfen.«

Nanna trat an das Sofa, betrachtete den Senator eindringlich, zog dann eines seiner Augenlider herunter und richtete sich wieder auf. »Er hat ein Gift im Körper.«

Johansson, der sich auf einen Lehnstuhl neben der Tür gesetzt hatte, fasste unwillkürlich die Armlehnen fester, als würde er sein Gleichgewicht verlieren.

Melissa sah erst Albrecht, dann die Nanna an. »Von was für einem Gift sprichst du?«

»Euer Mann neigt zur Schwermut?«

»Er ist manches Mal nachdenklich und über die Zustände in der Welt verzweifelt. Meinst du das?«

»Ja, das könnte sein. Seine dunklen Gedanken werden seine Galle schwarz gefärbt haben, die nun sein Blut vergiftet.«

»Hast du ein Kraut dagegen?«

Nanna kramte in der großen Tasche, die sie mitgebracht und nicht jemand anderem hatte überlassen wollen. Nachdem sie einige der Beutel herausgenommen und geprüft hatte, wählte sie einen Beutel aus und murmelte: »Das Schöllkraut wird ihm helfen.«

»Was soll ich veranlassen?«

»Gebt eineinhalb Löffel in einen Liter kochendes Wasser, und lasst es eine Viertelstunde darin wirken. Dreimal am Tag soll er davon trinken. Das wird ihm helfen.«

Johansson stand bereits neben der Kräuterfrau. »Gebt mir

den Beutel. Ich werde die Köchin bitten, den Sud so anzusetzen, wie Ihr sagtet.«

Mit dem Beutel verließ er das Zimmer, und ihm fiel ein Stein vom Herzen. Endlich konnte er damit aufhören, die Tropfen des Maiglöckchensaftes in den Tee des Senators zu träufeln. Dieses Schöllkraut würde bessere Dienste leisten.

Nanna sprach noch mit Melissa: »Seid nicht verwundert, wenn es ihm in den ersten Tagen anscheinend schlechter geht. Das Gift wird von dem Kraut aus seinen Höhlen getrieben und überschwemmt den Körper.«

Johansson brachte den Beutel in die Küche. »Fünf Löffel von dem Kraut auf einen halben Liter kochendes Wasser und gut eine Stunde ziehen lassen.«

Die Nanna blieb noch zwei Tage, bis der Wagen mit den Einkäufen nach Preetz zurückfuhr, und beruhigte Melissa: »Seht, es ist so, wie ich es bereits sagte. Das Gift in seinem Körper setzt sich gegen das Kraut zur Wehr und will den Körper noch nicht verlassen. In ein paar Tagen wird es ihm besser gehen.«

Melissa wurde wieder zuversichtlicher. Albrecht war wieder blasser geworden, und immer wieder schüttelten Anfälle seinen Körper. Er schwitzte auch ohne warme Decken, und Johansson, der sorgfältig darauf achtete, dass er den Tee aus dem Schöllkraut trank, wachte tagsüber an seiner Seite.

Voller Dankbarkeit hatte Melissa jeden Vorbehalt, den sie gegen diesen Mann geäußert hatte, innerlich schon lange zurückgenommen. Johansson war am Tag wie der Schatten seines Herrn, der ihn umsorgte und auf jede seiner Bewegungen achtete. Morgens brachte er jeden Tag Blumen mit, die seine Frau ihm für den Kranken mitgegeben hatte. So konnte Melissa sich am Tag ausruhen, wusste ihren Mann in guten Händen, um nachts für ihn zu sorgen.

Immer wieder wurde der Senator nachts wach, wollte etwas trinken und bat Melissa, ihm von ihrer Jugend in Gottorf zu erzählen.

Bevor Johansson an diesem Abend das Haus verließ, ging er in die Küche und sprach mit der Köchin. »Viel hilft viel«, murmelte er und wies die Köchin an, einen noch stärkeren Sud aus dem Schöllkraut zu bereiten.

Die Anfälle wurden heftiger, was Melissa, getreu der Voraussage von Nanna, als gutes Anzeichen verstand.

Am nächsten Morgen war Johansson nicht zum Dienst erschienen, und Melissa schickte Marie zur Steinstrasse, um dort nachzufragen, was mit ihm sei.

»Er war nicht da.«

»Und seine Frau?«

»Saß weinend in der Stube. Sagte, ihr Mann könne das Leid des Herrn nicht mehr ertragen und wäre fortgegangen, damit es ihm nicht das Herz zerreißt.«

Albrecht schüttelte müde den Kopf. »Der Sensemann kommt und tötet ohne Kriegserklärung an uns Einzelne. Unser Kampf gegen ihn«, er schien in Gedanken zu versinken, »wir werden ihn immer verlieren. Und was sollen die Kräuter mit ihrer Heilkunst, die doch das unausweichliche Ende dieses Kampfes nur verzögern und das Leiden verlängern!« Zärtlich tupfte seine Frau ihm den Schweiß von der Stirn. »Die Menschen, die von der Schwelle des Todes zurückgekehrt sind, erzählen von einem Licht, das sie sahen, als sie zu sterben schienen.« Mit einem Seufzer schloss er die Augen, und ein neuer Anfall durchschüttelte seinen Körper. Melissa ergriff still seine Hand und spürte die Hitze, die in ihm mit seinem Leben kämpfte.

Dann wurde er wieder ruhiger und atmete gleichmäßiger, so dass Melissa aufstand und im Raum auf und ab ging. Sie presste ihre Fäuste gegen die Stirn, als könne sie dadurch ihre eigene Unruhe besänftigen und sich zum Gleichmut zwingen. Dann trat sie wieder an das Bett und tupfte Albrecht behutsam den kalten Schweiß von seiner Stirn. Sie strich lächelnd über sein schmales, blasses Gesicht, hoffte, dass er sie auch anblicken würde, und bemerkte erst jetzt, dass er nicht mehr atmete.

Melissa legte ihren Kopf auf die Decke des Bettes und spürte die innige Verbindung zu ihrem Ehemann.

Voller plötzlicher Verzweiflung schloss sie die Augen. Als ob man sich selber dem Tod nähert, werden einem die Toten wichtiger als die Lebenden. Ist der Verlust nicht beständiger Teil unserer Gegenwart und die Vergangenheit das Leben? Und die Zukunft? Was ist die Zukunft? Die Erinnerungen bleiben uns, als Last und als Erquickung. Niemand kann sie uns nehmen. Nicht einmal, und wenn wir es wollten, wir selbst.

Melissa richte sich auf. Wehmütig strich sie über das glatte Holz des Bettrahmens. Sie war immer klug und vernünftig gewesen, und es war gut so, wie sie es gewollt hatte. Nun spürte sie die Gewissheit, die ihr noch fremd war, dass sie diesen Mann geliebt hatte, immer noch liebte. Doch diese Liebe, diesen Schmerz, das hatte sie nicht gewollt.

Sie würde dieses gemeinsame Haus bauen, auch wenn sie es allein bewohnen würde, dessen verschlungenes Monogramm aus A und M den Nachkommenden von ihrer Liebe berichtete.

Marie, die lange Zeit vor der Tür gewartet hatte, um das Beisammensein ihrer Herrschaft nicht zu stören, näherte sich leise und legte ihrer Herrin mitfühlend eine Hand auf die Schulter.

Melissa blickte auf, dankbar dafür, jetzt nicht allein zu sein. »Ja, Marie. Er ist nun von uns gegangen.« Still strich sie über die Augenlider ihres Mannes.

Marie, die sich nicht sicher war, wie sie sich jetzt verhalten sollte, drückte unbewusst stärker auf die Schulter ihrer Herrin, so dass Melissa aufblickte. »Willst du mir etwas sagen?«

»Ja!« Marie war erleichtert, dass sie nun endlich berichten konnte. »Ein Ratsdiener hat vorgesprochen und darum gebeten, dass Ihr, so bald es Euch möglich ist, ins Rathaus kommen sollt.«

Melissa hielt wieder die Hand ihres Mannes. Sie schüttelte wehmütig und verwundert den Kopf. »Wie oft hat man *dich* von mir weg gerufen. Und nun, wo du tot bist, ruft man *mich* fort von dir. Doch genauso, wie du es immer als deine Pflicht angesehen hast, zu folgen, werde ich jetzt nachschauen, was man im Rathaus von *mir* will. Marie wird bei dir wachen.«

Vor der Tür wartete neben dem Reitdiener des Rates ein leichter Einspänner auf Melissa. Der Kutscher bat sie neben sich, und mit einem Peitschenknall zog der Wagen an, schien durch die Straßen zu fliegen, dass die Passanten zur Seite sprangen und Melissa sich mit beiden Händen festhalten musste, um nicht hinauszufallen.

Sie blickte verwundert auf einen Trupp lübischer Soldaten, die in der Halle des Rathauses herumstanden, und ließ ihre Ankunft melden. Augenblicklich kam der Bürgermeister heraus, nahm sie am Arm und führte sie in den Ratssaal. »Wie geht es Eurem Mann? Hat er sich wieder erholt?«

Melissa blieb stehen. Tränen standen ihr plötzlich in den Augen. »Ihr könnt es ja noch nicht wissen. Er ist gestorben, als Ihr nach mir schicktet.«

Der Bürgermeister schloss die Augen und schnaubte aus tiefstem Empfinden. Dann hob er plötzlich die Stimme und rief: »Ihr seid zu spät gekommen. Dem Senator Moellendorff ist nicht mehr zu helfen! Hier kommt seine Witwe.« Damit zog er Melissa mit sich, die sich verwundert einer Gruppe von sechs Männern gegenübersah, die alle ihre prächtigen Hüte vor ihr zogen, sich verbeugten und ihr Beileid murmelten.

»Sechs Herren des Lübecker Rates«, brummte der Bürgermeister. Er trat nun zu den Lübecker Ratsherren. »Wenn Ihr so freundlich seid. Berichtet nun der Witwe, was Ihr mir zu sagen hattet.«

Unschlüssig drehten die Ratsherren ihre Hüte, dann trat einer von ihnen vor. »Vor zwei Tagen haben die Knechte des Vogts von Lübeck einen Mann festgenommen. Er hatte in einer Spelunke der Stadt damit geprahlt, dass er nun genug gestohlen habe, um sich ehrlich machen zu können. Er leugnete noch einige Stunden, doch dann, schon vor Beginn der peinlichen Befragung, gab er zu, dass er im Dienst des Lübecker Kaufmanns Engelhaar gestanden und in dessen Auftrag mehrere Schandtaten in Hamburg verübt habe. Schließlich gestand er, den Hamburger Ratsherrn Moellendorff nicht nur zum Siechtum verholfen zu haben, sondern mit einer letzten Gabe seines Giftes zum baldigen Tod befördert haben würde.« Der Lübecker Ratsherr hob wie entschuldigend seine Hände. »Wir haben uns sofort auf den Weg gemacht, hatten gehofft, frühzeitig genug zu kommen, um mit dem Gegengift sein Leben zu retten …«.

Melissa war unter ihrer hellen Haut noch blasser geworden. »Heißt der Mann Johansson?«

»Ja!« Überrascht ließ der Ratsherr seine Hände sinken. »Woher wisst Ihr?«

»Er war der Diener meines Mannes und ist vor fünf Tagen plötzlich verschwunden. Und wir hatten gedacht, er würde das Leiden seines Herrn nicht mehr ertragen und …«, sie schloss die Augen, »wie hätten wir ahnen können, dass er sein Mörder war!«

Ein anderer Lübecker Ratsherr war nun vorgetreten und blickte sie an. »Ihr konntet es genauso wenig wissen, wie wir es ahnen konnten, dass unser ehrenhafter Kaufmann und Ratsherr Engelhaar diese feigen Morde angestiftet hat. Doch er hat bereits seine gerechte Strafe dafür bekommen.«

Der Hamburger Bürgermeister unterbrach ihn: »Ihr sprecht in Rätseln, Mann! Erklärt genauer, was er verbrochen und welche Strafe er dafür bekommen hat.«

Der Lübecker Ratsherr überlegte, wie er es sagen konnte, ohne die Sympathie augenscheinlich werden zu lassen, die einige der Ratsherren für ihren mörderischen Kollegen angedeutet hatten – nun war man quitt mit dem Hamburger Wullenwever. Dann meinte er, den richtigen Anfang gefunden zu haben.

»Kaufmann Engelhaar war einer der wenigen von uns, die sich auf die veränderte Situation nicht einstellen wollten, dass sich der Handel vom Baltischen Meer weg verlagert hatte. Wir ließen unsere Schiffe nach Portugal und Spanien segeln – er beharrte stur auf seinem Getreidehandel mit den Schweden. Als nun ruchbar wurde, dass eine Gruppe Hamburger Kaufmannsfamilien gleichsam ein Monopol für diesen Handel erhalten sollten, hat er den schwedischen Gesandten hier in eurer Stadt meucheln lassen und die Verträge in seinen Besitz gebracht. Als Euer Ehemann dann den Leichnam des Schweden nach Stockholm verbringen ließ und dort mit dem Reichskanzler sprach, wurden er und seine Familie das Ziel seiner niederträchtigen Bemühungen … Aber diese Einzelheiten werdet Ihr besser kennen als wir es selber bisher in Erfahrung bringen konnten.«

Melissa nickte. »Ihr sagtet, er wäre dafür bereits bestraft worden?«

»Wir fanden ihn sterbend in seinem Bett, und er schien noch mit sich ins Reine kommen zu wollen, hat uns alles berichtet, wollte, dass sein Diener nicht ohne Strafe davon käme. Sein teuflischer Diener hat ihn ebenfalls vergiftet und beraubt. Er wird dafür am Galgen hängen!«

»Ob das eine Strafe für diesen Kaufmann ist, tot in seinem warmen Bett zu liegen, das darf wohl bezweifelt werden!« Von den anderen unbemerkt, war Eberhard Moellendorff schon seit der Erläuterung des Lübecker Ratsherrn im Raum gewesen. »Ich meine, er kann die verdiente Strafe auch noch nach seinem Tod bekommen. Hängt seinen Leichnam neben den des Dieners an den Galgen von Lübeck, oder wollt Ihr ihn davor bewahren? Es weiß doch sowieso bald jeder, dass ihm die Taten zuzurechnen sind und der Diener nur sein Werkzeug war.«

Scharf antwortete der erste Lübecker Ratsherr: »Ich kann Euren Schmerz verstehen, doch ich meine, es kommt Euch nicht zu, Euch in unsere Angelegenheiten und Entscheidungen einzumischen!« Dann besänftigte er sich. »Wir werden darüber nachdenken – während Ihr überlegt, was mit dem Hamburger Kaufmann und Ratsherren Flemming geschehen soll, der mit Engelhaar unter einer Decke steckte und die gleiche Schuld wie der auf sich geladen hat.«

»Meine Herren! Vergossene Milch kommt auch nicht dadurch in den Krug zurück, dass man darüber streitet, wer schuld daran war!« Bürgermeister Vogeler nahm Eberhard ein paar Schritte zur Seite und flüsterte heftig auf ihn ein: »Moellendorff! Verdammt noch mal, seht Ihr denn nicht, welche Schwierigkeiten diese Ratsherren haben, überhaupt hier zu sein. Wir sollten es ihnen hoch anrechnen, dass sie sich so schnell auf den Weg gemacht haben, um vielleicht noch das Leben Eures Vetters zu retten! Setzt ihnen also um Gottes Willen nicht noch mehr zu!«

Eberhard schnaufte widerwillig, nickte dann jedoch und verschränkte gleichzeitig die Arme vor der Brust.

Zufrieden wandte sich der Bürgermeister wieder an die Lübecker Ratsherren: »Meine Herren, Ihr sagtet, Ihr wäret auch bevollmächtigt, über den Vertrag zwischen unseren Städten zu verhandeln, wie wir die Landstraßen zwischen Hamburg und Lübeck wieder sicherer bekommen?«

»Ja. So ist es.« Auch den Lübecker Ratsherren war daran gelegen, die Gemeinsamkeit der beiden Städte in den Vordergrund zu stellen.

»Komm, Melissa, wir gehen!« Eberhard nahm sie behutsam am Arm und führte sie aus dem Rathaus hinaus: »Ich krieg das Kotzen, wenn die jetzt mit ihren höflichen diplomatischen Hinterlistigkeiten beginnen. Wir sind hier fehl am Platz.«

»Eberhard, …«

»Ja, ich weiß es bereits. Marie hat einen Laufburschen mit der Nachricht zu mir ins Kontor geschickt.« Er nahm Melissa in seine kräftigen Arme, als wolle er seine Base vor dem Unbill der Welt beschützen.

»Dieser Engelhaar war hoffentlich der letzte von denen, die nicht verstehen wollen, dass die Prinzipien der alten Hanse nicht mehr gelten. Wir denken mittlerweile in größeren Räumen, und er hat sich selbst gerichtet.« Er strich Melissa tröstend über das Haar. »Was hat dein Mann in den dreißig Jahren, die er im Rat saß, nicht alles begleitet, angestoßen und mit auf den Weg gebracht. Es hat kaum eine andere Zeit in dieser Stadt gegeben, in der so vieles verändert und bewegt wurde: Das neue Stadtrecht, die Reichsfreiheit, unsere Elbhoheit, die Hamburger Bank und die Stadtbefestigung, mit der wir im Sturm des aufziehenden Krieges eine Insel des Friedens bleiben werden. Was will man mehr?«

Melissa löste sich aus seiner Umarmung und blickte ihn nachdenklich an. »Aber es ist so, wie Albrecht es immer sagte: ›Es sind nur die Fundamente, die wir geschaffen haben. Die nach uns kommen, sie werden ihre Kraft und die Hilfe Merkurs brauchen, auf diesen Fundamenten aufzubauen, das Korn, das wir gepflanzt haben, zum Wachsen und Blühen zu bringen, um die Ernte einzufahren, die dieser Stadt würdig ist‹.«

»Meinst du, er war ein Träumer?«

»Nein Eberhard, Albrecht war ein Realist. Er wusste, dass man Visionen braucht, um Menschen zu bewegen.«

Erläuterungen

Admiralität: Die Ausweitung des Seehandels, die Zunahme von Rechtsstreitigkeiten und die Überfälle durch Seeräuber erforderte eine Institution in Hamburg, die sich ausschließlich mit Seehandel und Seefahrt befasste: Die Hamburger Admiralität. In der Einleitung der »Admiralitäts-Verfassung« heißt es in § 1: »Das preiswürdige Collegium der Hamburgischen Admiralität ist im Jahre 1623 von E. Hochedl. Rath, auf Ansuchen der Löblichen Kaufmannschaft, welchem im Rath- und Bürger-Convente vom 12. Februar ein öffentlicher Beitritt hinzukam, zu Handhabung des Rechtes in Seesachen, zur Gesicherung der Seefahrt, und zur Veranstaltung der herrlichsten Verfügungen auf der Elbe, von der Stadt ab bis in die See, angeordnet worden.«

Altona: Nur »einen Büchsenschuss« von Hamburg entfernt, gibt es mehrere Versionen, wie es zu seinem Namen kam. Erst ein unbedeutendes *Dorf* in dem Fischer wohnten, wurde es 1603 zum *Flecken* erhoben. Nach dem Tod des letzten Grafen von Schaumburg (1640) wurde das Gebiet durch den König von Dänemark annektiert, der Altona 1664 die Rechte einer *Stadt* gab. Im bewussten Gegensatz zu Hamburg hatten bereits die Grafen von Schaumburg in der (damals) Altonaer **Freiheit** die Religions- und Gewerbefreiheit gestattet.

Berenberg: Die älteste Firma in Hamburg, die heute noch besteht (Berenberg Bank). Seit 1590 ist die Geschäftstätigkeit dokumentiert, die mit den Brüdern Hans (1561 – 1626) und Paul Berenberg (1566 – 1645) begann. Sie betrieben einen Tuchhandel sowie allgemeine Import- und Exportgeschäfte. 1605 unterschrieben sie den Kontrakt, den der Rat der Stadt Hamburg mit den Niederländer-Familien schloss. Rudolf Berenberg (1680 – 1746) war bereits Senator der Stadt, und seit Beginn des 18. Jahrhunderts wurden die Berenberg zunehmend im Akzept- und Diskont- wie Hypothekengeschäft tätig.

Bürgermeister: Bis zur Verfassungsreform von 1860 wurden in Hamburg vier Bürgermeister aus der Mitte der Ratsherren gewählt. Jeweils zwei von ihnen waren im jährlichen Wechsel »worthaltende« Bürgermeister (d.h. sie übten das Amt aus) und zwei »sitzend« (d.h. das Amt ruhte). Für die Wahlperiode gab es keine Regelungen, so dass es Bürgermeister gab, die ihr Amt mehr als dreißig Jahre innehatten. Als üblich stellte sich ein, dass jeweils ein Kaufmann und ein Jurist »worthaltende Bürgermeister« waren.

Bürgerrecht: Es unterschied sich bis ins 19. Jahrhundert – aufgrund des gezahlten Bürgergeldes – zwischen **Großbürger**recht und **Kleinbürger**recht. Die Großbürger hatten die Vorrechte, in den Rat berufen werden zu können (politisch wichtig), die städtische Waage zu benützen (wichtig für Kaufleute) und in den Hamburger Wäldern die Jagd auszuüben (Zeitvertreib). Etwa 80 Prozent der Stadtbewohner besaßen kein Bürgerrecht und wurden im Sinne einer (von Gott eingesetzten) Obrigkeit als **Schutzverwandte** betrachtet.

Casse der Stücke von Achten: Um das Lösegeld für den Freikauf der von Seeräubern (vor Nordafrika) gefangenen Hamburger Kapitäne und Steuerleute aufzubringen, wurde 1622 diese Kasse gegründet, in die von den Mitgliedern – vor Antritt der Reise – ein Beitrag in Pesos zu acht Realen eingezahlt werden musste. Da dieser Beitrag für einfache Seeleute zu hoch war, gründete man 1624 die **Sklavenkasse**, deren Beiträge den Besatzungen Hamburger Schiffe gleich von der Heuer abgezogen wurden.

Friedrich III., Herzog von Holstein-Gottorf (Regierungszeit 1616 – 1659). Im Gegensatz zu seinem Vater, der zur Krone Dänemarks hielt, führte er eine Politik der engen Zusammenarbeit mit Schweden. Seine Regierungszeit ist der Höhepunkt in der Geschichte des Gottorfer Hofes zu Schleswig, den er zu einem kulturellen wie gesellschaftlichen Mittelpunkt ausbaute.

Gustav II. Adolf (1594 – 1632), König von Schweden (seit 1611). Mit siebzehn Jahren König, übernimmt er drei Kriege als Erbschaft seines Vaters: Den Kalmarkrieg gegen Dänemark, den Krieg gegen Russland und gegen Polen. Alle drei beendet er siegreich. Durch die Kriegsartikel (1621) schafft er ein im Kern rein schwedisches Heer und ist führend in der Abwehr der katholischen Gegenreformation. Durch die Erfolge der kaiserlichen Truppen sieht er sich gezwungen in den dreißigjährigen Krieg einzugreifen und findet 1632 in der Feldschlacht bei Lützen seinen Tod.

Herwardeshude: 1246 gründet Gräfin Heilwig von Schauenburg das Zisterzienserinnenkloster »In valle virginum« zu Herwardeshude (am heutigen Fischmarkt). 1295 wird es von der Elbe an die

Alster verlegt. Ab dem 14. Jahrhundert gehören dem Kloster die umliegenden Dörfer Ohlsdorf, Barmbek, Bramfeld, Borstel, Eimsbüttel, Niendorf, Eppendorf und Winterhude. 1529, nach Vertreibung der »Lügenbräute Gottes« werden die Nonnen im Kloster St. Johannis (heute: Rathausmarkt) untergebracht, das 1536 zum evangelischen Konventualinnen-Stift säkularisiert wird. 1837 wird ein Neubau (am heutigen Klosterwall) errichtet, der 1911 für 2,5 Millionen Goldmark an die Finanzdeputation verkauft wird. Der Neubau in Eppendorf, der 1,8 Millionen kostet, ist seitdem der Sitz des Stiftes. 1866 verkaufte der Konvent des Stiftes das Vorwerk Herwardeshude für vier Millionen an ein Konsortium, das dort den Stadtteil Harvestehude entwickelte.

Hospital zum Heiligen Geist: Im Jahre 1227 baute der Schauenburger Graf Adolph IV. zur Erfüllung eines Gelübdes (Sieg in der Schlacht) das Marien-Magdalenen-Kloster (heute: Adolphsplatz und Börse). Dem Kloster war ein Hospital angegliedert, dass sich heute – nach Abriss, Verlagerung, Zerstörung und Wiederaufbau – als Altenheim im Alstertal befindet.

Korrespondierende Hansestädte: In der zweiten Hälfte des 16. Jahrhunderts war vor allem Bremen bemüht, die Hanse über einen wirtschaftlichen Interessenverband hinaus zu einem politisch-militärischen Verteidigungsbündnis zu entwickeln. Nur treue und verlässliche Städte sollten diesem Bund angehören. Nach langwierigen Verhandlungen schlossen sich dann am 2. August 1607 die sechs Hansestädte Lübeck, Hamburg, Bremen, Lüneburg, Magdeburg und Braunschweig zu dem Bündnis der Korrespondierenden Hansestädte zusammen. Als gemeinsamer Oberbefehlshaber wurde 1608 Graf Friedrich zu Solms-Laubach bestellt, zu dessen Aufgaben auch die Erneuerungen der Stadtbefestigungen gehörte. Dieses Bündnis nach außen bedeutete jedoch nicht, dass die internen Streitigkeiten (z. B. zwischen Magdeburg und Hamburg wegen der Stapelrechte) beigelegt wurden.

Mennoniten: Im 16. Jahrhundert durch Menno Simons begründete evangelische Glaubensgemeinschaft, die den staatlichen Zwang in Glaubensfragen, Kriegsdienst und Eid verweigert. Von den Lutheranern in Hamburg nicht toleriert, siedelten sie seit etwa 1590 vor der Stadt in Altona. Dort erhielten sie 1601 die Erlaubnis, eine Gemeinde zu gründen und waren eine der treibenden Kräfte für den Aufschwung und Wohlstand Altonas. Bekannteste Namen: Van der Smissen, Roosen, Beets, Linnich.

Niedergericht: Hamburgs Gerichtsbarkeit unterstand dem Rat. Das Niedergericht war die erste Instanz, der Rat selber, als **Obergericht**, die zweite Instanz und das Berufungsgericht. Das Gebäude des Niedergerichts stand bis zum großen Stadtbrand (1842) direkt neben dem Rathaus. Ihm gehörten zwei Ratsherren als Gerichtsherren (I. und II. Praetor), der Vogt und acht bzw. elf Bürger als Schöffen an.

Oxenstierna, Axel (1583 – 1654), Graf. Seit 1606 Mitglied des Reichsrates, wird er als schwedischer Reichskanzler (1612 – 1654) zum Mentor der inneren Reformen in Schweden. Nach dem Tod Königs Gustav II. Adolf bleibt er die leitende Kraft der schwedischen Politik, die im Westfälischen Frieden (1648) und im Frieden zu Brömsebro (1645) erhebliche Landgewinne erzielen kann (Vorpommern, Wismar, Bremen und Verden / Gotland, Ösel, Jämtland und Halland). Er gilt als einer der bedeutendsten schwedischen Staatsmänner.

Paracelsus (1493 – 1541), eigentlich Philippus Aureolus Theoprast Bombast von Hohenheim. Arzt, Naturforscher, Philosoph und Theologe, der vehement gegen die klassische Säftelehre kämpfte. Für die Erklärung von Krankheitsursachen suchte er nach chemischen Vorgängen im Körper. Getragen von einer innigen Frömmigkeit, sah er allerdings den tiefsten Grund der Heilkunst in der Liebe.

Stadtbefestigung Hamburgs: Bereits 1531 bis 1549 wurden die alten Wallanlagen erneuert und ausgebaut (Neuer Wall). Als zu Beginn des 17. Jahrhunderts Bedrohungen erkennbar wurden (1618 begann der (dreißigjährige) Krieg), entschloss man ein »Neues Werk« zu bauen. Die Stadtkämmerer hatten Rücklagen gebildet und die Bürger erklärten sich bereit, dafür nicht nur besondere Steuern (»Grabengeld«) zu bezahlen, sondern auch »Handdienste« zu leisten, d.h. selbst mitzuarbeiten. Das taten sie zehn Jahre lang, jeweils einen Tag der Woche. Diese Stadtbefestigung, die auch die »Neustadt« mit in die Stadtbefestigung einbezog, hatte einen Radius von rund 1.150 Metern und war ein 8 bis 10 m hoher Erdwall. 22 Bastionen und mehrere Vorwerke waren mit insgesamt 300 Kanonen bestückt. 1615 – 1625 gebaut, sicherte sie der Stadt Hamburg eine uneinnehmbare Position während des dreißigjährigen Krieges, von dem die Stadt verschont blieb. Im 19. Jahrhundert teilweise abgetragen, wurde sie die Trasse für die Eisenbahngleise durch die Stadt.

Valckenbourgh, Jan van (1575 – 1625). Holländischer Ingenieur, der durch Deutschland und die Niederlande reiste (Bremen, Emden, Jülich, Braunschweig, Ulm, Stralsund, Rostock), um dort die Stadtbefestigungen zu erneuern oder komplett neu zu bauen. Hamburg verdankt seinem Entwurf und seiner Bauleitung die »Neuen Werke« der Stadtbefestigung von 1615 – 1625. In der damals modernsten Technologie eines reinen Erdwalls gebaut, schützten sie die Stadt über rund zwei Jahrhunderte vor Kriegseinwirkungen.

Vogeler, Hieronymus. Hamburger Diplomat, der an mehrere Königshöfe reiste (Madrid, London, Wien, Kopenhagen), um Hamburger Interessen zu vertreten. Er bekleidete das Amt eines Hamburger Bürgermeisters dreiunddreißig Jahre (1609 – 1642) und wurde aufgrund seiner Verdienste vom Kaiser mit einem persönlichen Adelsdiplom geehrt.

Wedde: Die seit dem Mittelalter (bis ins 19. Jahrhundert) bestehende Hauptpolizeibehörde in Hamburg, die von vier Ratsherren geleitet wurde.

Wullenwever, Jürgen (1492-1537): Von Geburt Hamburger, wurde er 1533 als Führer einer radikalen Volksbewegung Bürgermeister von Lübeck. Trotz seiner teilweise erfolgreichen Bemühungen, die Vorherrschaft Lübecks in der Ostsee wieder herzustellen, wurde er nach einem Urteil des Reichskammergerichtes auf Wiederherstellung der patrizischen Ordnung und auf Verlangen mehrerer Hansestädte 1535 gestürzt und, auf der Flucht, 1537 nach einem dubiosen Gerichtsverfahren hingerichtet.

Abbildungsnachweis